Berndt Wagner, geb. 1951, lebt als pensionierter Polizeibeamter in Hamburg. Nach Streifendienst in Barmbek und Rahlstedt, sowie als Dozent an der Polizeiakademie, war er 13 Jahre Chef einer Einsatzhundertschaft.

Schon in der aktiven Dienstzeit hat er umfangreich in der Polizei- und Stadtgeschichte Hamburgs recherchiert.

Er ist außerdem als Stadtführer (www.hanseguide.de) tätig und arbeitet ehrenamtlich im Polizeimuseum Hamburg

Berndt Wagner

Todten ist tot

Kriminalroman
nach einem authentischen Fall des Jahres 1946

Bibliografische Information der Deutschen Nationalbibliothek
Die Deutschen Nationalbibliothek verzeichnet diese Publikation
in der Deutschen Nationalbibliografie; detaillierte bibliografische
Daten sind im Internet über dnb.dnb.de abrufbar.

TWENTYSIX – Der Selfpublishing Verlag
Eine Kooperation zwischen der Verlagsgruppe Random House
und BoD – Books on Demand

© 2016 Berndt Wagner

Herstellung und Verlag:
BoD - Books on Demand, Norderstedt

ISBN 978-3-740714147

Prolog

Im westlichen Teil der Hamburger Innenstadt, in der Stresemannstraße, steht das Gebäude des Polizeikommissariats 16. Dort, im Treppenhaus, hängt ein Foto an der Wand - ein schlichter Holzrahmen im üblichen Portraitformat.

Es zeigt den Polizeiinspektor Otto Todten.

Der Mann wirkt auf dem Bild nicht unbedingt sympathisch. Eher hat der Ausdruck etwas Kühles. Das Antlitz strahlt vielleicht sogar eine gewisse Härte aus.

Andererseits wirkt der Mann auf diesem Bild aber auch vertrauenswürdig. Der Blick, gerade heraus, vermittelt beim Betrachter das Gefühl von Aufrichtigkeit, Verlässlichkeit, Ordnung. So auch, was sonst noch zu erkennen ist: die Haare – akkurat gescheitelt, gut sitzende Kleidung und eine ebenso gebundene Krawatte.

Und bei längerer Betrachtung glaubt man gar ein ganz feines Lächeln zu erkennen.

Trotz des kleinen Bildausschnitts stellt man sich Todten eher großgewachsen, breitschultrig, sportlich vor.

Tatsächlich hatte er mit 1,72 m nur eine durchschnittliche Körpergröße mit leicht untersetzter Figur.

Otto Todten war ein gesunder Mann im besten Alter und wurde doch nur 45 Jahre alt. Er wurde am 3. August 1946 ermordet. Und er war nicht der einzige Polizist in jener Zeit.

Seit 1949 wurden in Hamburg acht Polizeibeamte ermordet.

Jeder einzelne Fall ist tragisch und unnötig – wie andere Gewalttaten auch. Aber es sind eben auch nur acht, und jedes Polizeirevier in New York City wäre für eine ähnliche Quote dankbar. Das 41.Polizeirevier in New York, unweit des Central Parks und daher in einer eher besseren Gegend, beklagt zwölf getötete Polizeibeamte allein innerhalb der 1980er Jahre.

Aber in den wenigen Jahren zwischen dem Sommer 1945 und dem Dezember 1948 sterben zwölf (!) Beamte in Hamburg einen gewaltsamen Tod.

Bis auf zwei wurden alle erschossen. Einer wurde erstochen; ein anderer aus der Fensteröffnung einer Ruine gestoßen.

Die meisten waren uniformierte Schutzpolizisten, befanden sich auf Streife, überraschten Diebe auf frischer Tat, verfolgten Räuber oder standen nur einfach im Weg, wie der 19jährige Polizeianwärter Wilhelm Wachowius.

8 Beamte in 60 Jahren und 12 Beamte in 3 Jahren – ein auffallender Unterschied.

Am 4. Mai 1945 ist für Hamburg der Zweite Weltkrieg zu Ende. Die Stadt liegt nun in der britischen Zone und ist daher von britischen Truppen besetzt.

Zunächst handeln die Briten nach ihren Grundsätzen der fünf großen „D":

Demilitarisierung, Denazifizierung, Demontage,
Dezentralisierung, Demokratisierung

Die Demilitarisierung ist mit der Kapitulation durch den sog. Kampfkommandanten für Hamburg, Generalmajor Woltz, bereits an demselben Tag praktisch abgeschlossen. Es fällt kein Schuss. Die deutschen Soldaten in Hamburg sind froh, dass alles vorbei ist. Da ist kein Interesse an einem „Endsieg" Und wer sich mit der Niederlage gar nicht abfinden kann, setzt sich in Richtung Norden ab. Dort stehen noch deutsche Verbände.

Im Zusammenhang mit der Denazifizierung sind Ende 1945 von ca. 48.000 Bediensteten in der Hamburgischen Verwaltung fast 75% überprüft und 8.700 entlassen oder verhaftet. Verbleiben also 40.000 Mitarbeiter, Beamte, Angestellte und Arbeiter, die bis zum 3. Mai beim Deutschen Reich in Lohn und Brot standen, und nun für die britische Militärregierung arbeiten. Aus Sicht der Briten sicherlich riskant, aber praktisch ohne Alternative, wollte man ein Minimum an Infrastruktur aufrecht erhalten.

Das dritte „D", die Demontage, gestaltet sich zunehmend schwieriger, weil sie mehr und mehr auf den Widerstand von Hamburger Politikern stößt, die als Exilanten durch die Briten auf wichtige Verwaltungsposten gesetzt worden sind und sich nun doch nicht immer als willfährige Gehilfen herausstellen, sondern als wahre Patrioten ihrer Stadt manchmal unbequem werden. Oft sind es gerade die von den Briten begehrten Maschinen oder Werksanlagen, die für das Überleben der Stadt unentbehrlich sind. Um ihren Verbleib in Hamburg wird nun hart gerungen.

Dezentralisierung und Demokratisierung sind unter den Lebensbedingungen des Alltags zunächst von untergeordneter Bedeutung.

Die Zustände 1945 sind heute nur noch schwer vorstellbar.

Die Hälfte der Stadt ist zerstört – nichts ist intakt geblieben. Die Ringstrecke der Hochbahn ist mehrfach unterbrochen; die Teilstrecke in den Stadtteil Rothenburgsort gibt es nicht mehr. Überhaupt gibt es Rothenburgsort und Hammerbrook gar nicht mehr; die Stadtteile Hamm und Borgfelde nur noch dem Namen nach – als eine weite Fläche mit einzelnen Bergen aus zusammengeschobenen Ruinen.

Der Straßenbahnverkehr kann relativ schnell instandgesetzt werden, aber auch hier gibt es zunächst nur Streckenfragmente. Außerdem müssen mit der Bahn oft Trümmerschutt oder Güter transportiert werden. Also geht man zu Fuß, auch bei größeren Distanzen. Und selbst das ist ein Problem. Es gibt keine Schuhe und auch kein Material für Reparaturen. Oder man fährt mit dem Fahrrad, so man noch eines hat, denn die Fahrraddiebstähle häufen sich.

7

Gas, Wasser, Elektrizität – nur dort, wo Leitungen unbeschädigt sind. Wo dies noch der Fall ist, fließen die Energien nur zeitweise. Ständig verschwinden Bäume, aus Parks und aus den Wäldern im Umland sowieso. Kohle ist knapp, und selbst im Hochsommer geht das illegale Abholzen weiter, denn es wird Feuerholz zum Kochen benötigt.

In den ehemals dicht bebauten Stadtbezirken Eimsbüttel, Winterhude, Barmbek, rund um die Innenstadt, sind Ende '45 die Straßen noch nicht ausreichend geräumt.
Auf Trampelpfaden bewegt man sich durch Schutthalden.
Eine sehr dürftige Auswahl an Nahrungsmitteln wird über Lebensmittelkarten zugeteilt.
Der Begriff „Normalverbraucher" entsteht, soll heißen:
Ein ca. 30 Jahre alter Mensch mit leichter körperlicher Betätigung hat Anspruch auf 1500 Kalorien. Das sind in etwa 3 Stück Zucker, 1 Scheibe Käse, 3 Scheiben Brot , ein Stück Fleisch von 10 Gramm, 5 Gramm Fett und für den täglichen Genuss: 4 Gramm Kaffeeersatz.
Bis 1948 reduziert sich diese theoretische Vielfalt auf ca. 1000 Kalorien und zeitweise selbst noch darunter. Die Leute hungern, und der Alltag wird mehr und mehr zu einem Überlebenskampf.

Rund 900.000 Lebensmittelkarten werden im Sommer '45 verteilt. Also befindet sich zu der Zeit nur die Hälfte der Bewohner in ihrer Stadt. Die andere Hälfte wurde seit den großen Bombenangriffen 1943 evakuiert oder hatte die Stadt aus eigenem Antrieb verlassen. Die „Buten-hamburger" wollen nun zurück in ihre Stadt. Und nicht nur sie. Millionen Flüchtlinge und Vertriebene aus dem Osten des ehemaligen Deutschen Reichs, aber auch schon Menschen aus der von den Sowjets besetzten Zone erreichen die drei Westzonen und somit auch Hamburg. Die Einwohnerzahl Schleswig-Holsteins verdoppelt sich auf diese Weise.
Für Hamburg besteht eine Zuzugssperre.

Aus gutem Grund. Man weiß nicht, wo man die Menschen unterbringen soll. 2/3 aller Wohnungen sind derart beschädigt, dass sie selbst einfachsten Wohnzwecken nicht mehr genügen.

„Butenhamburger"– welch ein verharmlosender Begriff. Er beschreibt scheinbar nur einen Aufenthalt außerhalb Hamburgs. Für die Betroffenen ist dies aber auch eine schwierige psychische Situation, ein Zustand quälender Ungewissheit.

In meiner Familie väterlicherseits ist es so, dass meine Großmutter 1943 mit ihren beiden vierzehn und zehn Jahre alten Kindern nach Sachsen evakuiert werden.

Ein mehrtägiges Bombardement im Sommer des Jahres, das alliierte „Unternehmen Gomorrha" hatte den gesamten Hamburger Osten, aber auch Flächen in Eimsbüttel zerstört.

Also lebt meine Großmutter, Julia Wagner, als dreiköpfige Rumpffamilie seit September 1943 in Schönbach bei Grimma, unweit von Leipzig. Dort erhält sie Unterkunft, Lebensmittelkarten und Geld. Die Kinder gehen dort zur Schule, mein Vater wird dort konfirmiert und ein Jahr später zum Volkssturm eingezogen.

Von ihrem Ehemann hört Julia zuletzt 1944 aus Holland. Franz Wagner, mein Großvater, ist Musiker und als Soldat bei der Truppenbetreuung. In Dänemark geht er 1945 unversehrt in Gefangenschaft, ohne dass meine Großmutter dies alles erfährt. Sie fürchtet, er sei gefallen oder vermisst.

Bis 1946 bleibt sie in Sachsen; erlebt dort zunächst den Einmarsch der Amerikaner und im Juli 1945 die Übernahme des Gebietes durch die Rote Armee. Dann erreicht sie ein Schreiben meines Großvaters, der immer noch Truppenbetreuer ist – nun allerdings für die „Engländer" - und durch diese neuen Beziehungen wohl auch zu einer Wohnung in Hamburg kommt. Daher macht sich meine Großmutter mit ihren Kindern auf eine

9

zehntägige Heimreise nach Hamburg. Sie wollen unbedingt zurück.

Andere Menschen wiederum wollen nicht fort:
Kriegsgefangene und Zwangsarbeiter.
Soweit es sich dabei um Italiener, Franzosen und andere westliche Nachbarn handelt, dauert es nicht lange, bis sie sich auf dem Weg in Richtung Heimat machen. Was aber ist mit der großen Zahl der Osteuropäer, die zwischenzeitlich erfahren haben, dass sie in der Sowjetunion und in den von ihr besetzten Gebieten als Verräter, Kollaborateure oder gar Spione gelten, die hingerichtet, wenigstens jedoch in Arbeitslager deportiert werden?
Ein großes Wohnlager für „Ostarbeiter" befindet sich an der Karolinenstraße, unweit des Hamburger Schlachthofs. Die Daseinsbedingungen dieser Menschen haben sich seit der Befreiung kaum verbessert. Mit zwei Ausnahmen: Sie müssen keine Zwangsarbeit mehr leisten, und sie können das Wohnlager verlassen, wann immer es ihnen beliebt. Und es beliebt nicht nur; es ist überlebenswichtig. Versorgung und Unterbringung dort an der „Verbindungsbahn" sind denkbar schlecht, und viele dieser Männer fragen sich verbittert, weshalb sie so behandelt werden, obwohl sie doch nun zu den Siegern gehören.
Im Umgang mit den Briten merken sie auch, dass es mit der alliierten Verbrüderung nicht mehr zum Besten steht.
Sie sitzen zwischen den Stühlen und fühlen sich nach Gefangennahme, Verschleppung und Ausbeutung zum zweiten Mal als Verlierer. Oft besteht auch nur der schlichte Wunsch nach Rache an den Deutschen.
Und manchmal kommt einfach nur latente kriminelle Energie zum Ausbruch. Fast immer ist es aber Hunger.

Banden werden gebildet. Schusswaffen sind leicht zu beschaffen. Deutsche Einwohner haben kein Interesse am Besitz von Waffen, um nicht in den Verdacht einer „Werwolf"- Zugehörigkeit zu geraten. Überall liegen

10

Schusswaffen herum, und wenn die Briten nicht schneller sind, räumen die Ostarbeiter die Waffenkammern der Kasernen leer. Privatwohnungen, Geschäfte und Bauernhöfe werden ausgeraubt. Gestohlen wird alles, was ess- und trinkbar ist, oder wert genug, um gegen Lebensmittel getauscht werden zu können.

Ein Spediteur beschreibt im Sommer 1945, welche Fernstraßen zwischen Hamburg und dem Ruhrgebiet zu meiden sind, da Straßensperren durch Banden errichtet werden, um Fahrzeugführer auszurauben und auch zu erschlagen.

Horrorgeschichten über „die Russen", „die Polen" kursieren in der deutschen Bevölkerung.

Dieses alltägliche Chaos, diese fast rechtsfreie Situation verunsichert. Demonstrativer Protest bleibt aber aus – im Wesentlichen aus zwei Gründen. Erstens: die Deutschen haben friedlichen Protest nicht gelernt, und zweitens: alle ahnen und einige wissen genau, was man diesen Russen, Polen und Balten in den vergangenen Jahren angetan hat.

Manchmal ist es echte Scham, sich nun als Opfer zu präsentieren, denn nun wird öffentlich, wer für diesen Krieg verantwortlich war und was Deutsche in den vergangenen sechs Kriegsjahren angerichtet haben. Also nimmt man die eigene Not hin und klagt nicht. Einige halten sich mit Protesten auch aus anderen Gründen zurück. Sie wollen wegen ihrer exponierten Stellung, die sie im „Tausendjährigen Reich" inne hatten, auf keinen Fall in den Vordergrund treten. Jetzt bloß nicht auffallen !

Die meisten jedoch reagieren auf ihre neue Alltagssituation mit Empörung. Eigentlich sind sie jedoch schlicht anmaßend.

Wie können die Briten dieses Ausmaß an Mangel, Obdachlosigkeit und Kriminalität nur zulassen? Wo man doch all die Jahre nur harmloser Mitläufer war – ohne Schuld an millionenfachem Mord, ohne jedwede Denunziation und Profit an versteigerten jüdischen Waren ?

Diese Verdrängung aller Schuld und Mitschuld beschreibt der Publizist Ralph Giordano später in seinem Buch „Die zweite Schuld".

Wenn man bedenkt, dass in Großbritannien erst nach dem Krieg Lebensmittelkarten ausgegeben werden mussten, weil durch eine strenge Rationierung die Mitversorgung Norddeutschlands anders nicht gewährleistet werden konnte, dann wundert man sich nur, wie nachsichtig die Briten mit dieser „Empörung" umgegangen sind. Sie tun, was ihnen möglich ist.

Dennoch... Eine Verbesserung der Lebensverhältnisse geht nur schleppend voran. Wie sollte es auch anders gehen – die Anforderungen sind einfach zu gewaltig.

Und diese Not fördert eine völlig neue Form der Kriminalität: Schwarzmarkt.

Grundsatz ist, dass durch eine staatliche Verteilung in Form von Bezugskarten eine gleichmäßige Versorgung bei allgemeinem Warenmangel durchgeführt wird. Gibt es mehr Waren, als den staatlichen Stellen gemeldet („ein Schwein mehr"), hat man etwas zum Tauschen. Benachteiligt sind nun vor allem Ausgebombte und Flüchtlinge, die keine wertvollen Sachen zum Tausch haben.

Noch schlimmer ist die Fälschung oder Wiederausgabe von Karten, die eigentlich vernichtet sein sollen. Dadurch entstehen mehr Ansprüche, als Waren zur Verfügung stehen.

Es geht aber auch nicht ohne Schiebereien. Wer Mangelprodukte oder etwas schnell benötigt, muss sich diese Dinge auf dem „Schwarzmarkt" beschaffen. Er muss entweder überhöhte Preise bezahlen, oder andere begehrte Dinge zum Tausch anbieten.

Da man der Reichsmark oder überhaupt der amtlichen Bewirtschaftung misstraut, hat man bei Schiebereien wenig Unrechtsbewusstsein. Im Gegenteil: wer etwas

„besorgen" kann, steht bei seinen Mitmenschen in hohem Ansehen.

In meiner Familie ist dies bei Tante Martha der Fall.
Mit großer Anerkennung spricht man auch noch lange danach von „Tante Martha, der größten Schieberin von Winsen". Legendär ihre elegante Kleidung, die sie sich als Zentralfigur des örtlichen Schwarzmarktes leisten kann. Tatsächlich ist sie jedoch nicht „die große Schieberin", die durch „Warenvermittlung" zu großem Geld gekommen war. Tante Martha ist eine einfache junge Frau, ledig und bei einer Kaufmannsfamilie „in Stellung". D.h., sie ist ungelernt und als Haushalts- und Küchenhilfe beschäftigt.
Sie kennt viele Leute, ist beliebt und gilt als fleißig und zuverlässig. Beste Voraussetzungen offensichtlich für eine derartige Karriere.
Letztendlich geht es bei ihren Geschäften um Fett, Fleisch und Gemüse - zur Versorgung ihrer recht großen Familie und eines kleinen Freundeskreises. Dass sie ihr Maklergeschick nicht zum eigenen Schaden einsetzte, nimmt ihr niemand übel. Kleine Fische wie Tante Martha gibt es zu Tausenden. Aber auch viele kleine Fische ergeben einmal einen großen Schwarm. Und so ist die Versorgung aller Menschen in Deutschland auch durch diese vielen kleinen Schiebereien einerseits möglich, andererseits auch gefährdet, denn diese Waren fehlen in der staatlichen Bewirtschaftung.
Gegen diese Kreise geht die Polizei mit Razzien vor.
Die Menge an Gütern, die dabei sichergestellt wurden, ist nicht unerheblich.

Wirklich kriminell sind jedoch andere. Leute, die aus Gewinnsucht und mit hohem Kapitaleinsatz groß in den Schwarzen Markt einsteigen.
Ein Elektriker wird mit 10 Dosen Rindfleisch angetroffen, die er für eine Lichtinstallation bei einem Fetthändler erhalten hat. Woher stammen diese Dosen?

13

Auf keinen Fall hat der Elektriker die erforderliche Menge Lebensmittelkarten.

Da es sich um deutsche Ware handelt, ist es wahrscheinlich, dass diese Dosen aus deutschen Depots stammen, die von den Briten beschlagnahmt wurden.

Tatsächlich, und zum Erstaunen der Hamburger Bevölkerung, finden die britischen Soldaten in den Tagen der Kapitulation prall gefüllte Lager mit einem vielfältigen Warensortiment vor. Diese Lebensmittel werden nun von der britischen Militärregierung auch zur Versorgung der Hamburger benutzt.

Oder die Ware stammt aus einem der vielen „Ausweichlager". Das sind Warenbestände, die von deutschen Firmen schon vor Jahren vor Bombenangriffen in Sicherheit gebracht wurden. So befindet sich im weiteren Umland Hamburgs manche Scheune, die nicht nur Stroh verwahrt. Textilien, Haushaltswaren, Genuss-mittel und andere Mangelware wird für die Eigentümer verwahrt und nur für ein lohnendes Geschäft in Verkehr gebracht. Ungeahnte Möglichkeiten tun sich auf. Eine größtmögliche Nachfrage trifft auf ein minimales Angebot. Hier kann viel Geld verdient werden – sehr viel Geld.

Merkwürdige Allianzen bilden sich: professionelle Betrüger, britische Soldaten und andere Angehörige der Militärregierung, übereilt eingestellte Polizisten mit zweifelhafter Vergangenheit, Scheinfirmen und zwielichtige Spediteure. Sie können ihre dunklen Geschäfte nach Belieben abwickeln. Die Justiz ist mit der Entnazifizierung beschäftigt, die Strafverfolgungsbehörden, vor allem die Polizei, gilt durch den Nationalsozialismus als besonders belastet und steht unter Beobachtung.

Sie ist der einzige Verwaltungszweig, der noch direkt den Briten unterstellt ist und von ihnen beaufsichtigt wird.

Man kann es drehen wie man will. Es herrscht Chaos. Alles ist durcheinander.

Land und Leute. Was nicht zerstört ist, ist beschädigt. Dies gilt für Häuser ebenso wie für die Seelen der Menschen. Einige Monate zuvor war zwar auch schon alles knapp oder kaputt, aber da hatte die Propaganda wenigstens noch ein bisschen Ordnung vorgegaukelt. Eine jahrzehntelange Hörigkeit ergab immerhin noch ein wenig Autorität und Sicherheit. Nun steht man da wie nackt. Und mit jedem Bericht über Gräueltaten in den von Deutschen besetzten Ländern wächst auch die Erkenntnis einer Schuld – wenn sie nicht schon latent vorhanden war. Aber bei aller Größe dieses Unbehagens ist der erste Gedanke immer noch der Wille zum Überleben.

Das ist schwierig genug.

Zu aller Unordnung und Zerstörung kommen in diesen Jahren auch noch weitere Einflüsse, die selbst ein intaktes Gemeinwesen vor erhebliche Probleme gestellt hätte. Der Winter 1946/47 !

Von Dezember bis Anfang März herrscht Dauerfrost, und in dieser Zeit kommen dann noch drei Perioden hinzu, in denen über Tage die Temperaturen unter -25° C fielen.

Bürgermeister Brauer verlässt sich auf ein Lieferungsversprechen und beurlaubt daraufhin den Chef der Elektrizitätswerke, als sich dieser weigert, die letzte Kohlenreserve zu verfeuern. Brauer setzt alles auf eine Karte. Am nächsten Tag erreicht die angekündigte Kohlelieferung aus dem Ruhrgebiet tatsächlich Hamburg. Noch einmal ist die Stadt davongekommen

Der Sommer 1947 wiederum war so heiß und trocken, dass Vieh notgeschlachtet werden musste, was wiederum die Ernährung im folgenden Winter gefährdete.

Was man auch tat, welche Pläne man hatte – alles drehte sich nur noch darum, den nächsten Tag zu bestehen, satt zu werden und im kommenden Winter nicht zu erfrieren. Angehörige wiederzufinden, ein paar feste Schuhe zu bekommen.

Und in dieser Zeit spielt nun die folgende Geschichte.

Sie handelt von dem Mord an einem Kriminalbeamten aus Elbing bei Danzig, der zum Kriegsende nach Hamburg abgeordnet worden war, von einem weiteren, der erstaunlich schnell befördert wurde, ohne dass er Qualifikationen nachweisen musste. Und von drei britischen Soldaten, die im Schwarzmarkt die Chance ihres Lebens sahen.

Sie beschreibt am Rande auch die Arbeit des damaligen Leiters der Hamburger Mordkommission – eines genialen Ermittlers, der dennoch nicht in das übliche Klischee passt.

1.Kapitel

Trennung

Am Abend des 16. März 1945 sitzen Otto Todten und seine Ehefrau Irmgard in der Küche ihrer Zweizimmerwohnung im Berliner Stadtteil Heiligensee.
Es ist diese Tage nicht mehr ganz so kalt, so dass die leichte Wärme aus der Kochstelle gerade noch ausreicht, um für ein wenig Gemütlichkeit zu sorgen.
Zum Heizen sind Kohle und Brennholz zu wertvoll. Warmes Essen ist jetzt wichtiger. Beide haben sich ohnehin angewöhnt, mehrere wärmende Kleidungstücke auch im Hause zu tragen.
Die Schirmlampe mit dem geblümten Stoffschirm über dem Küchentisch dämpft das schwache Licht noch zusätzlich. Im Radio, ihrem Volksempfänger und auch „Goebbels-Schnauze" genannt, spielt Heinz Wehner mit seinem Tanzorchester einen Foxtrott in einem ruhigenden Tempo. Wie schön, dass heute Abend wieder Strom geliefert wird.
Irmgard hat Kartoffelsuppe aufgewärmt, die sie schon vor zwei Tagen mit ein paar Steckrüben gestreckt hatte. An ordentliche Wurstscheiben, wie zu Friedenszeiten, ist an einem normalen Wochentag nicht zu denken, obwohl sich die Versorgunglage für kurze Zeit, Anfang des Jahres, spürbar verbessert hatte. Merkwürdigerweise gab es dazu keine offiziellen Erklärungen. Otto hatte jedoch erfahren, dass einige Wehrmachtsdepots geräumt worden waren, damit die Sachen nicht den Russen in die Hände fielen.

In den letzten beiden Wochen war es jedoch wieder schwieriger, an Fleisch und Gemüse zu kommen. Irmgard hatte von ihrem eingemachten Obst etwas Speck eingetauscht. Sie hat da so ihre Quellen. Und etwas Kümmel fand sich auch noch im Haus. Alles in allem doch eine recht ordentliche Mahlzeit.

Das Fenster zur Straße ist vorschriftsmäßig verdunkelt, und an der Tür zum Flur steht, wie seit knapp drei Jahren, der kleine Koffer mit all den wichtigen Sachen: Urkunden und Papiere, Irmgards Schmuck, etwas frische Wäsche und natürlich die Familienbilder.

„Vielleicht geht es ja heute ohne Alarm", sagt Irmgard, ohne von ihrem Teller aufzublicken.

„Vielleicht.", antwortet Otto nur.

Er ist stiller geworden in letzter Zeit. Fast heimlich blickt er über den Tisch auf seine „Irmi", die gerade ihren Tellerrand etwas anhebt, um die letzten Löffel Kartoffelsuppe zu schöpfen. Sie reden nicht mehr so viel miteinander. Nicht, dass es an Zuneigung fehlt. Da sind immer noch Gesten, flüchtig-zärtliche Berührungen und eine Harmonie in den vielen alltäglichen Dingen, die vermutlich nur in einer nun 16 Jahre währenden Ehe wachsen kann. Es ist auch nicht der Nachklang aus den ersten Jahren nach der Hochzeit in denen ihre Kinderlosigkeit ein Problem war. Bei der Ausgiebigkeit ihres ehelichen Verkehrs konnten sie sich diesen Umstand nicht erklären.

Ärztliche Untersuchungen kamen auch nicht in Frage, und so setzte Gewöhnung ein, ohne dass dies auch nur ansatzweise von gegenseitigen Vorwürfen belastet war. Man sprach einfach nicht mehr darüber. Es schickte sich nicht. Außer einem zaghaften Versuch von Irmgards Mutter, war es bald auch in der Familie und bei Freunden kein Thema mehr. Schluss – Aus ! Es war halt so.

Nein, die Distanz hat einen anderen, ebenfalls unbesprochenen Grund. Es handelt sich um ihre unterschiedlichen politischen Ansichten.

Irmgard glaubt an den Führer. Sie ist zwar nie in die NSDAP eingetreten, lässt aber auch keine Gelegenheit aus, ständig auf alle Vorzüge und Wohltaten dieser Partei, „der Bewegung", hinzuweisen: „Die vielen neuen

18

Arbeitsplätze, die tolle Autobahn, dass alles so schön in Ordnung ist. Und jeder kann jetzt auch so schöne Reisen machen. Und die schönen Fackelumzüge!" Irmgard Todten kann sich daran berauschen. Ihre strahlenden Augen kann Otto sogar im Halbdunkel erkennen, wenn seine Irmi im Kino fasziniert die Wochenschau verfolgt.

Und natürlich die schönen Bilder von der Olympiade 1936.

Nur manchmal zweifelt Irmgard, ob auch wirklich alles gut ist, was von dieser Regierung so entschieden wird. Warum meiden die Leute auf einem Mal die Praxis von Dr. Cohn, obwohl doch alle über die vielen Jahre so zufrieden waren?

Warum sieht man ihn kaum noch auf der Straße? Sie weiß schon warum. Sie liest doch Zeitung und hört Radio. Sie mag mit Otto aber nicht so gern darüber sprechen, wo er doch ihre Begeisterung über die „neue Zeit" ohnehin nicht teilt.

Selbst später noch, bei den fragwürdigen Annexionen Österreichs und des tschechischen Sudetenlandes, überwiegt Irmgards Zustimmung.

„Wie sich die Leute in der Ostmark doch freuen! Wie schön für die Leute im Sudetenland nun heim ins Reich zu kommen!"

„Es ist schon alles rechtens, wo der Herr Goebbels doch sogar Doktor ist."

Otto Todten war bei der „Machtübernahme" der Nationalsozialisten nicht weniger begeistert. Er wurde 1919 als Hilfswachtmeister bei der Berliner Schutzpolizei eingestellt. Zuvor war er nur für sehr wenige Wochen und bis zum Kriegsende zum Infanterieregiment 49 eingezogen, ohne dabei noch einschlägige Fronterfahrungen machen zu müssen Er war leidlich an Politik interessiert, konnte sich aber der landläufige Meinung, dass die deutsche Armee durch Verrat in der Heimat geschlagen wurde, nicht anschließen.

Ganz im Gegensatz zu vielen anderen Landsleuten hatte er Hochachtung vor den Sozialdemokraten, die nun die Verantwortung für einen verlorenen Krieg übernahmen, den doch nun wirklich ganz andere begonnen hatten. Deshalb trat er auch in die SPD ein, in der er bis 1929 Mitglied blieb. Ausgetreten war er nur, weil er das Geld für die Mitgliedsbeiträge sparen wollte.

Und so war er nicht nur auf dienstlichen Befehl hin, sondern auch aus Überzeugung an der Niederschlagung des Kapp-Lüttwitz-Putsches beteiligt. Diese Reaktionäre wollte er nicht. Das hatte keine Zukunft für Deutschland. Er war fest davon überzeugt, dass das Militär, insbesondere die Generalität die Schuld an der deutschen Niederlage und diesem „Versailler Friedensdiktat" trug.

Nur einige Jahre später ist Otto Todten mittlerweile ein gestandener Hauptwachtmeister der Schutzpolizei im Berlin der 20er Jahre. Hautnah erlebt er eine Freiheit, die ihm zwar nicht geheuer ist, ihn aber doch fasziniert. Dieser Tanz auf dem Vulkan, so, als wäre es der letzte vor dem Untergang der Welt. Dieses Freizügige, aus seiner Sicht oft Liederliche zieht ihn ebenso an, wie es ihn auch abstößt.

Otto ist dabei, aber er gehört nicht dazu.

Seine Welt findet in den Nebenstraßen statt – dort, wo Arbeitslosigkeit und Armut herrschen. Sein Metier ist Streit und Gewalt. Immer wieder muss er dazwischen gehen – trennen, schlichten, einsperren, auch zuschlagen. Er hat immer nur mit den Symptomen zu tun; die Ursachen ändert er nicht.

Und es wird immer schlimmer. Als es 1930 auch noch zur Wirtschaftkrise kommt, spitzt sich die Situation besonders in den Großstädten zu. Die politischen Auseinandersetzungen werden immer gewalttätiger und auch die unpolitische Kriminalität nimmt zu.

Die Polizei ist nicht mehr Herr der Lage.

Todten ist verzweifelt. Psychisch ist er diesem täglichen Chaos nicht gewachsen. Er will doch nur etwas Ruhe, nach all den Jahren des Krieges, Hunger und Mangel, der Revolten und Revolutionen, nach Straßenkämpfen und Unordnung.
Er fühlt sich wie in einem Mahlsand, in dem er sich rührt und strampelt und dabei immer tiefer versinkt.

Das ist 1933 alles vorbei.
Auf einmal ist Ruhe. Unruhestifter verschwinden. Das ist gut. Krawalle auf der Straße nehmen deutlich ab, und als auch noch so ein ausländischer Kommunist den Reichstag anzündet, greift die neue Regierung erst richtig durch. Hinderliche Gesetze werden vorübergehend außer Kraft gesetzt. Es wird deutlich ruhiger in der Stadt. Die Polizei hat wieder mehr Autorität. Ihre scheinbar nicht ausreichende Präsenz in der Stadt wird nun verstärkt.
SA-Leute werden als Hilfspolizisten verpflichtet und gehen nun mit Otto auf Streife.
Das ist nun allerdings zu viel des Guten. Als Todten zum ersten Mal die ihm zugeteilten Männer sieht, ist er erschüttert. Das sind Gestalten, die er vor einigen Monaten noch eingesperrt hätte, weil sie an Schlägereien und Überfällen beteiligt waren. Bei seiner langjährigen beruflichen Erfahrung erkennt er solche Typen schnell: Schneidereit und Grossmann, Hilfsarbeiter und Fuhrgehilfe von Beruf, jedoch seit zwei, bzw. fünf Jahren arbeitslos. Bei einer Gelegenheit stellt Todten später fest, dass Schneidereit auch nicht lesen kann. Einmal lässt er die beiden an der Ecke Uhlandstraße/Hohenzollerndamm zur „Verkehrsbeobachtung" zurück, damit er seinen Streifengang allein fortsetzen kann. Dabei kommt es dann beinahe zu einer „Festnahme" durch die beiden, weil ein Mann die Fahrbahn angeblich nicht schnell genug überquert hat. Als dann im Herbst des Jahres das Büro seines alten SPD-Ortsvereins von SA-Leuten zertrümmert wird und dies nicht einmal rechtliche Folgen hat, wird Todten

klar, mit welchen Leuten er sich einzulassen beginnt. So hatte er sich das nicht vorgestellt.

„Wann gehst du morgen aus dem Haus ?" fragt Irmgard. „Wenn es heute Nacht ruhig bleibt, gehe ich um acht", antwortet Otto. „Ich muss mich um 10.00 Uhr bei Kurtz melden. Ich geh' direkt hin, nicht mehr ins Amt. In zwei Stunden schaffe ich das in jedem Fall mit der S-Bahn – selbst bei Stromausfall."

Dann ziehen sich beide aus – bis auf die „lange Unterwäsche" und die Kniestrümpfe und gehen zu Bett – die Oberbekleidung griffbereit. Bei Fliegeralarm haben sie nur den kurzen Weg in den Keller. Bunker gibt es in der näheren Umgebung nicht.

Ein älteres Ehepaar im Haus geht sogar noch nicht einmal in den Keller; sehr zum Ärger von Herrn Gries, dem alten Luftschutzwart des Wohnblocks. Der nimmt es nicht so genau wie andere, denen man ähnliche Autorität verliehen hat. Vor allem aber ist er nicht so dienst-beflissen, dieses eigenwillige Verhalten zur Meldung zu bringen. Gries glaubt wohl auch nicht so recht an Bombenabwürfe auf Heiligensee.

Todten liest noch ein paar Seiten aus seinem „Buddenbrooks". Thomas Mann ist seit Jahren verboten. Warum eigentlich ? Ihm gefällt der Roman. Gerade in dieser Zeit tut es so gut, in die Atmosphäre der Handlung einzutauchen. Er sieht sich selbst durch Lübeck gehen, ohne es selbst je gesehen zu haben. Und vor allem: er sieht sich selbst in jener romantischen Zeit der Konventionen und Ordnungen.

Vielleicht liest er auch deshalb diesen Roman nun schon zum dritten Male, oder auch, weil er das Buch wie einen Schatz hüten und verstecken muss.

Vor Irmgard natürlich nicht, da kann er sich auf sie verlassen. Dann knipst er die kleine Leselampe aus. Immer noch keine Stromsperre.

Ihm geht der morgige Termin durch den Kopf.

Was will Kurtz ? Sein Abteilungsleiter, Regierungs- und Kriminalrat und SS-Sturmführer. Doch noch einmal die Sache mit Irmgards Halbschwester ?

1934 scheint sich die SA immer mehr zu verselbständigen. Schon lange begnügen sie sich nicht mehr mit Hilfsdiensten für die Polizei, sondern sehen sich als eigenständige Ordnungstruppen.
Das Gebaren dieser Leute ist Todten unerträglich. Viele Kollegen und auch Vorgesetzte teilen seine Auffassung. Andere jedoch nicht. Besonders jene haben bemerkt, wie die Polizei „von oben" verändert wird. Sie wollen nun nicht ihre Karriere gefährden.
Todten will das nicht mehr mitmachen. Oft sitzt er mit seiner Irmi zusammen und sucht nach Auswegen.
Was soll er nur machen ? Er hat doch nur Soldat und Polizei gelernt. Als Todten sich im Frühsommer tatsächlich zu einer Kündigung entschlossen hat, passieren zwei Dinge, die alles verändern:
Hitler stoppt die SA und lässt ihren Chef, Ernst Röhm, verhaften, und Otto Todtens Gesuch für einen Wechsel zur Kriminalpolizei wird endlich stattgegeben. Allerdings ist damit eine Versetzung nach Elbing bei Danzig verbunden. Am 1. Juni 1934 tritt er dort seinen Dienst als Kriminalassistent an. Seine Frau Irmgard bleibt zunächst in Berlin.

Zu Irmgards Entschluss hat auch ihre ältere Halb-schwester Hildegard beigetragen. Sie ist die Tochter aus der ersten Ehe ihres Vaters mit einer jüdischen Frau, die nur wenige Jahre nach Hildegards Geburt gestorben war. Hildegard ist also Halbjüdin.
Die Liebe zu ihrer Halbschwester verursacht auch die ersten Sprünge ihrer hochglänzenden Fassade der Reichspropaganda, denn in Elbing erreicht das Ehepaar Todten immer häufiger Briefe, in denen sich Hildegard über die vielen Schikane beklagt, die ihr überall direkt oder indirekt begegnen: Gespräche über „die Juden", die

sie zufällig mithört, Schilder, die ein Betreten verbieten, oder Verbote für Juden zu bestimmten Mitgliedschaften.

Ende 1935 zieht Irmgard dann zu ihrem Mann nach Elbing – halbherzig; Elbing ist nun einmal nicht Berlin. Wann immer es geht, verbringt sie ein paar Tage bei Hildegard und Otto Lumma in Heiligensee. Oft bleibt sie dort auch gern einmal für einige Wochen. Die damit verbundene Trennung von Otto empfindet sie als nicht so sehr belastend.

Beruflich folgen für Todten nun die besten Jahre. Durch mehrere Lehrgänge spezialisiert er sich zunächst auf die kriminalpolizeiliche Bearbeitung von größeren Unglücksfällen und Brandlegungen, später kommen dann komplizierte Betrugsdelikte dazu. Mehr und mehr arrangiert er sich auch mit den politischen Verhältnissen im „Reich" – wie es nun immer häufiger heißt. Aus dem Erstaunen über Hitlers außenpolitischen Dreistigkeiten wird langsam Bewunderung, und spätestens nach den Olympischen Spielen 1936 ist es für ihn keine Frage mehr, dass Deutschland auf die Bühne der europäischen Mächte wieder zurück gekehrt ist.

Auf Empfehlung eines Vorgesetzten tritt er 1937 der NSDAP bei, was in recht kurzer Zeit zu seiner Beförderung zum Kriminalsekretär führt.

Und Irmgard erhält eine Stelle als Sekretärin bei einer Elbinger Spedition.

Es sind schöne Jahre dort. Land und Leute sind ganz anders als erwartet. Es gibt viele Tage, die man bei angenehm frischer Luft an der Ostsee verbringen kann. Man ist häufig in Danzig und hat auch oft Kontakte mit Polen, die in dieser Gegend häufig gut Deutsch sprechen.

Allerdings verändert sich die Stimmung im Land. Es gibt so viele Uniformen, und es sind so viele, die gar nicht genug nationale Gesinnung demonstrieren können. Jeder ist jetzt bedeutend, wenn er nur eine halbwegs amtliche Funktion wahrnehmen darf.

Im November 1938 kommt es dann zur Reichs-
kristallnacht, einem Pogrom gegen alles Jüdische im
Reich – auch in dem beschaulichen Elbing. Bei einem
Besuch in Berlin hatte Otto seine Schwägerin gebeten,
nicht mehr so offen über Schikanen zu schreiben.
Die Todtens fürchten um Hildegards Sicherheit, und sie
selbst wollen auch keine Schwierigkeiten. Aber all diese
Gedanken verursachen Unbehagen.
So auch, die ganz offene Stimmungsmache gegen die
Polen. Diese nimmt 1939 derart zu, dass bei beiden die
Sorge besteht, sie könnten in ihrem grenznahen Elbing
nun in einen langen Krieg mit Polen geraten. Überrascht
sind sie dann jedoch, dass Polen nach nur wenigen
Wochen besiegt ist, und die angeblich so verhassten
russischen Kommunisten nun Verbündete sind.
Die Todtens verstehen das alles nicht mehr. Otto geht auf
Distanz zu allen politischen Angelegenheiten und kon-
zentriert sich nur noch auf seinen Beruf.

Die Fahrt mit der S-Bahn in das Zentrum verläuft
problemlos, und daher ist Todten nun schon kurz nach
9.00 Uhr in seiner vorgesetzten Dienststelle, im Reichskriminalamt am Werderschen Markt. Vom Brandenburger
Tor aus ist er zu Fuß gegangen. Da gibt es wohl auch
keine andere Wahl mehr. Busse oder Taxis fahren nicht
mehr. Wie auch, es ist ja alles kaputt. Große
ausgebrannte oder eingestürzte   Häuser, notdürftig
zugeschüttete Bomben-trichter in den Fahrbahnen,
verkohlte Baumstümpfe. Todten sieht das alles nicht zum
ersten Mal, aber es wirkt auf ihn immer schlimmer. Und
besonders hier, „Unter den Linden", an die er so schöne
persönliche Erinnerungen knüpft.
Er war seit Wochen nicht hier. Seine Inspektion ist in
Tiergarten untergebracht. In der Zwischenzeit hat das
imposante Gebäude des Reichskriminalamtes ziemlich
gelitten. Der Seitentrakt hat durch einen direkten
Bombentreffer deutlich etwas abbekommen, und an der

Hauptfassade gibt es kaum noch Glas in den Fenstern. Es ist meist durch Sperrholz oder Pappe, gelegentlich sogar nur durch Zeitungspapier ersetzt.

„Das wird nichts mehr", sagt Todten halblaut zu sich selbst und meint damit schlichtweg alles: das Reich, Berlin , den Krieg.

1942 wurde Todten von Elbing in das Reichskriminalamt nach Berlin abgeordnet. Man war auf ihn aufmerksam geworden. Er hatte in Elbing und Umgebung erfolgreich in Schwarzmarktdelikten und Betrügereien ermittelt.

Irmgard war diesmal sofort mitgereist. Schwager Otto Lumma hatte in Heiligensee eine Wohnung entdeckt, die mit „besonderer" Hilfe des Reichskriminalamtes schnell bezogen werden konnte.

Todten sitzt jetzt eine halbe Stunde vor dem vereinbarten Termin im Vorzimmer von Regierungsrat Kurtz. Dessen Sekretärin hat Todten schon gemeldet. Dennoch wird er erst um Punkt 10.00 Uhr hereingebeten. Kein gutes Zeichen. Todtens Unbehagen wächst.

„Morgen, Todten ! Nehmen Sie Platz !"

Kurtz hat sich vom Stuhl erhoben, kommt ihm sogar ein paar Schritte entgegen. Grauer Flanellanzug, doppelreihig, beste Schneiderarbeit. Dazu weißes Hemd und dezent gestreifte Krawatte; Parteiabzeichen am Revers. Keine SS-Uniform, die er in den letzten Jahren gern und häufig getragen hat. Auch das markige „Heil Hitler", das gerade er zur Begrüßung eher zu brüllen pflegte, war nicht zu hören. Und es schien auch nicht zu stören, dass von Todtens Seite diese Zwangsfloskel unterblieb. Die Männer geben sich die Hand. „Ungewöhnlich", denkt Todten und bleibt aufmerksam. Kurtz hat sich wieder hinter den Schreibtisch gesetzt.

„Sie leisten gute Arbeit, Todten. Bin sehr zufrieden – nicht erst seit Athen."

„Danke, Herr Regierungsrat".

Todten war kaum in Berlin, da hatte ihn sein Chef und Inspektionsleiter, der Kriminalinspektor Kopitzke zu einem Auslandsauftrag nach Griechenland geschickt. Das lief natürlich über Kurtz, der sehr an einem guten Ergebnis interessiert war.

Dort in Griechenland waren während der deutschen Besetzung von mehreren Beamten und Soldaten der Verwaltungsabteilung im Heeresamt im großen Stil Ausrüstung und Kraftstoffe verschoben worden. Es waren recht komplizierte Ermittlungen, mit denen er einigen Offizieren und zivilen Beamten Urkundenfälschungen und Unterschlagungen nachweisen konnte. Seine Ermittlungsergebnisse musste er an den Sicherheitsdienst (SD) abgeben. Er wollte gar nicht wissen, was mit den Beschuldigten geschah – er erfuhr es auch nicht.

„Es herrschen schwierige Zeiten. Da müssen wir alle ganz besondere Leistungen erbringen. Jetzt, in diesen Schicksalsstunden kommt es auf jeden einzelnen an". Todten blickt Kurtz an und versucht dabei, seine Unruhe zu verbergen.

Was kommt jetzt? Was meint er? Fronteinsatz, Volkssturm? Er spürt es tatsächlich; es ist keine Einbildung: Kälte steigt in seinem Rücken auf. Vom Steiß breitet sie sich in Richtung Nacken aus.

„Ich will nicht lange drum herum reden. Ich habe einen Spezialauftrag für Sie".

Die Kälte hat jetzt den Nacken erreicht.

„Sie müssen nach Hamburg. Das geht da wohl drunter und drüber. Jede Menge Kriegswirtschaftsdelikte. Das ist doch auch Ihr Spezialgebiet."

„Aber Herr Regierungsrat, ich kann doch jetzt nicht…"

„Todten, Menschenskind, merken Sie denn nichts? Der Russe steht an der Oder. Noch zwei oder drei Wochen, dann ist der hier in Berlin. Was glauben Sie, was der mit uns macht?" Kurtz schreit die letzten Sätze und schlägt mit der flachen Hand auf seine Schreibtischunterlage.

Todten ist unsicher. Vorsicht jetzt. Wird ihm hier gar eine Falle gestellt? Nur ein Wort der Zustimmung und er ist

dran wegen Defätismus und steht vor einem Kriegs-
gericht. Also sagt er nichts.

„Es ist ja nur eine Abordnung. Ihre Dienststelle bleibt hier
das Reichskriminalamt. Ihre Frau kann auch mit. Hab ich
alles geregelt. Gehen Sie mal runter in die Abteilung II.
Die haben da alles für Sie zusammengestellt –
Fahrkarten, Zimmernachweis in Hamburg usw.. Sie sollen
ab 20.März dort sein, aber es kann sein, dass Sie ein
paar Tage länger brauchen. Schwierige Zeiten eben.“

Todten schweigt noch immer. Er ist völlig durcheinander.
War das nun etwa ein Rettungsversuch. Vom Chef
seines Chefs ? Ausgerechnet von Kurtz, dem SS-Mann,
der wie kaum einer im Amt für das „Tausendjährige
Reich“ steht und so sehr viel Wert auf die Vaterlandstreue
seiner Mitarbeiter legt?

Oder will er etwa durch eine gute Tat nur seine Haut
retten ? Todten wird aus diesem Mann einfach nicht
schlau. Einerseits gilt er unter den Mitarbeitern im
Reichskriminalamt als ausgesprochen guter Kriminalist,
der seinen Beruf „von der Pike auf“ gelernt hat. Er hatte
es schon vor '33 bis zum Kriminalinspektor gebracht.

Andererseits war er aber auch ein fanatischer Nationalist,
dem die deutsche Niederlage im letzten Krieg wie ein
Pfahl in seinem Fleisch steckte. Der „deutsche Genius“
und „deutsche Tugenden“ sollten wieder zu Geltung in der
Welt kommen.

Und deshalb stand er wohl auch genau dieser Abteilung
des Reichskriminalamtes vor: Der Bekämpfung von
Amtsdelikten und Korruption. Der korrekte Beamte
klassisch-preussischer Prägung war ihm wohl tatsächlich
ein Herzensanliegen.

Natürlich war er auch Antisemit, aber nicht mit dergleichen Verbissenheit, mit der er deutsche Überlegenheit
und nationale Gesinnung herausstellte. In einem kleinen
Kreis und geselligem Rahmen soll er sich sogar darüber
empört haben, dass für deutsche Juden, die sich im Krieg
wegen besonderer Tapferkeit ausgezeichnet hatten, keine
Ausnahmen von den Rassegesetzen gemacht wurde. Das

hatte dann wohl doch die Runde gemacht, denn für die ganz große Karriere reichte es nun nicht mehr. Aber markige Reden und Anweisungen im Amt und nicht zuletzt sein beeindruckendes Erscheinungsbild sorgten für ausreichend Rückenwind durch maßgebliche Leute. Die Aufnahme in die SS schmeichelte ihm.

Todten mustert Kurtz noch einmal und fragt mit einem leicht mitfühlenden Unterton: „Und was wird aus Ihnen, Herr Regierungsrat?"

„Das wird schon, mein Lieber, keine Sorge". antwortet Kurtz und lächelt etwas dabei.

„Jawohl, Herr Regierungsrat". Das ist nie verkehrt. Das passt für alles.

Kurtz reicht Todten noch einmal die Hand. Der schlägt ein. Beide strecken sich noch einmal ganz leicht, und Todten deutet eine leichte Verbeugung an. Dann dreht er sich auf der Stelle um 180°, so, wie er es in der Grundausbildung gelernt hat und verlässt das Büro.

„Ich geh' nicht mit. Ich kann das jetzt nicht." Otto sitzt am Küchentisch und Irmgard geht davor auf und ab. Sie kann jetzt nicht ruhig sitzen. Auf dem Tisch hat Otto Papiere ausgebreitet. Die Fahrkarten sind Irmgard als erstes aufgefallen. Daraufhin hat ihr Otto alles erklärt, auch seine Vermutung zu Kurtz' Motivation.

„Aber Otto, du kannst dir doch denken, dass ich Hildegard jetzt nicht allein lassen kann. Wer soll sich denn um sie kümmern?"

„Ich weiß. Und ich? Ich kann doch jetzt nicht den Befehl verweigern und zu Kurtz gehen und sagen: ‚Vielen Dank für das freundliche Angebot, aber ich möchte lieber hier bleiben'. Keine drei Stunden später sitze ich im Schützengraben an der Oder".

Das ist sehr wahrscheinlich und beide wissen es. Schweigen.

„Irmi! Schatz! Du weißt doch, was passiert, wenn die Russen Berlin besetzen. Ich habe dir doch erzählt, was

29

ich aus Pommern und Ostpreußen erfahren habe. Du kannst doch hier nicht allein bleiben."

„Aber Otto, du hast doch selbst gesagt, dass die Amis vor den Russen in Berlin sind."

„Ja, das habe ich zu Weihnachten gesagt und weil ich es mit zu Weihnachten gewünscht habe. Aber jetzt ist März und die Sache ist anders verlaufen."

„Aber da ist doch auch noch die Armee Wenck, von der immer wieder gesprochen wird. Der Führer setzt seine ganze Hoffnung darin, dass Wenck die Russen zurück- schlagen wird – meinetwegen bis die Amis kommen."

„Irmi, glaub' mir doch. Wie oft habe ich dir schon gesagt, dass ich im Amt über andere Informationen verfüge, als die, die du im Radio oder bei deinem Krämer hörst.
Dieser General Wenck wird es nicht schaffen. Die Russen werden kommen. Bestimmt. Ich bitte dich, komm' mit nach Hamburg."

Irmgard stellt sich an den Tisch, sieht Otto mit festem Blick an

„Wie kannst du nur so wenig Vertrauen in unseren Führer haben. Es ist deine Pflicht, in Hamburg für Ordnung zu sorgen, und es ist meine Pflicht, hier in Berlin zu bleiben. Pass' auf, wir machen es so: Du fährst nach Hamburg, und ich komme nach, sobald Hildegard… sich selbst versorgen kann."

Hildegard und ihr Mann, der ebenfalls Otto heißt, leben nur zwei Straßen von Todtens entfernt in dem kleinen Siedlungshaus, das Otto Lumma von seinen Eltern geerbt hat. Scheinbar bewohnt er das Haus nun allein, denn Hildegard Lumma lebt seit fünf Monaten in ihrem Keller und gilt offiziell als verschollen.
Todten hat es so arrangiert. Die Schikane gegen Juden haben sich während des Krieges noch verstärkt. Das hat sogar Irmgard bemerkt. Als Todten im November einen größeren Bombenangriff in der Berliner Innenstadt kriminalpolizeilich bearbeitet, nimmt er die Daten seiner Schwägerin in die Liste der verbrannten Personen mit auf.

Er asserviert sogar ein paar persönliche Dinge von Hildegard, die angeblich am Unglücksort gefunden worden sind. Diese gewagte Fälschung erscheint ihm notwendig, da er im Amt von Deportationen nach Fürstenberg im Havelland gehört hat. Dort soll es ein Frauenlager namens „Ravensbrück" geben, in das jetzt sogar halbjüdische Frauen verbracht werden.

Seit dem muss Hildegard sich erst einmal versteckt halten. Wie es dann weiter gehen soll, wissen sie auch nicht. Aber jeder denkt in diesen letzten Monaten des Krieges an so etwas wie Befreiung, auch wenn dieses Wort unter ihnen nie ausgesprochen und auch sonst nicht über die nahe Zukunft geredet wird.

Zwei Tage später, am 19. März, nachmittags, sitzt Otto Todten im Zug nach Hamburg. Ein klassischer D-Zug ist das nicht mehr. Es gibt nur drei Waggons der 3.Klasse und eine doppelte Anzahl an Güterwaggons, in oder an dem sich auch Personen befinden. Schon vor Nauen ist erst einmal Halt. Ein sehr alter Schaffner klärt auf, dass man hier, im schützenden Wald, auf den Einbruch der Dunkelheit warte. Tiefflieger. Es gäbe hier um Berlin herum zwar noch jede Menge FLAK, aber das störe die Tommys nicht.

Nach einer Stunde ertönt auch noch Fliegeralarm. Alle Fahrgäste müssen den Zug verlassen und suchen nun Schutz in den Splittergräben, die rechts der Gleise ausgehoben worden sind und wohl auch schon häufig genutzt wurden.

Schlicht gesagt: es stinkt. „Da haben wohl einige Leute unter sich gemacht", zitiert Todten im Gedanken seine Frau Irmi, die sich in solchen Dingen gern etwas gestelzt ausdrückt.

„Oder die haben sich vor Angst in die Hosen geschissen", wiederholt Todten noch einmal in seiner Sprache und blickt dabei auf Papierreste und entsprechend verschmutzte Taschentücher.

Beiläufig staunt Todten aber auch darüber, wie scheinbar gelassen die Leute auf alles reagieren – fast schon apathisch, vielleicht auch einfach nur routiniert. Sie sind aus Berlin und scheinen schon Schlimmeres erlebt zu haben.

In großer Höhe fliegen Bomberverbände vorbei. FLAK schießt. Einige Geschütze befinden sich ganz in der Nähe. Hoffentlich sind sie nicht Ziel des Angriffs. Kurz nacheinander werden zwei dieser riesigen Maschinen getroffen. Beide stürzen auch ab. Über 20 Minuten sieht man eine Formation nach der anderen. Deutsche Flugzeuge sind nicht zu erkennen.

„Hoffentlich nicht Heiligensee", ist Todtens einziger Gedanke, als er den letzten amerikanischen Bombern nachschaut.

Ab 21.00 Uhr geht es mit dem verdunkelten Zug weiter. Todtens zwei große Koffer sind für die anderen Fahrgäste ein Ärgernis. Sie sind immer im Weg. Todten stören weder die verärgerten Blicke, noch die gemurmelten Empörungen. Ihm geht nur durch den Kopf, ob diese Abreise richtig war und was ihn wohl in Hamburg erwarten wird.

Die Fahrt geht langsam aber stetig voran. Dann aber, bei Ludwigslust, muss der Zug über Schwerin umgeleitet werden, weil die Strecke vor Lauenburg beschädigt ist.

Sehr langsam schiebt sich der Zug bald darauf durch die östlichen Stadtteile Hamburgs – Rahlstedt, Tonndorf und Marienthal. Ein ganz schwaches Mondlicht scheint auf Einzelhäuser und kleine Villen. Alles unbeschädigt, aber leblos. Kein einziges Licht brennt. „Sieht nicht so schlimm aus wie Berlin. Haben wohl Glück gehabt hier in Hamburg," raunt ihm sein Sitznachbar zu, der bei diesem Ausblick wohl die gleichen Gedanken wie Todten hat. Der nickt zustimmend. Aber dann kommt Wandsbek, anschließend Eilbek, und beide sagen nun nichts mehr. Zu beiden Seiten der Gleise nur noch Ruinen. Dass hier kein Licht brennt, hat nichts mit Nachtruhe zu tun. Hier kann kein Licht mehr brennen.

Und so trifft Todten erst gegen 4.00 Uhr morgens am Hamburger Hauptbahnhof ein.
Keine gute Zeit für eine Ankunft in einer fremden Stadt.

2. Kapitel

Der Wolf im Schafspelz

An demselben Tag, Mitte März 1945 in Hamburg.

Kurt Bornemann, 49 Jahre alt und seit zwei Jahren verheiratet, sitzt in seinem Wohnzimmer in einem geräumigen Ledersessel und müht sich wie immer dabei, die schwarzen Schaftstiefel über die kräftigen Unterschenkel zu ziehen. Und wie immer flucht er dabei.

In der offenen Tür zum Flur steht seine Frau Eva, die er jetzt öfter Erna nennt, und sieht dabei zu. Lässig steht sie da, an den Rahmen gelehnt und mit einer Zigarette in der Hand, geziert zwischen Zeige- und Mittelfinger – den Arm dabei bis Schulterhöhe angewinkelt.

„Das lernst du nie", lächelt sie etwas spöttisch in seine Richtung.

Kurt ist noch immer ein attraktiver Mann. Er ist mit 1,80 m doch recht groß und hat sich auch mit beinahe fünfzig Lebensjahren noch eine sportliche Figur erhalten. Die dunklen Haare sind ordentlich nach hinten gekämmt und werden an beiden Schläfen schon grau. Keine Narben, keine tiefen Falten und auch keine besondere Augenfarbe – und bei jeglichem Mangel an Besonderheiten fällt dann vielleicht die absolute Symmetrie seines Gesichtes auf. Stets deutet er ein Lächeln an, das auf den Betrachter immer ein wenig spöttisch wirkt.

Richtig lachen sollte er auch nicht. Die Zähne sind vom jahrzehntelangen Zigarettenrauch verfärbt und viele wegen mangelnder Pflege auch schadhaft.

Bornemann hält einen Augenblick inne und sieht Eva an. Sie ist jetzt 38 und immer noch recht hübsch.

1,70 groß, schlank mit einer modisch halblangen Frisur in sattem Blond und in großen Wellen gelegt. Und wie sie da steht, leicht an den Türrahmen gelehnt in ihrem langen

Morgenmantel, der so aufschlägt, dass eines ihrer hübschen Beine bis zum Knie sichtbar wird. Eine Pose – einstudiert und wohl tausendfach vorgeführt.

Ihr ebenmäßiges Gesicht benötigt nun schon etwas Puder, da ein natürlicher Teint unter starkem Rauchen und zu vielen langen Nächten gelitten hat.

Das große Geld wäre mit ihr nicht mehr zu verdienen.

Eva war noch bis 1939 für Bornemann auf den Strich gegangen, und er arbeitete offiziell als Kellner im Lokal „Komm zu Otto", in der Wilhelminenstraße, nahe der Reeperbahn. Beide wohnten zu der Zeit noch in der Herbertstraße – seit Urzeiten die Bordellstraße Hamburgs.

Kurt Bornemann hatte in den 30er Jahren auch als Kellner ein gutes Auskommen. Ursprünglich wollte er Kapitän werden und heuerte 1912 auf einem Frachter als Decksjunge an, nachdem er in Braunschweig die Oberrealschule abgeschlossen hatte. Und wie bei so vielen Jungs aus dem Binnenland war Seefahrt oder Militär der gängige Weg zur Selbständigkeit oder zur Befriedigung eines Fernwehs.

Nur zwei Jahre später war diese hoffnungsvolle Karriere beendet. Der 1.Weltkrieg begann und Bornemanns Schiff wurde in Australien interniert. Die anfängliche Wut und die Schmach, in dieser entscheidenden Phase seinem Vaterland nicht dienen zu können, legte sich schnell, als Bornemann durch Zeitungslektüre verfolgen konnte, welches Inferno ihm erspart geblieben war. Und wie nebenbei erlernte er die englische Sprache – und zwar so perfekt, dass er ständig als Dolmetscher herangezogen wurde und auch mit Botengängen in ganz Sidney unterwegs war.

Diese Kenntnisse der englischen Sprache und der angelsächsischen Lebensart waren ihm dann später als Kellner auf St. Pauli sehr dienlich. „Komm zu Otto" war nun die erste Adresse für viele ausländische Seeleute und Bornemann war ihr Vertrauter, der alles besorgen und vermitteln konnte – auch eine blonde Eva. Und wem man derart vertraut, bei dem tauscht man auch die Währung. Vor allem für Bornemann stimmte der Wechselkurs.

Das ist nun schon ein paar Jahre her. Jetzt bewohnen sie eine geräumige 3-Zimmerwohnung in der Gärtnerstraße, direkt am Weiher. Die Wohnung an sich ist schon teuer, aber das wirklich Wertvolle ist, dass sie ihnen allein zur Verfügung steht. Und das, obwohl es kaum noch eine Wohnung gibt, die nicht der amtlichen Bewirtschaftung unterliegt. Unzerstörter, intakter Wohnraum ist knapp.

1940 saß Bornemann wegen Zuhälterei sogar für kurze Zeit in Untersuchungshaft und wurde später vom Landgericht Hamburg nur deshalb freigesprochen, weil man ihm nicht nachweisen konnte, dass er von Evas Dirnenlohn lebte. In dubio pro reo – Schwein gehabt ! Allerdings hatte auch Evas Aussage vor Gericht wesentlich zu dem günstigen Urteil beigetragen.

Sie gaben sich zu dem Zeitpunkt schon als verlobt aus, und tatsächlich heiratete Bornemann dieses Frl. Schlieker, die er von nun an in bestimmten Kreisen als Erna Bornemann vorstellte. Das klang bürgerlicher und passte besser zu dem Anschein, den Bornemann sich nun geben wollte.

„Ich muss das auch nicht lernen. Wenn das hier vorbei ist, schmeißen die mich sowieso 'raus. Pass mal auf, mein Goldstück. Das dauert nur noch ein paar Monate, vielleicht weniger, dann sind entweder die Russen oder die Amis hier in Hamburg. Wenn die Amis hier sind, kann ich wieder Geschäfte machen. Wenn die Russen hier sind, dann- hurra die Enten- und nichts wie weg.

Wenn ich mal Zeit habe, erzähl ich dir, was mir ein Kollege berichtet hat, der mit seinem Bataillon bei Minsk und in Polen war. Dann weißt du, warum ich nicht mehr Polizist sein möchte, wenn hier der Russe einmarschiert."

Eva sieht ihren Mann nachdenklich an. Sie weiß ja selbst, dass sie nicht die Hellste ist, aber dass Kurt immer alles für sich behält, dass er sie nie mit einbezieht in Geheimnisse, Entwicklungen und Erkenntnissen. Sie ist immer darauf angewiesen, dass Kurt entscheidet – und möglichst richtig entscheidet.

Und gerade jetzt läuft es doch so gut. Jetzt, wo Kurt doch Polizist ist und jeder im Haus grüßt und freundlich ist – auch, wenn Kurt nur Hilfspolizist und nur Wachtmeister ist. Und dann die Leute auf dem Polizeirevier – die richtigen Polizisten. Im letzten Sommer hatten sie dort ein kleines Fest veranstaltet. Eva hatte sich ein geblümtes Sommerkleid schneidern lassen, sich nur sehr dezent geschminkt und nicht geraucht. Und sogar mit dem Herrn Polizeiinspektor hatte sie getanzt. Und niemand dort wäre auf die Idee gekommen, dass und wie sie früher ihr Geld auf St.Pauli verdient hatte. Und das will Kurt alles auf's Spiel setzten ?

„Und warum sollen die dich rausschmeißen ? Es hat sich doch niemand über dich beklagt."

„Goldstück ! Bist du denn vollkommen blöde ? Sieh dich doch einmal um ! Die große Wohnung, die Möbel, deine Kleider. Alles von meinem kleinen Wachtmeistergehalt ?

Vor drei Jahren, als ich zur Luftschutzpolizei eingezogen wurde – wahrscheinlich auf Grund eines Versehens – das war für mich wie ein Hauptgewinn in der Lotterie.

Es gab doch keine bessere Tarnung für alles, was ich so laufen hatte. Die ganzen kleinen Geschäfte und Gefälligkeiten. Und dann noch meine Versetzung auf's Revier als Hilfspolizist. Jetzt konnte ich mich sogar selber warnen !" Bornemann lacht kurz auf und freut sich über dieses bon mot.

So war es tatsächlich. Im Mai 1942 erhielt Bornemann seine Einberufung zur Luftschutzpolizei, zugestellt an seine neue Adresse in der Wilhelminenstraße 8. Seine langjährige Anschrift in der Herbertstraße war ihm nun doch zu eindeutig und schadete seinen Geschäften.

Er hielt diesen Einberufungsbefehl lange in der Hand, weil er nicht glauben konnte, dass man ausgerechnet ihn für eine solche Tätigkeit ausgewählt hatte. Eine Aufforderung zum Antritt einer Schutzhaft hätte ihn weniger überrascht. Er sah es ja selbst jeden Tag: Das Deutsche Reich war am Ende. In allen öffentlichen Funktionen nur noch Frauen oder alte Männer.

Am 8. Juni trat er dann seinen Dienst in der Polizeikaserne Bundesstraße an.
Aus Gesprächen mit seinen neuen Kollegen bei der Luftschutzpolizei erfuhr er nun, dass die Polizeireserve, die 1939 aufgestellt worden war, um geschlossene Polizeieinheiten für innere Unruhen oder revoltierende Kriegsgefangene zur Verfügung zu haben, mittlerweile in den besetzten Ostgebieten eingesetzt war.
Über sie wurden schlimme Dinge berichtet. Angeblich sollen sie nicht nur Partisanen bekämpfen. Zurückgekehrte Angehörige dieser Bataillone erzählten von Hinrichtungen aller Dorfbewohner, einschließlich Frauen und Kinder, und der massenhaften Erschießung von Juden und Kriegsgefangenen.
Unruhe kam unter den eingezogenen Anfängern auf, dass man sie zur Auffüllung oder Verstärkung dieser Verbände dorthin schicken könnte.
Tatsächlich blieben jedoch die meist sehr viel älteren Luftschutzleute in Hamburg.
1943 wurde Bornemann sogar zum Wachtmeister befördert und in demselben Jahr als Hilfspolizist dem Polizeirevier 25 zugewiesen.
„Jetzt fehlt nur noch, dass ich dem Funke über den Weg laufe," dachte Bornemann so manches Mal, wenn er dann in Eimsbüttel im Dienst und in Uniform war.
Funke – das war der Kriminalsekretär Funke, der bei der Kriminalpolizeileitstelle Hamburg die Zuhälterdelikte bearbeitete und wohl gute zehn Jahre lang hinter ihm her war. 1940 hatte er es sogar für eine kurze Zeit geschafft, Bornemann in Untersuchungshaft zu bringen. Vor Gericht wurde er dann freigesprochen. Er hatte es tatsächlich geschafft, sein Verlöbnis mit Eva als rechtschaffen und

die Verfolgung Funkes geschickt als eine Art Obsession darzustellen. Funke machte keine gute Figur vor Gericht, und auch seine Bemerkung, dass „er Bornemann als sehr gerissen kennengelernt habe" änderte nichts an dem Urteil. Dass beide Männer sich dann, 1943, nicht mehr dienstlich begegnen konnten, lag daran, dass Funke zwischenzeitlich altersbedingt aus dem Polizeidienst ausgeschieden war.

Eva sagt dazu nichts weiter. Kurt hatte ja nur bestätigt, was sie schon lange vermutet: Er ist auch in Polizeiuniform ein Krimineller geblieben.

Wenn er dienstfrei hatte, suchte er die Gesellschaft seiner alten „Kumpels" auf St.Pauli. Nichts hatte sich verändert, seit seiner Kellnerzeit in der Kiezkneipe. Eigentlich wusste Eva auch, dass diese scheinbare Hinwendung zu einem ehrbaren Leben nur eine Tarnung, eine Episode war, deren Ende vermutlich mit dem Eintreffen fremder Truppen zusammenfiele.

Bornemann zieht sich nun die Uniformjacke über, dann den Mantel und die Schirmmütze. Einen Tschako darf er nicht tragen.

„Eva, heute Nachmittag kommt ein Mann vorbei und holt den Karton ab, der im Flur steht. Er übergibt dir 500,- RM und einen Umschlag mit Lebensmittelkarten. Du gehst nicht dabei ! Hast du mich verstanden ?!"

Einzelheiten muss er ihr nicht erklären. In dem Karton sind Schuhsohlen, Leder und Gummi. Zu Friedenszeiten wäre das wertlos. Aber heutzutage, wo alles knapp ist und nur „auf Schein" zu bekommen ist, da hat so etwas einen ganz neuen Wert bekommen. Man muss nur zur rechten Zeit am richtigen Ort sein, zum Beispiel vor der Werkstatt von Schuster Kienholt am Eimsbüttler Platz, und dann feststellen, dass er ganz offensichtlich Leder verschiebt. Und schon fällt für Bornemann etwas ab – nur fürs Wegsehen. Mehr nicht. Nur wegsehen.

Die Sache mit den Lebensmittelkarten ist dagegen schon eine größere Nummer. Die sind gefälscht.

Eva nickt nur, und dann geht Bornemann grußlos aus dem Haus.

Die Gebäude zu beiden Seiten seines Hauses auf dieser Seite der Gärtnerstraße sind nach Brandbombenabwurf ausgebrannt. Gegenüber, der Hochbunker, ist unbeschädigt. „Unser bombensicheres Luxushotel", wie er zu Eva sagt, wenn sie in der Nacht dort wieder einmal Schutz suchen. An der Kreuzung Osterstraße steht kaum noch ein Haus, und dann weiter, in der Straße „Schulweg", gar keins mehr. Graue Schuttberge und jetzt im März nur altes verbrauchtes Grün. Und immer wieder diese verkohlten Baumstümpfe. Am schlimmsten ist für ihn jedoch dieser typische Geruch von verbranntem, gelöschtem Holz. Es sind wohl die vielen kleinen Rauchfahnen, die auch nach Tagen noch aus den Ruinen aufsteigen und in der Luft wahrnehmbar diesen Geruch verbreiten.

Nur noch über die Fruchtalle und dann erreicht Bornemann den Weidenstieg. Dort befindet sich das Polizeirevier 25. Hier ist er für die nächsten 12 Stunden zum Dienst eingeteilt.

Bornemann hat sich schnell zurechtgefunden. Anfänglich waren es tatsächlich nur Hilfsdienste, die er für die „richtige" Polizei zu leisten hatte. In erster Linie Bewachungsaufgaben an beschädigten oder zerstörten Objekten, oder auch Aufsicht über Arbeitskolonnen von Fremdarbeitern. In letzter Zeit hatte er vor allem Häftlinge aus dem KZ Neuengamme zu beaufsichtigen, die vorzugsweise bei Leichenbergungen oder Blindgänger-räumungen eingesetzt wurden. Ihm war das Schicksal dieser Leute eigentlich egal. Sie hatten vor ihm Angst und machten still ihre Arbeit. Manchmal steckte er einem auch einmal sein Wurstbrot zu, oder gestattete ihnen längere Pausen – manchmal auch nicht. Allerdings auch nur, wenn er allein zur Bewachung eingeteilt war.

Dann aber wurde in der fortschreitenden Kriegszeit alles knapper, und es nahmen die Fälle zu, in denen sich die Leute in jüngst zerstörten Häusern selbst bedienten.

Und so wird Bornemann immer häufiger zu Streifengängen eingeteilt. Diebstähle verhindern. Einzelstreifen. Das macht ihn unabhängig. Zwar gelingt es ihm hin und wieder einen sogenannten Plünderer festzunehmen, aber das macht er nur, um nicht als ständig erfolglos aufzufallen. Und es trifft dann auch nur jene, die sich bei Bornemann nicht freikaufen können oder wollen.

Viel wichtiger ist, dass er in „amtlicher Eigenschaft" als erster und allein Häuser betreten kann, in der allgemein vermuteten Absicht, Gefahrenherde zu erkennen und die Nachbarschaft davor zu schützen. Angenehmer Nebeneffekt ist für Bornemann jedoch, dass er auch den einen oder anderen Wertgegenstand entdecken kann.

Er hat keine Skrupel, Geld, Schmuck oder auch nur Lebensmittelkarten einzustecken, selbst, wenn ein Mann, der von Haustrümmern erschlagen wurde, diese Dinge noch in der erkalteten Hand hält.

Bis zum 23.März hat Bornemann noch drei 12-Stunden-Dienste zu leisten. Es gibt in dieser Zeit noch einen größeren Luftangriff, von dem aber sein Revier nicht betroffen ist. Die Zeit zuhause verbringt Bornemann angenehm – ja beinahe luxuriös, wenn man die Umstände jener Tage betrachtet.

Bei arger Kälte, besonders an dem einen oder anderen Abend, kann ein Zimmer sogar etwas geheizt werden. Einer von Kurts Kunden „bezahlt" mit Kohlen.

Und was Nahrungs- und Genussmittel betrifft, besteht an ihnen kein Mangel. Bornemann hat Geld und nicht die Absicht, dies bei beständiger Abwertung, oder gar bis zu einer Währungsreform zu horten. Und auf Grund echter Lebensmittelkarten kann er sich ausreichend Lebensmittel beschaffen, ohne sich dem Risiko der Schwarzmarktbeschaffung auszusetzen. Er hat nur darauf zu achten, dass er und Eva ständig die Geschäfte wechseln, damit sein scheinbar unbegrenzter Vorrat an Karten nicht auffällt. Und natürlich geht er nicht in Uniform einkaufen. Die Leute reagierten ungehalten, seitdem es heißt, Polizisten erhielten Sonderrationen.

Die Kochstelle in der Küche kann auch ausreichend befeuert werden. Und so zaubert Eva reichhaltige und schmackhafte Menüs. Der allabendliche Höhepunkt ist je ein Glas Weinbrand, der auch reichlich vorhanden ist. Er stammt aus einem Wehrmachtsdepot in Wandsbek. Und dabei hören beide sehr leise Radio London.

Kurt, natürlich wieder in Zivil, hatte vor drei Monaten in Eppendorf einen „Telefunken-Radio-Empfänger" gekauft. Friedensware, die jedoch so teuer war, dass sie nicht im Laden versteckt werden musste. Die Leute, selbst in Eppendorf, gaben ihr Geld zurzeit für andere Dinge aus. „Damit empfangen Sie den Großdeutschen Rundfunk in ganz besonderer Qualität", schwärmte der Verkäufer von diesem großen Gerät mit einem auf Hochglanz lackierten Edelholzrahmen. „Und andere Sender ?" fragte Bornemann mit scheinbarer Gleichgültigkeit. „Andere Sender auch recht gut", darauf der Verkäufer mit einem sehr feinen Lächeln und treuherzigem Augenaufschlag. Und vor diesem Gerät sitzen nun Eva und Kurt und genießen die gelungenen Swing-Melodien, die im Reich nicht mehr gespielt werden dürfen. Es geht ihnen um die Musik. Den Engländern wiederum geht es darum, dass deutsche Zuhörer erfahren, dass alliierte Truppen heute, am 27.März 1945, den Rhein bei Wesel überquert haben und dass die deutsche Heeresgruppe B unter Generalfeldmarschall Model im Ruhrgebiet so gut wie eingekesselt ist. Kurt und Eva sehen sich an. Der Vorstoß nach Hamburg kann nicht mehr lange dauern. Was wird dann passieren ?

3. Kapitel

Tierfraß

Am 20. März 1945 also, als Otto Todten in Hamburg ankommt und Kurt Bornemann Fußstreife in Eimsbüttel läuft, sitzt Hans Stave in seinem Büro in der Drehbahn, einer Straße unweit des Gänsemarktes.

Hans Theodor Stave ist Kriminalobersekretär und Leiter des 4. Kommissariats, das für alle unnatürlichen Todesfälle, also auch Mord, zuständig ist. Nun stochert er missmutig in seiner Tasse herum, in der sich ein schwammiger Rest von Kaffeeersatz befindet. Stave ist schlecht gelaunt. Das Wetter ist trübe und es ist kalt. Er blickt durch die verstaubten Fensterscheiben in einen engen Hof, der zur Hälfte mit Trümmern bedeckt ist. Nur die Rückfront des benachbarten Bürogebäudes im Valentinskamp ist nach dem Bombeneinschlag stehengeblieben – steht da wie ein eingerissener Vorhang, oder wie eine löcherige Käsescheibe. Trübes Tageslicht scheint durch die zahlreichen, scheibenleeren Fensteröffnungen.

Aber auch durch diese Lücke im Block ist es in Staves Büro nicht heller geworden. „Noch 'n ordentlicher Windstoß, und das Ding kippt um," sinniert Stave.

Ihm passt das hier alles nicht. Und nun auch noch seit zwei Tagen ohne Strom. Das „Kaffeewasser" hat er sich auf einer „Brennhexe" erhitzt, die jetzt im Flur steht – mit Abluft durch eine Fensteröffnung. Die Beheizung ist ohnehin stark reduziert. Stave vermisst seine Büros an der Stadthausbrücke. Dort befand sich bis 1943 das Polizeipräsidium, das durch Bombentreffer größtenteils zerstört und bisher nicht wieder instandgesetzt wurde. Seit dem herrscht nur noch Mangel und Unbequemlichkeit. Wichtige Kriminaldienststellen sind über die gesamte Innenstadt verstreut. „Lichtbildkartei, Daktyloskopie und Spurensicherung nicht im Hause. Wie soll man da vernünftig arbeiten ?"

Nur gut, dass es seit dem Jahreswechsel nur einen Mordfall gegeben hat. Eine Frau mittleren Alters, Hedwig Kreienbohm, wurde in ihrem Haus in Groß Flottbek vermutlich mit einer Drahtschlinge erwürgt. Stave vermutet eine Beziehungstat im familiären Umfeld oder im Bekanntenkreis. „Könnte schon lange aufgeklärt sein, wenn die Zustände hier normal wären", denkt Stave verbittert.

Aber in Hamburg ist jetzt nichts mehr normal. Zeugen werden ausgebombt und wechseln ihre Anschrift ohne Meldeverfahren, Telefonverbindungen fallen großflächig aus und Menschen erkennen einfach den Unterschied nicht mehr, ob ein Toter das Werk eines Mörders oder das Ergebnis des Krieges ist. Der Hilfspolizist ohne Ausbildung und mit dreiwöchiger „Berufserfahrung" sicher nicht. Und sie sind es mittlerweile immer häufiger, die als erste an einem vermeintlichen Tatort erscheinen und Ermittlungen veranlassen sollen. Und zu eifrige unter ihnen können die einfachsten Spuren nicht deuten. So rückt er mit seiner Mordbereitschaft aus, und vor Ort stellt sich dann heraus, dass es ein Unfall oder ein natürlicher Tod war. Und der zufällige Passant, der aufmerksame Nachbar ? Nichts mehr. Keine Zeugen.

Sie alle sind eben nur noch stumpf und verbraucht.

Das Zeugenverhalten hat sich mit der Fortdauer des Krieges deutlich verändert.

Andererseits - nur **ein** Mord seit dem Jahreswechsel ? Wer weiß das denn schon genau. Wie viele Menschen mit einem eingeschlagenen Schädel liegen wohl zwischen Trümmern, bei denen die Todesursache eben nicht die eingestürzte Mauer, sondern ein kalkulierter Hammerschlag war ? Wie viele Mordspuren wurden wohl in den letzten drei Monaten übersehen ?

Schluss jetzt. Stave schlägt knapp mit der rechten Hand auf den Schreibtisch, um diesen überflüssigen Trübsinn

46

zu beenden. „Ich brauch' jetzt endlich den Obduktions-
bericht !" denkt Stave für sich und blickt zu seinen
Mitarbeitern hinüber.

In demselben Büro, Schreibtisch an Schreibtisch sitzen
sich der Hauptpolizist im Kriminaldienst (HP-K-) Behrendt
und der Meisterpolizist im Kriminaldienst (MP-K-)
Dombrowski gegenüber.

„Behrendt, los, gehen Sie mal in die Poststelle, ob zum
Fall Kreienbohm was eingegangen ist…und fragen Sie
vorsichtshalber auch noch mal in der Telefonzentrale
nach."

„Jawohl, Chef !" Diese ungewöhnliche Anrede – eigentlich
müsste es „Jawohl, Herr Obersekretär" heißen, rührt von
der langjährigen Zusammenarbeit der beiden Männer her.
Und Stave mag die leicht schnodderige Art seines jün-
geren Mitarbeiters – ohne dies jedoch allzu deutlich zu
zeigen. Ein bisschen Distanz soll da schon noch bleiben.

Ungeachtet dessen steht Stave bei allen Mitarbeitern in
hohem Ansehen, auch wenn dies nicht unbedingt von
Sympathie getragen ist. Der Leiter des 4.Kommissariats
ist jetzt 46 Jahre alt. Die älteren Kollegen im Amt, die
auch alle Teilnehmer im letzten Weltkrieg waren,
begegnen ihm mit Hochachtung. Vier Jahre vorwiegend
an den Fronten in Ost und West, mehrfach ausgezeichnet
und als Vizefeldwebel nach dem Krieg entlassen. Mitglied
im Frontkämpferbund. 1920 eingestellt bei der Polizei in
Altona und bereits 1925 Kriminalsekretär. Trotz SPD-
Mitgliedschaft nicht aus dem Polizeidienst entlassen !

„Das kann nur an seinem Bart liegen," flachsen die
Älteren – aber nur hinter Staves Rücken. Tatsächlich trägt
Stave einen Oberlippenbart wie Adolf Hitler. Mehrfach
wurde er insbesondere von SS-Leuten darauf angesprochen, stets mit dem Tenor, dass man dies in
bestimmten Kreisen als Anmaßung empfinde. Stave
reagiert darauf mit Empörung und verweist auf seine Zeit
in den Gräben von Verdun und Tannenberg, als er dort
schon diesen Bart getragen habe und jener Adolf Hitler
eben noch nicht. Diese scheinbare Verletzlichkeit eines

ehemaligen, hochdekorierten Frontkämpfers bringt Kritiker dann meist zum Schweigen, und Folgen für Stave bleiben auch aus. In Mitarbeiterkreisen wird er für diese Haltung still bewundert.

Er gilt als knorrig und unbeugsam. Und niemand mag noch die Energie aufbringen und Nachforschungen anstellen, ob Stave nun tatsächlich vor Verdun und Tannenberg gelegen hat.

Allerdings wurde er bis 1942 auch nicht mehr befördert.

Irgendwann jedoch konnte man die zahlreichen Auszeichnungen nicht mehr ignorieren, und der Polizeipräsident Kehrl persönlich, beförderte Stave zum Kriminalobersekretär. Den Bart behielt Stave dennoch. Er nahm ihn dann 1943 ab, nach Stalingrad. Das erregte wiederum Aufsehen und passte einigen Leuten im Amt nun erst recht nicht.

In fachlicher Hinsicht ist der KrimObSekr Stave kaum angreifbar. Er ist für seinen Eifer und für seine kriminalistische Kompetenz bei weniger guten Vorgesetzten gefürchtet. Als Ermittler hat er sehr viel von Gustav Roscher gelesen, dem Begründer der modernen Kriminalpolizei und Hamburger Polizeipräsidenten zur Kaiserzeit. Viele vermuten, dass er dessen Veröffentlichungen, „Handbuch der Daktyloskopie" und „Großstadtpolizei" auswendig gelernt hat. Staves Leitsatz: „Eine Straftat muss innerhalb von 24 Stunden aufgeklärt werden, sonst wächst die Gefahr einer Verdunkelung", können alle Mitarbeiter singen. Es hört sich simpel an, bedeutet jedoch auch viel Arbeit. Mindestens zwölf und gelegentlich mehr als zwanzig Stunden sind er und seine Mitarbeiter unterwegs: Tatortarbeit, Zeugenermittlung und –befragung, Spurenvergleiche usw.

Er setzt auf den Sachbeweis. „Zeugen sind keine Beweise. Die reden mal so und mal so und sind oft von Sympathie oder Hass getragen." So seine grundsätzliche Einstellung Die unterstützenden, technischen Dienststellen sind daher durch Stave besonders gefordert und stöhnen umso lauter, wenn Stave ihren regulären Feierabend gefährdet. Aber natürlich stellt sich bei diesem Engagement auch häufiger ein Erfolg ein und so mag sich niemand dieser Mitarbeit verschließen. In diesen schwierigen Kriegstagen gelten ohnehin andere Gesetze.

Es wäre auch alles kein Problem, wenn Stave etwas freundlicher wäre. Er ist jedoch meist verschlossen und eher einsilbig. Auch langjährige Mitarbeiter wissen wenig aus seinem privaten Umfeld. Stave soll spät geheiratet haben. Die Ehe ist kinderlos. Die Staves wohnen seit jeher in der Kieler Straße, in Hamburgs Westen – bürgerliche Gegend. Steckenpferde? Unbekannt!
Ärgerlich ist auch, dass man seine politische Einstellung nicht einschätzen kann.
Er äußert sich nicht. Da sind so Reaktionen, manchmal nur Gesten, aus denen man erkennen kann, dass er zu dem derzeitigen Regime in einem gewissen Abstand steht – ganz besonders zu einigen parteinahen Amtsträgern. Andererseits aber begrüßt er neue Methoden der Verbrechensbekämpfung, bei denen sich die Nationalsozialisten wenig Gedanken über deren Rechtstaatlichkeit gemacht haben:
Zum Beispiel die Klassifizierung bestimmter Straftäter zu Gewohnheitsverbrechern, die dann vorbeugend und auf Dauer eingesperrt gehören. Noch vor einigen Jahren hielt er seinen Mitarbeitern ständig Vorträge über die rückläufige Kriminalstatistik als Beweis für seine These vom Berufsverbrecher. Nachdenklich wird er, als er 1939 im KZ Fuhlsbüttel einen so Inhaftierten als Zeugen vernimmt und dabei mit den unwürdigen Haftbedingungen konfrontiert wird. Auch hat er den Eindruck, als sei sein Gegenüber zuvor geschlagen worden.
Und zur völligen Abkehr von den Vorzügen einer „Schutzhaft" kommt es bei Stave, als er zwei Jahre später, an einem kalten Januartag, einen anderen „Berufsverbrecher" im KZ Neuengamme aufsuchen will. Der sei an Lungenentzündung verstorben, teilt ihm das

Wachpersonal dort mit. Und das wundert Stave nicht, als er die Zwangsarbeiter an den Ton beladenen Loren sieht, die nichts weiter als ihren dünnen Arbeitsanzug tragen. Auch darüber spricht Stave nicht, aber die Vorträge zur Statistik bleiben aus.

Stave trinkt nicht und hält sich bei allen dienstlich-geselligen Veranstaltungen zurück. Seine Dienststelle erfährt recht häufig Anerkennungen, die er ohne besondere Regungen entgegen nimmt. Er lobt auch nicht. Jeder noch so große Aufwand ist für ihn normale Pflichterfüllung.

Es gibt allerdings einen wunden Punkt bei Hans Stave: Die Trauer über das Opfer und das Leid von Angehörigen. Der, der auf Jagd nach dem Täter nie still stehen kann, verharrt in einer Art Andacht bei einem Mordopfer. Der, der nie lobt oder ein freundliches Wort spricht, setzt sich neben einen Angehörigen, legt ihm eine Hand auf die Schulter und findet tröstende Worte. Und gibt das Versprechen, den Täter zu finden. Und alle Umstehenden haben das Gefühl, dass er diesem Angehörigen eines Getöteten sehr nahe steht. Und mit Dankbarkeit und Zuversicht verabschieden sie sich von Stave, der dann umso entschlossener seine Nachforschungen beginnt. Für dieses Einfühlungsvermögen nehmen Staves Mitarbeiter die sonst so schroffe Haltung ihres Chefs in Kauf.

Die Tür zum Büro wird geöffnet. Behrendt ist zurück.

„Nichts in Sachen Kreienbohm, Chef. Aber ich soll Ihnen von der Leitstelle ausrichten, dass man im 49. Polizeirevier einen Toten gefunden hat. Sie mögen sich das bitte ansehen."

„Wo genau?" fragt Stave. „In der Gothenstraße, in Hammerbrook, Trümmergelände." „Was anderes steht da ja auch nicht mehr. Behrendt, sehen Sie mal zu, ob wir ein Auto bekommen. Dombrowski, Sie kommen auch mit, wir sehen uns das erst einmal zu dritt an."

Und so rückt dieses besondere Trio wieder einmal aus, um einen Tatort zu bearbeiten. Auch wenn Stave es nie zeigt; er schätzt die beiden sehr – den „jungen" Behrendt, 35 Jahre alt, ledig, von stets wechselnden Kriegerwitwen versorgt und mit einem tiefschwarzen Humor ausgestattet. Stave ist jedes Mal erstaunt, wie jemand bei all dem Elend dieser Tage sein fast heiteres Gemüt bewahren kann.

Aber er arbeitet zuverlässig und ist darüber hinaus auch absolut verlässlich. Was nicht für andere Ohren bestimmt ist, wird von ihm auch nicht übermittelt.

Allerdings musste sich Stave in den letzten Jahren zweimal sehr intensiv um Behrendts Verbleib im 4. Kommissariat bemühen. Männer in seinem Alter und mit dieser körperlichen Verfassung werden zurzeit dringend in Frontverwendungen gebraucht.

Dombrowski hingegen ist schon 52 Jahre alt und der völlige Gegensatz zu Behrendt.

Stave kennt Dombrowski noch aus seiner Altonaer Zeit. Er galt da schon als nicht besonders gesprächig, nun aber wirkt er eher verschlossen. Ursache ist der Tod seiner Frau vor zwei Jahren. Sie ist Ende Juli 43, im sog. Feuersturm ums Leben gekommen. Sämtliche Wohnhäuser dort in der Hammer Landstraße wurden zerstört, und zwei Dinge belasten Dombrowski seit dem besonders. Zum einen wurde seine Frau nie gefunden und gilt eigentlich als vermisst, und zum anderen ist Dombrowski fest davon überzeugt, dass er seine Frau hätte retten können, wenn er an dem Tag nicht Dienst gehabt hätte. Stave hatte diesen Selbstvorwurf nur ein einziges Mal von Dombrowski gehört, als dieser sich auf einer Feier zu einem Dienstjubiläum sturzbetrunken von seinem Stuhl erhob, und diesen Satz, wie einen Vorwurf, in Richtung seines Amtsleiters schleuderte.

Es wurde von jenem glücklicherweise nicht wahrgenommen. Dombrowski redete nie wieder darüber.

Nun lebt er bei seiner Schwester am Horner Weg und er hält sich ganz gut. Man merkt sogar, wenn er wieder Post von seinem Sohn erhalten hat. Der ist als Bombenschütze bei der Luftwaffe über England abgeschossen worden, jedoch unversehrt nach Kanada in Gefangenschaft gegangen. Nach anfänglicher Verzweiflung ist ihm dieser Umstand mittlerweile ein Trost. Und so empfindet er auch die Arbeit im Kommissariat.

Stave schätzt Dombrowski wegen dessen penibler Sachbearbeitung, wegen seiner enormen beruflichen Erfahrung und der Kenntnisse zu den geläufigsten Formen der Forensik.

Nun sitzen sie also zu dritt in einem recht neuen Opel-Olympia, der in dem stumpfen Grün/Grau der Wehrmacht zum Zwecke der Tarnung lackiert ist.

„Wir sollten Stahlhelme tragen. Das wäre in diesem Auto stilvoller," bemerkt Behrendt trocken. Stave blickt nach rechts aus dem Fenster, damit Behrendt seine schmunzelnde Reaktion nicht bemerkt.

Sie fahren gerade am Hauptbahnhof vorbei, dessen große, freitragende Kuppel total entglast ist und halten noch kurz am 49. Polizeirevier im Nagelsweg.

Dort erfahren sie von dem Wachhabenden die genaue Lage des Fundortes und den Weg dorthin. Kurz darauf sind sie an ihrem Ziel. Gothenstraße, Ecke Heidenkampsweg.

Zwei Schutzleute warten dort auf sie. Die Gothenstraße ist durch eine lose aufgeschichtete Mauer abgesperrt, an die ein Schild montiert ist.

„Betreten verboten – Seuchengefahr !
Der Polizeipräsident"

Stave und seine Männer steigen aus dem Opel. Der Fahrer, ein Mann der Fahrbereitschaft, bleibt im Auto. Er legt keinen Wert auf die Begegnung mit einem toten Menschen. Die Polizisten begrüßen sich und stellen sich

gegenseitig vor. Dann gehen sie ein Stück den Heiden-
kampsweg entlang und erreichen einen Durchbruch, der
sie über einen ehemaligen Hinterhof wieder zurück auf die
Gothenstraße führt. Dann noch ein Stück in Richtung
Hammerbrookstraße. Und wo früher ein Haus mit der
Nummer 22 stand, klettern sie über lockeren Trümmerschutt zu einem Bombentrichter, der auch mit
Mauerresten angefüllt ist. Und darauf liegt eine Leiche –
eine vermutlich männliche Leiche. Das ist zunächst nur an
der Kleidung zu erkennen: Graubrauner, derber
Wintermantel im Fischgratmuster, Stoffhose und Herren-
schuhe. Stave geht vorsichtig bis auf fünf bis sechs Meter
an die Fundstelle heran und achtet darauf, mögliche
Spuren bis hierhin nicht zu verändern. Nun kann er den
Leichnam ganz gut erkennen. Das heißt, er kann auch
jetzt nicht erkennen, ob es sich um einen Mann oder eine
Frau handelt, denn dieser Leichnam hat kein Gesicht
mehr. Tierfraß, vermutet Stave bei dem Anblick – Ratten !
Um Zeit zu sparen, hatte Dombrowski schon auf dem
Polizeirevier den Fotografen und die Spurensicherung bei
der Leitstelle angefordert. Bis zu ihrem Eintreffen nutzen
die drei Kripoleute die Zeit für eine Befragung der beiden
Schutzpolizisten. Streifenführer war der jüngere von bei-
den, Oberpolizist Eckmann, dem der Hilfspolizist Schott-
müller zugeteilt war.
„Erzählen Sie mal, Eckmann," forderte Stave auf.
„Also, wir beide waren auf Streife – wegen der Plünderer."
„Plünderer ? Gibt's denn hier noch etwas zu holen ?"
„Also – das lohnt sich schon noch. Da liegt noch allerhand
unter den Steinen. Und außerdem kommen ja auch noch
viele Ausgebombte und suchen nach persönlichen
Sachen."
„Und das müssen Sie wegen der Seuchengefahr
verhindern ?"
„Nein, Seuchengefahr besteht nicht. Das steht da nur zur
Abschreckung. Da werden wohl noch ein Haufen Leichen
liegen, an die man noch nicht herankommt, aber die
meisten Toten sind wohl schon geborgen. Obwohl…die

Ratten sehen hier sehr gut genährt aus. Da sollten Sie sich auch vorsehen. Nein, wir passen auf, dass hier nicht alles durch die Trümmer steigt und Sachen mitnimmt, die ihm nicht gehören. Außerdem ist das auch gefährlich. Ich möchte gar nicht wissen, wie wackelig die Ruinen sind, und wie viele Blindgänger noch dazwischen herumliegen."

„Sagen Sie, Eckmann," fragt Stave nun, „wann waren Sie denn zuletzt in der Gothenstraße ?" Eckmann sieht Stave verwundert an, dreht sich dann zu Schottmüller um und fragt diesen: „Was meinst du, Schorsch, wann waren wir zuletzt hier ?"

„Im diesem Monat bestimmt noch nicht," antwortet Schottmüller, lohnt doch auch nicht. Hier steht doch kaum noch was."

„Kann man in die Straße hineinfahren ?" fragt Dombrowski

„Nein. Beide Enden sind vermauert. Dahinten, die andere Straße auch. Theoretisch kann man das Gelände auch noch über den Nordkanal erreichen – auf dem Wasser also." Stave erinnert sich: Das tiefliegende, moorige Hammerbrook muss ständig entwässert werden und ist deshalb von sogenannten Ausgleichskanälen durchzogen, durch die Grund- und Regenwasser in die Elbe abfließen kann.

Die Spurensicherung trifft ein in ihrem altbekannten Kastenwagen. Der Fotograf ist auch dabei. Nun suchen sie noch einmal gemeinsam den Fundort auf. Dann machen sich die Techniker an die Arbeit. Schon nach zwanzig Minuten wendet sich der Leiter des Trupps an Stave.

„Also, ich bin mir schon sicher, dass es ein Mann ist. Älter als 40. Liegezeit hier: mindestens drei Wochen. Diverse Verbissstellen durch Tierfraß, besonders bei den freiliegenden Körperteilen, aber auch Maden – wie immer vermehrt in den Weichteilen. Keine Papiere, keine persönlichen Sachen – Schmuck, Uhren oder so.

Drumherum kein Blut. Auch sonst keine Spuren. Wenn auf diesem Geröll überhaupt etwas haften geblieben ist, dann hat das der Regen in den letzten Wochen gründlich weggespült. Todesursache: von Gift bis Messer – alles möglich. Schussverletzung will ich mal ausschließen. Wenn Sie die Leiche jetzt in die Rechtsmedizin schaffen lassen, kann ich mir die Liegestelle noch einmal ansehen."

„Nein, vielen Dank, Müller, das mache ich dann. Fahren Sie mal los und kümmern sich um ihren Bericht." Dass Müller sich auch zur Todesursache äußert, lässt Stave ihm durchgehen.

Nachdem die Spurensicherung abgerückt ist, nähern sich die drei Kripoleute noch einmal der Leiche – gefolgt von den beiden Schutzleuten, die einen respektvollen Abstand einhalten. Obwohl der Körper im Freien liegt, wabert um die Leiche herum der übliche Gestank starker Verwesung. Bereits in einem Abstand von drei Metern bemerkt man den Geruch, dessen Intensität bei weiterer Annäherung stark zunimmt. Dombrowski hält sich ein Taschentuch vor Mund und Nase. Ein Extratuch, das er in einem kleinen Gummibeutel verwahrt, damit das teure „Kölnisch-Wasser" nicht so schnell verfliegt. Er kann sich nach all den Jahren bei der Mordkommission immer noch nicht an den Geruch gewöhnen.

Da stehen die drei nun, kaum einen Meter von einem Toten entfernt, der sie aus leeren und schwarzen Augenhöhlen breit angrinst. Ja – tatsächlich – so sieht es aus. Der fleischige Wangen- und Lippenbereich ist abgenagt, und zwei Zahnreihen mit ein paar Lücken liegen frei, so dass dieser Schädel aussieht, als läge ein breites Grinsen auf dem Gesicht.

Da steht Stave wieder, in sich gekehrt, voller Mitgefühl. Bei aller Erfahrung und Professionalität kann er einen menschlichen Körper einfach nicht nur als Sache oder nur noch als Spurenträger sehen. Und mehr zu sich selbst als zu seinen beiden Mitarbeitern sagt er leise:

„Was ist das nur für ein Ende. Wer hat denn so etwas verdient ?"

Kurz darauf fuhr auch das Sanitätsfahrzeug zum Leichentransport vor. Das Fahrzeug ist schon umgerüstet und wird mit Holzgas angetrieben. Benzinmangel.

Mit dicken Gummihandschuhen und Tüchern ergreifen die Männer Kleidungsstücke – wenn es denn möglich ist - und betten die Leiche behutsam auf ihre mit Gummituch bespannte Trage. „Gute Leute," denkt Stave, weil so weitgehend postmortale Veränderungen an der Leiche verhindert werden. Als die beiden Transporteure nun vorsichtig durch die Trümmerflächen in Richtung Heiden-kampsweg stochern, begleitet sie Stave bis zum Fahrzeug. Nur ein paar Passanten stehen am Fahrzeug, treten aber sofort zurück, als sie der Verwesungsgeruch trifft.

„Richten Sie bitte Professor Fritz meine besten Grüße aus. Er möge die Obduktion möglichst vorziehen und mich dann anrufen. Stave ist mein Name. Der Professor kennt auch meine Telefonnummer."

„Mok wi, Herr Inspektor," antwortet der eine und tippt dabei mit dem Zeigefinger an die Schirmmütze.

Am Mittag des nächsten Tages liegt immer noch kein Anruf aus der Rechtsmedizin vor. Stave entschließt sich zu einem kleinen Spaziergang. Das Institut liegt nicht weit entfernt in der Neuen Rabenstraße am Dammtorbahnhof. Das ist von der Drehbahn nur ein Katzensprung.

Stave hat gerade das Kriegerdenkmal in der Damm-torstraße erreicht, als Fliegeralarm ertönt. Voralarm gab es schon lange nicht mehr. In letzter Zeit sind die Verbände allerdings häufiger in Richtung Berlin abgedreht.

„Die Amis, diese verrückten Hunde," denkt Stave noch, als er die unterirdische U-Bahnhaltestelle Stephansplatz aufsucht. Nur die Amis greifen bei Tage an. Sie treffen so zielgenauer, sind aber auch ein leichteres Ziel für die immer noch zahlreichen Flakstellungen in und um Hamburg.

Die Fahrkartenkontrolleurin winkt ihn durch, ohne sich eine Fahrkarte zeigen zu lassen. Den Rundbunker auf der Moorweide hätte er nur noch laufend erreichen können. Außerdem hält er es für nicht angebracht, dort gegebenenfalls Frauen und Kindern einen Platz wegzunehmen. Nun steht er also, vor Bomben nicht unbedingt sicher, auf dem Bahnsteig und wartet ab. Zehn Minuten später hört er dann das bedrohliche tiefe Brummen der großen viermotorigen Bomber. Mittlerweile kann er Boings auch von Lancastern unterscheiden. Dies heute sind eindeutig Boings. Und schon hört er die dumpfen Einschläge und spürt sogar ganz leichte Erschütterungen. Dennoch – sie sind relativ weit entfernt. „Das geht wieder gegen Blohm & Voss," meint der alte Hochbahner, der neben ihm auf dem Aufsichtspodest steht.

Schon nach zwanzig Minuten ertönt das Signal: Entwarnung. Es war wohl tatsächlich nur ein gezielter Angriff gegen irgendeinen Betrieb im Hafen.
Stave setzte seinen Weg fort. Seine beiden Mitarbeiter hatte er gestern beauftragt, die Vermisstenfälle der letzten zwölf Wochen durchzusehen, und Stave konnte nur hoffen, dass es sich bei dem Toten auch um einen Hamburger Einwohner handelte, der dann auch hier als vermisst gemeldet worden war.
Nun steht er vor dem Gebäude Neue Rabenstraße 1, eine ehemalige repräsentative, dreistöckiger Kaufmannsvilla in weißem Putz.
Professor Fritz hatte erst vor wenigen Jahren den neuen Lehrstuhl von Professor von Neureuther übernommen. Nun ist er mitten in der Obduktion und lässt Stave zu sich bitten als der ihm angemeldet wird.
„Komm' Sie mal ran, Stave. Können Sie gleich 'nen Blick nehmen. Ich hab' Ihren Mann hier liegen. Wollen Sie selbst noch einmal sehen ?" Stave hat bei Fritz immer das Gefühl, er behandele ihn wie einen seiner Studenten. Aber er sieht dem Professor diese Marotte nach. Der

Professor ist für seine Arbeit auch zu wichtig, um es sich mit ihm zu verscherzen. Die Leiche ist zwar schon wieder abgedeckt, aber der Geruch ist immer noch schwer zu ertragen.

„Nein. Vielen Dank, Herr Professor. Ihr Urteil genügt mir."

„Na, ich sag schon mal: 1,73 groß, ca. 50 Jahre alt, mittelbraunes Haar mit unregelmäßigen grauen Strähnen; 70 kg schwer. Das ist ganz ordentlich für diese Zeit. Auch, was er so im Magen hatte, von der Menge zumindest – alle Achtung ! Was das im einzelnen war, müsste dann noch ein Chemiker untersuchen. Auch nicht unwichtig: Eine 30 cm lange Narbe am rechten Wadenbein – schlecht genäht, aber gut verheilt. Ich vermute, dass es sich um eine Verwundung aus dem letzten Krieg handelt."

„Interessant. Und was haben Sie zur Todesursache herausgefunden?"

„Zwei Ursachen", beginnt Professor Fritz, macht dann jedoch eine Pause, um die Spannung zu erhöhen. Stave geht auf das Spielchen des Professors ein.

„Zwei Ursachen ? Das kann doch nicht angehen !"

„Tja, Stave, da sind zunächst einmal mehrere Hämatome am Hals. Hier, sehen Sie mal." Fritz schlägt die Gummiplane zurück und zeigt auf die fahle Haut des Toten, die am Hals vier bis fünf erkennbare dunkle Verfärbungen aufweist – jede von der Breite eines Fingers. Die Haut des Toten sitzt nur noch lose am Hals. Professor Fritz hat sie aufgeschnitten, um den Kehlkopf freizulegen. „Der Kehlkopf ist total zerquetscht. Habe ich lange nicht mehr gesehen – in diesem Ausmaß. Stave, Sie sehen ja die Abdrücke. Ich bin ganz sicher, dass Ihr Mann von vorn mit bloßen Händen erwürgt und von hinten erstochen wurde. Zeitgleich würde ich sagen. Zwei Täter. Vier Einstiche im Rücken, alle in einem Feld von 10 cm Durchmesser und in Höhe des Herzens. Das war bestimmt auch Absicht. Ein Stich davon hat eine Herzkammer aufgerissen. Der Mann ist schnell verblutet – wenn er nicht durch die Strangulation schon erstickt war. Das weiß ich leider nicht. Lässt sich auch nicht mehr feststellen."

„Ein Tötungsdelikt also und vorsätzlich ausgeführt," sagt Stave leise – mehr zu sich selbst als zum Professor.

„Ja. Anfang der Woche haben Sie den genauen Bericht."

Beide sprechen noch etwas über den Fall Kreienbohm, dann verabschiedet sich Stave und geht auf gleichem Weg zurück in sein Büro.

Dort warten schon Behrendt und Dombrowski mit erkennbarer Vorfreude. Sie haben ganz offensichtlich die Sichtung der in Frage kommenden Vermisstenfälle abgeschlossen.

Sechs dünne Ordner liegen auf Staves Schreibtisch.

„Unser Mann ist 50 Jahre alt, hat braunes Haar, ist 1,70 groß und gut genährt," sagt Stave zur Einleitung.

„Das passt auf alle sechs," antwortet Behrendt darauf.

„Und wer von den sechs hat am rechten Unterschenkel eine große Narbe ?"

Behrendt und Dombrowski blicken sich an. Dombrowski nimmt sich noch einmal den Stapel Akten vom Tisch seines Chefs und beginnt noch einmal mit der Durchsicht. Auf eine solche Narbe haben sie bisher nicht geachtet.

Die dritte Akte vom Stapel hält er dann aufgeschlagen seinem Chef hin. „Hier, das passt. Erich Schelling, Inhaber der Druckerei Schelling. Seine Frau gibt in der Vermisstenanzeige an, dass ihr Mann eine Kriegsverletzung am rechten Unterschenkel habe. Eine ca. 25 cm lange, gut sichtbare Narbe an der Wade."

„Dombrowski – das ist unser Mann. Besorgen Sie noch einmal ein Auto. Wir fahren noch heute zu der Frau."

Jetzt, gegen 18.00 Uhr, war es gar kein Problem, einen Dienstwagen aus der Fahrbereitschaft zu bekommen.

Es ist wieder der Opel Olympia. Sie müssen nach Wandsbek, in die Walddörferstraße. Die Familie Schelling soll dort im Haus Nr. 102 wohnen. Also fahren sie ostwärts aus der Innenstadt heraus. Hinter dem bekannten Tanzlokal „Lübscher Baum" in Höhe der Wartenau, wird die einst dicht und hoch bebaute Wandsbeker Chaussee immer lichter. Der Stadtteil Eilbek hat viel abbekommen. Große Lücken tun sich zwischen den Blöcken auf; teilweise kann man bis zum Eilbekkanal sehen. Kaum ein Trümmergrundstück ist geräumt; alles ist nur zusammen geschoben, damit wenigstens die Straßenbahn bis zum Wandsbeker Markt fahren kann. Selbst Behrendt sagt nun nichts mehr. Er ist in dieser Gegend zur Schule gegangen. Er wischt sich über das Gesicht, so, als sei er müde. Aber die Kollegen sollen nur die Tränen nicht sehen, die sich nun doch in seinen Augen gesammelt haben.

„Was soll denn hier noch verteidigt werden ?" denkt Stave, als er auf diese Reste seiner Stadt sieht. Dieser Gedanke ist so selbstverständlich, aber er mag es dennoch nicht laut sagen. Teilweise hat er mit ansehen können, wie in der Stadt Panzersperren und Gräben angelegt wurden, um für einen „Endkampf" gerüstet zu sein.

„Endkampf! Und womit? Und mit wem?" Stave weiß natürlich aus zahlreichen dienstlichen Kontakten mit der Wehrmacht, welche geringen Mittel dem Wehrkreis X zur Verfügung stehen. Und er muss auch kein strategisches Genie sein, um zu wissen, dass die Alliierten so kurz vor dem offensichtlichen Sieg nicht tausende Tote im Häuserkampf riskieren werden. Die Alternative wäre also: ein weiteres vielleicht wochenlanges Bombardement. Es schaudert ihn, und am liebsten würde er seine ganze Wut herausschreien vor Wut und Verzweiflung.

Schluss jetzt. Abrupt löst er sich wieder aus diesen Gedanken. Sie fahren jetzt durch die Dulsberg-Siedlung. Auch teilzerstört. Wie schön es hier war. Begrünte Innenhöfe und große Abstände zwischen den Blöcken. Die Kirche in der Mitte mit einer Art Dorfplatz davor. Eine Vorstadt im Grünen nach einem Entwurf von Fritz Schuhmacher, dem Hamburg seine typischen Bauten aus dem dunkel gebrannten Klinker verdankt. Gutbürgerliches Milieu. Hier hat nicht jeder eine Wohnung bekommen. Staves hatten sich gar nicht erst bemüht, denn ein Altonaer zieht ohnehin nicht nach Wandsbek.

Das Haus Walddörferstraße 102 ist ein hellgrauer Putzbau aus der Jahrhundertwende, der von nur sechs Partien bewohnt wird. Schellings wohnen im Parterre.

Es ist mittlerweile stockdunkel. Man weiß jetzt gar nicht, ob die angeordnete Verdunkelung der Grund ist oder Stromsperre herrscht. Die Haustür ist nicht verschlossen, und so können die drei Kriminalbeamten direkt an der Wohnungstür klopfen. Kurz darauf hören sie eine gedämpfte Frauenstimme.

„Ja, bitte ?"

„Kriminalpolizei ! Frau Schelling ?"

„Ja." „Können wir Sie kurz sprechen ?"

„Ja. Können Sie mir ihren Ausweis zeigen ?"

Die Klappe des Briefeinwurfs in der Tür öffnet sich. Stave hält seine Kripomarke in Höhe dieser Klappe und muss dazu ganz leicht in die Knie gehen. Die Tür wird geöffnet und ganz schwaches Licht fällt dabei in das Treppenhaus..

Eine Frau Mitte vierzig steht vor ihnen. Stave sieht sie an und sucht nach einer Auffälligkeit – unbewusst, denn diese Frau wirkt wie ein Schwarz-Weiß-Foto. Alles an ihr wirkt wie eine Melange aus grauen und bräunlichen Farbtönen. Kleidung und Haut – alles wie aus einer einzigen Farbe. Nicht einmal die Schürze hat ein Muster.

Die Frau hatte bisher nur sehr leise gesprochen. Nun sagt sie gar nichts, sondern tritt nur zur Seite; eine Geste, mit der sie die Männer zum Eintreten auffordert.

Gemeinsam betreten sie nun das Wohnzimmer. Es ist geheizt. Das Zimmer ist zwar nicht groß, aber es ist erstaunlich gut möbliert. Zwei offensichtlich echte Teppiche liegen auf dem Boden. Die Kripo-Leute sehen sich fragend an.

„Frau Schelling, wir sind hier, weil wir keine guten Nachrichten für Sie haben," beginnt Stave. Waltraud Schelling erhebt sich wieder aus dem Sessel, in den sie sich gerade noch gesetzt hat. „Möchten Sie vielleicht einen Kaffee ? Bohnenkaffee ? Vielleicht auch einen

Weinbrand." Die Frau fragt das sehr leise, tonlos und gleichgültig.

Stave ist irritiert. „Frau Schelling, nein Danke, wissen Sie, ich habe wirklich schlechte Nachrichten."

„Bemühen Sie sich nicht weiter. Erich ist tot. Er wurde ermordet. Deshalb sind sie hier."

„Sie wissen das ?" Stave kann sein Erstaunen nicht mehr verbergen.

„Nein, ich weiß es nicht, aber ich habe es immer geahnt. Ich habe Erich immer wieder beschworen, er soll die Finger davon lassen. Gebettelt habe ich !"

Und dann geht es nicht mehr. Sie weint haltlos, sitzt wieder auf ihrem Sessel, krümmt sich wie unter starken Schmerzen und presst letztendlich ein Kissen vor das Gesicht.

Dombrowski sitzt ihr am nächsten. Er legt eine Hand auf die ihm zugewandte Schulter der Frau und wiederholt mehrmals und sehr ruhig mit seiner tiefen Stimme, wie leid es den Beamten tut, diese Nachricht überbringen zu müssen.

Die Frau beruhigt sich. Die pulsierenden Attacken eines anfallartigen Luftholens nehmen ab. Sie lässt das Kissen auf die Knie herab sinken und zieht ein Taschentuch aus der Schürzentasche. „Entschuldigen Sie bitte," sagt sie leise zu den Beamten gewandt," es ist alles ein bisschen viel in letzter Zeit. Unser Ältester ist vor Moskau gefallen, und unser jüngerer Sohn ist irgendwo in Dänemark.

Und jetzt mein Mann. Das ist ein bisschen viel, finden Sie nicht ?".

Stave antwortet nicht. Er weiß, dass er in dieser Situation ohnehin nicht die richtigen Worte finden wird. Es wird das Beste sein, jetzt nicht mehr auf diese Situation einzugehen, sondern möglichst sachliche Fragen zu stellen.

„Frau Schelling. Was haben Sie gemeint, als Sie vorhin sagten, Ihr Mann hätte die Finger davon lassen sollen ?"

Waltraud Schelling blickt Stave fest an.

„Wir haben doch eine kleine Druckerei. Bis Mitte der 30er Jahre lief sie auch ganz gut. Flugblätter für Kaufhäuser, Einladungskarten und sonst so kleinere Sachen.

Dann gingen die Umsätze immer mehr zurück. Erich wollte doch auch nicht in die Partei. Und im Verlauf des Krieges wurde es immer schlechter. Aber Ende des letzten Jahres hatte Erich immer mehr Geld zur Verfügung. Manchmal brachte er auch Sachen mit, die sonst nur schwer zu bekommen sind – ein Karton mit Weinbrand zum Beispiel. Dann auch noch der gute Asbach Uralt. Oder einen dieser Teppiche hier,“ und zeigt dabei auf jenen zu ihren Füßen.

„Und als ich ihn immer wieder nach den Gründen unseres neuen Wohlstandes fragte, gestand er mir dann die Ursache. Und er sagte mir, dass er Angst habe; sowohl vor den Leuten, mit denen er nun zusammenarbeite, aber auch vor der Gestapo.“

Waltraud Schelling erhebt sich aus ihrem Sessel und tritt an die Anrichte, die so dekorativ beinahe eine gesamte Wandbreite des Wohnzimmers einnimmt. Sie zieht eine Schublade auf und entnimmt ihr einen recht gewichtigen Stapel mit Papierbögen.

Sie legt ihn vor die Kripoleute auf den Tisch.

Lebensmittelkarten! Stave nimmt das oberste Blatt ab. Er hat ebenfalls Drucker gelernt. Kein Zweifel – diese Karten sind gefälscht.

4. Kapitel

...mehr als überleben

Ende März 1945 hatten die alliierten Verbände den Niederrhein nördlich des Ruhrgebiets erreicht. Selbst der einfache Soldat fühlte, dass dies die Endphase dieses langen und furchtbaren Krieges sein musste. Zu auffällig war der völlig untypische Verlauf der letzten Monate.

Die deutsche 8. Armee unter Generalfeldmarschall Model war im Ruhrgebiet eingeschlossen; ein weiterer großer deutscher Verband an der niederländischen Küste abgeschnitten und nicht mehr fähig, in das Kriegsgeschehen einzugreifen.

Weit hinter der Kampflinie lag zu dieser Zeit das 38. Regiment der Royal Engineers, eine militärische Einrichtung, die in dieser Form nur bei den britischen Streitkräften zu finden ist. Im engeren Sinne besteht ihre Aufgabe darin, feindliche Minen und Sprengsätze zu entschärfen; im weiteren Sinne aber auch, in eroberten Gebieten eine intakte Infrastruktur für den Nachschub sicher zu stellen.

Die Angehörigen dieser Truppe werden im britischen Militär „Sapper" genannt.

Das 38.Regiment war im September 1944, also drei Monate nach dem sogenannten D-Day, in der Normandie gelandet und hatte dann östlich von Caen begonnen, Gleisanlagen und Brücken zu reparieren.

Regimentskommandeur war ein alter Colonel, der viele Jahre bei den Engineers in Indien gedient hatte. Das Regiment war wie üblich in drei Bataillone gegliedert, zu denen jeweils drei bis vier Kompanien gehörten.

Eine davon war die A 11 Feldkompanie.

Ihr Chef ist seit einem Monat John Monroe, Diplom-Ingenieur und im Range eines Captains. Er ist Mitte Zwanzig, für einen solchen Dienstrang also recht jung, und kam aus London. Nach seiner Ausbildung hatte er in England ein Kommando bei einer Einheit des Heimatschutzes erhalten; er hat folglich keine Fronterfahrungen. Das machte ihn gegenüber seinen Leuten unsicher, und er hatte Probleme mit deren oft derben Umgangsart. Zuhause in England hatte sich seine Familie über zwei Generationen durch namhafte Techniker und Naturwissenschaftler in die „Upper Class" empor gearbeitet.

Wenn man einmal von dem gefahrvollen Handwerk an sich absieht, führt die Einheit in diesen Märzwochen ein eher beschauliches Leben – weit hinter der Front. Das sah vier Wochen zuvor noch ganz anders aus. Die 38er befanden sich unmittelbar hinter der 53. Welsh Guard Division, die immer wieder auf starke Verbände der deutschen Heeresgruppe B stieß. Diese wurde nun im so genannten Ruhrkessel immer enger eingeschlossen. Damit war der Weg zum Niederrhein praktisch frei.

Der Regimentsstab wies der A 11 dann schließlich diese alte französische Artilleriekaserne bei Beauvais, nordwestlich von Paris, als Quartier zu. Diese Unterkunft hatten die Deutschen überstürzt verlassen. Und die britischen Kampftruppen wiederum hatten auf ihrem schnellen Vormarsch übersehen, dass in diesem alten Gemäuer, auf Ställe und Keller verteilt, ein kleines deutsches Depot eingelagert war.

Am 27. März 1945 trifft die A 11 dort ein.

Der Regimentsstab der 38. Royal Engineers blieb zunächst in Paris stationiert.

Die A 11 Feldkompanie ist in drei Züge á ca. 30 Mann unterteilt. Die Züge haben besondere Aufgabenbereiche. Der I. und II. Zug ist auf Straßen- Brücken- und Schienenbau spezialisiert. Die Führer dieser beiden Züge sind ebenfalls Ingenieure und Lieutenants.

Der III. Zug räumt Minen und entschärft Sprengladungen. Sie sind die Mineure – eine alte, ehrenvolle Bezeichnung aus dem letzten Krieg.

Während die ersten beiden Züge eine gute Zusammenarbeit und Kameradschaft pflegen, sondert sich der III. Zug ab, oder wird ausgegrenzt – je nach eigener Zugehörigkeit. Die einen sind „uniformierte Straßenarbeiter" und die anderen „ständig besoffene Selbstmörder" oder „Analphabeten".

Außerhalb der Engineers stehen aber tatsächlich allein die Mineure in hohem Ansehen, denn bei den Soldaten und ihren Kommandeuren möchte niemand mit ihnen tauschen – den wahren Sappers. Und die wissen das.

Ein verschworener Haufen, der nicht, wie die beiden anderen Züge, von einem Lieutenant, sondern von einem Warrant Officer Second Class geführt wird.

Dieser Mann ist Emerett George Hockeridge aus Norwich. Er hatte schon als 20 jähriger bei der Royal Artillery im 1.Weltkrieg an der Somme gekämpft, wurde zweimal verwundet und verlor dabei ein Auge. Außerdem erhielt er mehrere Auszeichnungen, unter anderem auch wegen besonderer Tapferkeit. Nur dadurch war es möglich, nach dem Krieg als Sergeant bei den Engineers im Militärdienst zu bleiben.

Und so ist er Sehenswürdigkeit und Autorität zugleich, wenn er mit seinen gut fünfzig Lebensjahren, einer immer noch imposanten Statur und seiner Augenklappe daherkommt – innerhalb seiner Kompanie, aber auch außerhalb seines Regiments. Und immer noch glauben die meisten, er hätte sein Auge beim Minenräumen verloren. Hockeridges rechte Hand im Zug ist Sergeant Woody John McDonald aus Kircaldy bei Edinburgh. Er ist Mitte 30 und seit 1937 bei den Engineers. McDonald ist gleichzeitig Hockeridges Stellvertreter und erledigt alle Schreibarbeiten im Zug. Und dann ist da noch Samuel Allen, ein junger hünenhafter Kerl mit leuchtend roten Haaren und einem kantigen Gesicht voller Sommersprossen. Er wurde vor einem Jahr eingezogen. Den Beruf des Maurers hat er zwar erlernt, aber nicht mehr ausgeübt. Er ist für die beiden Sergeants „Mädchen für alles". Allen kommt das entgegen. Er ist nicht sehr helle und zufrieden, wenn man ihm sagt, was genau zu tun ist. Leider trinkt er zu viel, wenn sich ihm die Gelegenheit bietet. Alle drei Männer sind ledig.

Das Kasernengelände in Beauvais ist sehr ansehnlich. Das ganze Areal ist weitläufig mit hohem und altem Baumbestand. Das erste Grün zeigt sich schon an den Ästen. Die Wege zwischen den einzelnen Gebäuden sind mit rötlich-grauen Kopfsteinen aus Granit gepflastert.

Die Sonne scheint. Alles wirkt sehr gepflegt. „Sieht alles aus wie im Frieden", denkt Hockeridge bei diesem Anblick. Er würde es in Gesellschaft nicht zugeben, aber dieser Eindruck von Stille und Frieden berührt ihn. Er nimmt sich kurz diesen Augenblick einer Sentimentalität. Dann atmet er noch einmal hörbar aus und holt sich zurück in die Gegenwart.

Der Kompaniefeldwebel hat dem III. Zug einen Block zugewiesen, der etwas abseits liegt. „Typisch, für den verdammten Scheißer", denkt Hockerridge, „weit weg vom Rest der Kompanie und der Küche."

Ihr Block ist ein zweigeschossiges langgestrecktes Haus, mit einem sehr hohen Sockelgeschoss. Zu den zwei Eingängen führen deshalb zwei vielstufige Treppenaufgänge, so dass dadurch das Gebäude eher dreigeschossig wirkt. Hockeridge steht nun davor und blickt die Fassade entlang. Hinter ihm halten gerade die LKW seiner Einheit an. Die ersten Männer steigen aus und gehen auf die Eingänge zu. „Halt !" brüllt Hockeridge, „wohl verrückt geworden, ihr Ärsche ! Wollt ihr alle in die Luft fliegen ? Johnson und Sellerman – Aufklären ! Aber nicht durch die Tür !" Alle bleiben auf der Stelle stehen und blicken Hockerridge fragend an. „Kann doch sein, dass die Jerrys sich irgendeine verdammte Schweinerei zu unserer Begrüßung ausgedacht haben – die verfluchten Krauts," ergänzt er dann noch leiser und mehr für sich selbst.

Die beiden Angesprochenen holen sich eine Leiter vom LKW und stellen sie an ein Fenster im Erdgeschoss. Sie sehen sich Scheiben und Rahmen genau an und schlagen eine Scheibe ein. Dann klettern sie hinein und öffnen wenig später die Eingangstür von innen. „Alles klar, alles sauber, Sergeant. Die andere Eingangstür auch. Wir gehen jetzt noch einmal nach oben." „Gut so," antwortet Hockerridge nur knapp und winkt seine Leute in das Gebäude.

In diesem Moment hören die Männer eine dumpfe Explosion, nicht weit entfernt. „Scheiße – Handgranate !" Hockeridge läuft in die Richtung. Alle Männer folgen ihm, auch ohne Befehl. Am Ende einer kleinen Allee steht jener Block, in dem es wohl zur Explosion gekommen ist. Ein Corporal des Kompaniestabes kommt ihnen entgegen gelaufen. „Sprengfalle – die Schweine – Sie sollen zum Captain kommen !" ruft er Hockeridge entgegen, atemlos vom Laufen und vor Erregung.

Captain Monroe steht vor dem Block, zahlreiche Männer aus den beiden anderen Zügen um ihn herum. Er wirkt verwirrt und atmet schwer. Sein Gesicht ist rot vor Aufregung. Zwei Männer sitzen auf der obersten Treppenstufe – ziemlich verschmutzt.

„Sir ?"

„Hockeridge, schicken Sie mal ihre Leute durch die beiden Blocks hier. Das war 'ne Handgranate. An die Tür gebunden ! Wurde erst beim Öffnen scharf. Die beiden sind gerade noch aus der Türöffnung gekommen, verdammtes Glück," so Monroe und zeigt dabei auf die beiden Männer auf der Treppe, die noch völlig unter dem Eindruck eines lebensgefährlichen Ereignisses stehen. Augenscheinlich sind die beiden jedoch unverletzt. Der Captain wird nun plötzlich sehr blass und muss sich einen Mauervorsprung setzen. Einige Engineers wenden sich ab, um ein Grinsen zu verbergen.

Hockeridge ist nun beinahe sicher, keine weiteren komplizierten Sprengfallen zu finden, denn diese einfache Installation ist fast schon ein Beweis für eine eilige Räumung der Deutschen. Schnell sind ein paar seiner Sapper eingeteilt und durchsuchen das Gebäude nach weiteren Sprengfallen. Erfolglos.

„Kippt mir eines Tages noch um, der Captain", lächelt Hockeridge auf dem Weg zurück zu seinem Block. Gemeinsam mit McDonald geht er durch die Räume. Unordnung, überall Unordnung. Offene Spinde, Wäscheteile, halbvolle Flaschen auf einigen Tischen, Kartenspiele, umgestürzte Stühle.

Hockeridge lacht auf und stuppst seinen Vertreter in die Seite. „Meine Fresse, Woody, denen hat aber jemand Feuer unter'm Arsch gemacht. Ich sag dir: die Krauts geben Fersengeld. Ein halbes Jahr noch, dann haben wir die Scheiße hinter uns, alter Junge."

Die Engineers richten sich nun im Gebäude ein.

Und am Nachmittag macht der Warrant Officer nun eine Runde durch das Gelände. Einige weitere Unterkünfte, aber zahlreiche Stallungen, in denen Fässer gestapelt sind: Benzin, Diesel, Schmierstoffe. „Einige tausend Liter", schätzt Hockeridge.

Dann noch andere Nebengebäude, in denen sich verlassene Schmieden und Stellmachereien befinden. Keine größeren Hallen für Panzer oder Großfahrzeuge. „Eine alte Kaserne aus der Jahrhundertwende. Bespannte Artillerie." Fast wehmütig denkt Hockeridge an eine nicht allzu ferne Zeit, in der Kriege noch lokal und kalkulierbar waren. In diesem Krieg war alles anders.

Deutsche Bomber über seiner Heimatstadt Norwich, ohne dass ein feindlicher Soldat seinen Fuß auf die Insel gesetzt hatte. Jahrhundertelang stand man sich in Kriegen gegenüber, meist von Angesicht zu Angesicht. Klar – das Ergebnis war auch dann Tod und Elend, aber das hier ist schon anders. In vier Jahren: Europa, Afrika und nun alles wieder zurück. Verrückt !

Mit diesen Gedanken geht er zurück zu seinem neuen „Zuhause auf Zeit" und bemerkt dabei erst jetzt, dass an der Stirnseite „seines" Blocks durch ein großes, doppelflügiges Tor eine Zufahrt in das Sockelgeschoss des Gebäudes möglich ist.

Seine Leute sind alle beschäftigt. Also inspiziert Hockeridge die Räume im Hochkeller allein und traut seinen Augen nicht.

In dem ersten großen Gewölberaum, von dem er die Tür öffnet, befinden sich zahlreiche Regalreihen mit großen Mengen an Konserven. In dem angrenzenden Raum das gleiche Bild. Dann wiederum nur Wein, Schnaps, Schokolade, Pralinen, Gebäck. In einem kleineren Kellerraum, zusätzlich durch einen Drahtverschlag gesichert, Zigaretten, Zigarren, Tabak, mindestens 100 Flaschen Cognac und in etwa die gleiche Menge Champagner.

In anderen Räumen: Uniformteile, Mäntel, Mützen, Stahlhelme, Schanzzeug: Schaufeln, Spaten, Hacken, Sägen, Zelte usw.

Hockeridge schließt langsam und leise die Tür. Er steht im Mittelgang des Kellers und atmet durch. Dann geht er die Treppe hinauf zu seinen Leuten.

„McDonald !!" Hockeridge brüllt den Namen in den Flur und aus einer der Stuben tritt McDonald hervor und erwidert: „Sergeant ?"

„Herkommen – sofort !"

McDonald beeilt sich, erreicht das Büro seines Vorgesetzten und macht „Männchen".

„Mach die Tür zu!" Hockerridge deutet auf einen Stuhl.

„Hinsetzen, Maul halten!" McDonald sieht seinen Chef etwas verwirrt an.

„Woody, alter Jungen, du sitzt gerade auf einem Vermögen," beginnt Hockerridge gut gelaunt. Unwillkürlich blickt McDonald unter sich.

„Hier, in unserem Keller, haben die verdammten Krauts ein Depot angelegt. Hier ist alles voller Schnaps und Fleischkonserven. Wir sitzen auf einem Vermögen, alter Junge," fährt Hocherridge vergnügt fort und reibt sich dabei die Hände.

Die Verwirrung bei McDonald weicht offenbar noch nicht.

71

„Du gehst jetzt ganz unauffällig in den Keller und siehst dir das einmal an. Dann kommst du wieder, und wir besprechen die Sache. Bis dahin – kein Wort. Zu niemandem."

Schon kurz darauf kommt McDonald zurück – mit leuchtenden Augen.

„Wunderbar. Da können wir uns bis zum Kriegsende sattessen, saufen und jeden Tag zehn Zigarren rauchen."

„Idiot! Selber essen?! Das ist Geld da unten. Da liegt bares Geld!"

McDonald hatte eine Flasche Aquavit unter seinem Blouson versteckt. Die wird nun geöffnet und bei ein paar Gläsern davon besprechen sie das weitere Vorgehen.

Sie werden Sam Allen und weitere fünf bis sechs dienstältere und vertrauenswürdige Soldaten mit ins Boot nehmen. Die sollen auch dafür sorgen, dass niemand im Keller herumstöbert. Captain Monroe soll von der Sache nur erfahren, wenn es nicht mehr anders geht. Hockeridge, er selbst also, fährt die nächsten Tage nach Paris und sucht nach Leuten, denen er das Zeugs verkaufen kann.

Am nächsten Morgen hat der Captain seine Zugführer zu der üblichen Morgenbesprechung geladen. Hockerridge berichtet von den Treibstofffässern (einige davon hatte er schon in „seinen" Block schaffen lassen), und er selbst wird vom Captain beauftragt, mit seiner Einheit ein Gebiet in der Nähe von Louviers Panzerminen zu räumen. General Dempsey selbst habe die Sapper angefordert.

Der Sergeant nimmt den Befehl ohne Kommentar entgegen. Nach Ende der Besprechung bittet er Monroe noch um ein Gespräch unter vier Augen.

„Captain, ich schlage vor, wir schicken McDonald nach Louviers. Die machen das da ohne Problem. Ich bleibe mit einigen wenigen Männern hier. Dann haben Sie, Sir, immer noch die Möglichkeit, kleine dringende Minenräumungen hier in der Nähe übernehmen zu können. Das würde auch beim Kommando gut ankommen, wenn man dort erkennt, dass Sie über taktische Reserven verfügen.

Ich selbst würde übrigens gern für zwei Tage nach Paris fahren. Ich brauche da ein paar Dinge vom Regimentsstab – Zünder, Kabel und so'n Kram. Und, Sir, wenn Sie gestatten, ich hätte auch gern einmal einen Abend in Paris zu meiner Entspannung – nach all den letzten Wochen," so Hockeridge zu seinem Captain und lächelt ihn dabei vertraulich, ja fast treuherzig an.

Monroe durchschaut dieses Manöver natürlich nicht. Er freut sich sogar darüber, diesem „alten Kämpfer" etwas Gutes zu tun, ihn auch ein wenig in eine abhängige Dankbarkeit zu bringen. Er stimmt also allem zu.

Für Hockeridge geht damit gleichzeitig der erste Teil seines Planes auf.

Die Leute, die er braucht, bleiben in der Kaserne, die anderen sind für Tage in Louviers und stören nicht. Und er ist mindestens zwei Tage in Paris und kann dort alles organisieren. Tatsächlich ist Hockeridge schon an demselben Nachmittag auf dem Weg nach Paris. Sam Allen fährt den Kleinlaster.

Schon in den Vororten von Paris bemerken die beiden Briten, dass hier kaum noch etwas vom Krieg zu spüren ist. Kriegsschäden sind kaum zu erkennen, und im Zentrum, in dem sie am frühen Abend eintreffen, findet jenes quirlige Straßenleben statt, für das Paris seit jeher berühmt ist. Der Abend ist schon frühlingswarm, und in den großen Boulevards sitzen die Leute in den Straßencafés. Es scheint, als trügen alle Männer Uniform – französische, britische und amerikanische. Bis in seinen LKW spürt Hockeridge die unbeschwerte heitere Stimmung in der Stadt. Und wie am Vortag überfällt ihn eine große Sehnsucht nach Ruhe und Frieden. Er hat auch Heimweh. Aber diese Stimmungen will er nicht Herr werden lassen. Er hat anderes vor. Hockerridge war während des alliierten Vormarsches bereits zwei Mal in Paris und kann daher Allen ohne Problem zu ihrem Regimentsstab dirigieren, der im Hotel „Avalon", in der Rue St.Germain, untergebracht ist. Sehr nobel.

Im Gebäude fragt Hockerridge den Wachtposten nach Norman Cadburgh, einem Warrant Officer First Class, und somit dem ranghöchsten Unteroffizier im Regiment.

Sie begegnen sich im Flur der 1. Etage. Noch zahlreiche Schritte von einander entfernt breiten beide Männer die Arme aus und gehen aufeinander zu.

„Caddy, du verdammter Hurensohn !" brüllt Hockeridge über den Flur. „Emerett. Du einäugiges Arschloch !" schallt es gleichlaut zurück. Und mit weiteren herzlichen Grobheiten fallen sich beide Männer in die Arme und klopfen sich unablässig auf die Schultern.

Beide kennen sich jetzt beinahe 30 Jahre – seit ihres gemeinsamen Armeeeintritts. Cadburgh führt seinen Gast in sein wohnliches Büro und bietet einen hochwertigen Whisky an. „Direkt von Zuhause, Emerett, alter Junge. Den kriegst du hier nicht bei der NAAFI."

Allen hatten sie zuvor in das Regimentsgeschäftszimmer geschickt, wo er sich die Bezugsscheine für das gewünschte Sprengmaterial und Werkzeug ausstellen lassen sollte.

„Caddy, ich sitze da auf ein paar Wurstkonserven aus deutschen Beständen, und ein paar Wehrmachtssachen hab' ich auch noch – Helme, Uniformen und so was. Kennst du jemand, der Interesse hat ?"

„Dafür brauchst du zwei Leute. Ich kenne da einen Franzosen, der mit Lebensmitteln handelt. Und einen Ami, der Andenken sammelt."

„Kannst du ein Treffen arrangieren ? Am besten schon morgen ? Ich kann nur noch einen Tag in Paris bleiben."

„Das ist kein Problem. Ich habe hier ein Café in der Nähe, das sich für solche geschäftlichen Termine hervorragend eignet. Mach' dir deswegen keine Sorgen. Besser, du überlegst dir schon 'mal, was für mich dabei 'rausspringt."

„Und darüber mach' du dir man keine Sorgen, Caddy, alter Kumpel."

Den Abend verbringen die beiden Kameraden in der geselligen Runde des Regimentsstabes. Auch der Kommandeur ist kurzzeitig anwesend. Hockerridge belebt die Runde durch einige Geschichtchen spektakulärer Kriegserlebnisse, denen besonders die jungen Offiziere fasziniert lauschen.

Allen sitzt still etwas abseits und freut sich an der allgemeinen Wertschätzung, die man seinem Sergeant entgegen bringt. Und zu trinken gibt es für ihn auch.

Am nächsten Morgen sitzt Hockeridge wie vereinbart in einem kleinen Café, nicht weit vom Hotel entfernt. Er ist auf die kommenden Gespräche gespannt und hat sich vorgenommen, etwas zu schauspielern, denn tatsächlich hat er keine Ahnung, wie ein solcher Deal ablaufen soll. Hinzu kommt die Angst, das Geschäft wegen überzogener Forderungen zu gefährden, oder im Gegenteil, über's Ohr gehauen zu werden. Überhaupt ist ihm nicht sehr wohl. Wenn das hier alles auffliegt, ist er erledigt. Eine unehrenhafte Entlassung aus der Armee wäre dabei nicht ausgeschlossen.

„Scheiß drauf. Ich riskier hier seit Jahren meinen Arsch. Das muss sich auch 'mal lohnen, " denkt er für sich zu seiner ganz persönlichen Rechtfertigung.

Er ist allein. Allen ist mit dem LKW unterwegs, um vom Depot die gewünschten Utensilien abzuholen.

Statt zwei, kommen nun drei Männer, und zwar zugleich. Zwei etwas ältere Sergeants in Uniformen der US Infanterie und ein sehr junger Franzose in Zivil. Alle können sich auf englisch verständigen, wobei Hockeridge den Franzosen besser verstehen kann, als die beiden Südstaatler. Man scheint sich gut zu kennen. Namen werden zunächst nicht genannt.

Als Verkäufer eröffnet Hockeridge die Verhandlungen, indem er seinen Gegenüber erklärt, was er hat, aber nicht, wie viel er davon hat. Der Franzose reagiert sofort und bietet 20 Franc pro Konserve, auch für das Schanzzeug, wie Spaten, Hacken und Schaufeln; 200 Franc für den Cognac und nichts für den Wein. Davon hat er selbst genug.

Die Amis fragen nach deutschen Orden, Dolchen und Pistolen und sind enttäuscht, dass Hockeridge nur Helme und neue Uniformen anbieten kann. Dafür bieten sie jedoch für die Helme und den Wein jeweils ein Dollar pro Stück.

Bei der Menge, die der Brite in seinem Keller verwahrt, würde schon dieser Preis zu einem hübschen kleinen Nebeneinkommen führen. Aber Hockeridge ist sicher, dass hier noch mehr drin ist. Er beginnt zu pokern.

Zunächst: Francs lehnt er ab. Er will auch von dem Franzosen Dollars, weiß aber nicht genau, wie er dessen Angebot umrechnen soll. Er verlangt für die Konserve und ein Werkzeug zwei Dollar und für einen Helm und Uniformjacke fünf Dollar.

Und dann: die Einigung. Die Konserve und anderes wird für 1,20 $ verkauft; die Helme und Ähnliches für 2,00 $.

Nun nennt Hockeridge die Mengen und ist erstaunt, dass sowohl die Amerikaner, als auch der Franzose keine Probleme sehen, die große Menge Bargeld aufzubringen. Auf einem Mal hat Hockeridge doch das Gefühl, über den Tisch gezogen worden zu sein. Und tatsächlich, denn das richtige Geld wird auf dem Schwarzmarkt nun von den drei Aufkäufern erzielt. Aber das weiß er nicht – noch nicht.

Abschließend wird noch vereinbart, dass die Amis ihre Ware abholen und Hockeridge an den Franzosen liefern wird. Er kann für diesen Service noch 10 Stangen „Lucky Strike" und fünf Flakons original französisches Parfüm heraus schlagen.

Der „Warenumschlag" ist kein Problem. Zwei Tage nach dem Treffen in Paris fährt ein Kleinlaster der amerikanischen Armee auf das Gelände der Engineers.

Der Fahrer erklärt dem Wachposten, er wolle zu Sergeant Hockeridge und kann problemlos passieren. Es ist nicht ungewöhnlich, dass sich die alliierten Streitkräfte gelegentlich gegenseitig unterstützen, und besonders in technischen Einheiten ist dies häufiger der Fall.

76

Der Warrant Officer und sein Kreis vertrauenswürdiger Kameraden wartet bereits am Block. Die deutschen Artefakte und zahlreiche Kisten mit Wein sind schnell verladen. Und wie ein erfahrener Geschäftsmann bittet Hockeridge seine beiden amerikanischen Partner noch „auf einen Cognac" in sein Büro. Tatsächlich jedoch geschieht es, damit niemand sieht, dass er für diesen Handel 500,- $ kassiert.

Aber das ist ja nur der Anfang. Noch an demselben Tag laden seine Leute die Konserven und Werkzeuge für den jungen Franzosen ein. Treffpunkt ist Mezy-sur-Seine, ein kleines Dorf an der Seine, das sie nach nur einer Stunde Fahrtzeit erreichen. Verabredungsgemäß wartet ein älterer Mann am Ortseingang und fährt mit dem Fahrrad voraus zu einer alten Mühle.

Im Hof steht der junge Franzose mit einigen anderen Männern, die nicht gerade vertrauenserweckend aussehen. Hockeridge hat Allen und Corporal Smith bei sich. Und sie alle drei sind bewaffnet. Das ist jedoch überflüssig. Der Franzose begrüßt die drei Briten überschwänglich und auch die vierschrötigen Begleiter stellen sich als sehr freundlich heraus. Sie sollen den LKW entladen. Hockeridge und der Franzose überwachen das und zählen dabei noch einmal oberflächlich die Ladung. Es scheint dem Franzosen auf eine Konserve mehr, oder einen Spaten weniger nicht anzukommen.

Anschließend nimmt er Hockeridge etwas beiseite und übergibt ihm einen größeren braunen Briefumschlag, den der Warrant Officer auch sofort öffnet: 5.420 $! Abgezählt und wie vor zwei Tagen vereinbart. Ungefähr 3000 $ davon in sehr neuen 100 $-Scheinen.

Eine verzwickte Situation. Wie soll er hier prüfen, ob es sich um echte Dollars handelt; wen soll er fragen, wenn er nicht möchte, dass seine beiden Leute die Höhe des Betrages erfahren. Der Franzose bemerkt diese Zweifel. Wie zur Beruhigung legt er seine Hand auf Hockerridge' Unterarm und sagt in ruhigem Ton: „Ils sont bouquot. Sie sind echt." Nun muss Hockeridge doch ein wenig lächeln und begnügt sich mit dieser Zusicherung. Er gibt seinen Männern das Zeichen zur Abfahrt. Er will nicht unnötig lange vom Stützpunkt abwesend sein. Als die drei in Beauvais ankommen ist es schon dunkel. Einer seiner Leute teilt ihm mit, dass er sich noch heute beim Captain melden soll. Dicke Luft ?

Kurz darauf steht er vor dem Büro seines Captains. Die Tür steht weit offen, so dass Hockeridge in der Türöffnung stramm steht und laut ausruft: „Warrant Officer Hockeridge meldet sich zur Stelle, Sir !"

„Sergeant, stehen Sie bequem, und erzählen mir, was die Amis heute Morgen bei Ihnen wollten."

Aha, also keine Rede von seinem kleinen Ausflug heute.

„Sir, ich habe an dem Abend beim Regiment in Paris erfahren, dass es da ein paar verrückte Amis gibt, die Souvenirs von der deutschen Wehrmacht sammeln. Irgendwelche Etappenhengste sollen ganz scharf darauf sein. Ich habe da in unserem Keller ein paar Helme und Uniformteile gefunden, die ich an die Amis verkauft habe und würde nun gern 200 $ für unsere Kompaniekasse spenden.

Und dies hier, Sir, erlaube ich mir Ihnen, bzw. Ihrer werten Gemahlin, als kleine Aufmerksamkeit für meinen Sonderurlaub in Paris zu überreichen."

Und dabei zieht Hockeridge unter seinem Blouson einen Umschlag mit den 200 $ und einen Flacon Parfüm hervor und legt beides auf dem Schreibtisch des Captains ab.

Monroe lächelt freundlich.

„Das geht zukünftig aber nicht mehr, mein Lieber. Wir bereichern uns nicht an Kriegsbeute. Ich will noch einmal Gnade vor Recht gehen lassen. Vielen Dank – auch im Namen meiner Frau."

Und darüber lachen nun beide.

„Übrigens, ich habe heute Nachmittag – Sie waren unterwegs – die Mitteilung erhalten, dass unser Regiment in zwei Wochen nach Deutschland verlegt wird. Nach

Verden. Unsere 7th Amoured   Division liegt auch dort. Man bereitet den Angriff auf Hamburg vor.

Es wird sogar schon darüber gesprochen, dass wir unter Umständen zu den Besatzungstruppen gehören werden."

„Hamburg," denkt Hockeridge laut, „soviel ich weiß, die zweitgrößte Stadt Deutschlands.

Das werden lange und harte Kämpfe."

5. Kapitel

Hamburg...auch kaputt

Der Zug aus Berlin hält im Hauptbahnhof. Stockdunkel ist es hier. Das Stahlgerippe der riesigen Halle zeichnet sich ganz leicht gegen den etwas helleren Nachthimmel ab. Früher war die Kuppel komplett verglast. Nun ist jedoch keine einzige intakte Scheibe zu erkennen. Zwei Bahnsteige und somit also vier Gleise sind total zerstört. Ausgebrannte und verformte Waggons sind noch nicht geborgen. Überall Scherben und Schutt. Todten sucht sich den Weg zur Wandelhalle; er schließt sich einfach den anderen an. Dort, wo das Licht nicht nach außen dringen kann, brennen ein paar spärliche Lampen. Todten sieht einige Reichsbahner, die im Kreis zusammenstehen – alles ältere Männer in offensichtlich vertrauter, kollegialer Runde. Er geht hin und weist sich mit seiner Kripo-Marke aus.

„Guten Morgen, meine Herren, Kriminalpolizei. Ich komme aus Berlin und suche hier die nächste Polizeiwache."

Jedes Lächeln in der Runde erstirbt, spürbare Unsicherheit. Es scheint, als nähme jeder etwas Haltung an. Todten lässt sich nichts anmerken, aber da ist wieder dieses beklemmende Gefühl, das ihn immer dann überkommt, wenn er spürt, dass die Leute vor ihm Angst haben. Früher war es Respekt; heute ist es nur noch Angst. Kripo – Gestapo – offensichtlich hält das niemand mehr so recht auseinander. Wie auch? Zu eng sind da oft die Verbindungen und Amtshilfen.

Schnell erklären sie Todten den kurzen Weg zum „Bieberhaus", in dem sich das 44.Polizeirevier befindet und sind froh, dass Todten sich dann auch sofort auf den Weg dorthin macht.

Er sucht an der grauen Fassade den Eingang und tastet sich dann in einen dunklen Vorraum. Wieder eine Tür und dahinter der Wachraum. Nur ein älterer Meisterpolizist ist anwesend und sieht Todten fragend an. Der hält wieder seine Kripo-Marke über den erhöhten Tresen und stellt sich erneut vor – sachlich und vielleicht etwas zu laut: „Todten, Kriminalsekretär, Reichskriminalamt, Berlin. Ich bitte um Amtshilfe."

Gemächlich dreht sich der Wachhabende auf seinem Stuhl in Todtens Richtung, mustert ihn noch einmal und sagt dann: „Moin Koleech, und nu kümmt' Se extra ut Berlin, um mine Wachkasse to pröfen?"

Todten ist sprachlos. Was ist das hier für ein Ton ? Eine solche Begrüßung hätte es in Berlin, ja nicht einmal in Elbing gegeben.

Auf diesen Dialog aufmerksam geworden, kommen nun zwei weitere Polizisten aus einem Nebenraum hinzu. Einen der beiden beauftragt der Meisterpolizist, dem Herrn Sekretär noch einen Teller von der Gulaschsuppe zuzubereiten.

„Gulaschsuppe? Wie kommen Sie um diese Zeit an Gulaschsuppe?"

„Hotel Reichshof, gegenüber. Nette Leute da."

„Ja, aber das muss doch..., wer bezahlt denn das?"

„Wie ich schon sagte, nette Leute da. Und nun noch mal ordentlich: Was führt Sie zu uns in den Norden, Herr Kriminalsekretär?"

„Ich muss mich morgen früh, nein, heute Morgen um 10.00 Uhr bei Kriminalrat Dohse in der Kriminalleitstelle Hamburg melden. Wo ist denn das „Drehbahn", und wie komme ich dort hin?"

„Pass op, wi mokt dat so:"

„Wie bitte?"

„Nochmal: Passen Sie auf, wir machen das so: Sie legen sich noch'n büschen aufs Ohr. Wir haben hier in der 1. Etage ein paar Bereitschaftsbetten. Dann wecken wir Sie um 8.00 Uhr, und Sie gehen dann zur Straße Drehbahn. Von hier 'ne halbe Stunde zu Fuß. 'N Auto werde ich wohl so schnell nicht kriegen – wenn überhaupt für so was."

Aus dem Nebenraum wird Todten zum Essen gerufen. Der junge Kollege strahlt und Todten isst die heiße Suppe mit gutem Appetit. Sie schmeckt auch richtig gut. Wie Friedensware. Anschließend bringt ihn dieser Beamte noch in die obere Etage, zeigt ihm den Bettenraum und wünscht eine gute Nacht.

Nur einmal ein wenig die Beine ausstrecken und über diese Kollegen hier nachdenken. „Wenn die hier alle so sind, kann es ja vielleicht doch ganz nett...auch, obwohl sie etwas merkwürdig reden."

Todten bringt den Gedanken nicht zu Ende. Er ist todmüde eingeschlafen.

Ein paar Stunden später, pünktlich um 08.00 Uhr, wird Todten von einem ihm unbekannten Kollegen geweckt. Unten, in einem kleinen Bereitschaftsaum neben der Wachstube, hat man ein kleines Frühstück für Todten zubereitet. Etwas Tee und eine Scheibe Graubrot mit Schmalz - allerdings recht dünn aufgetragen. „Deit mi leed, Herr Kollege, so dick hebt wi dat nich mehr."

Der Wachhabende von der Frühschicht, auch ein älterer väterlicher Typ, steht in der Tür und lächelt freundlich.

„N' Auto haben wir nicht für Sie. Unser Inspektor muss auch zu Fuß gehen."

Todten stört das nicht. Er macht sich um Viertel nach Neun auf den beschriebenen Weg. Gute Gelegenheit noch etwas frische Luft zu schnappen und sich einen ersten Eindruck von Hamburg zu machen.

Er geht zur Alster hinunter, vorbei an einigen zerstörten Häusern, die Todten manchmal wie Lücken in einer Zahnreihe erscheinen. Größere Flächen ausschließlich zerbombter Häuser kann er nicht entdecken. Auf der Lombardsbrücke bleibt er stehen. Es ist zwar ein grauer, windiger Märzvormittag, aber Todten kann sich der Schönheit dieses Bildes nicht entziehen. Die Außenalster zu seiner Rechten, dieser riesige See mitten in einer Großstadt, eingefasst durch alten hohen Baumbestand, großen Stadtvillen, die man mit Netzen oder Anstrichen zu tarnen versucht, Parkanlagen und Bootshäuser.

Und zur Linken die Binnenalster. Viel kleiner und von ganz anderer Erscheinung. Kontor- und Kaufhäuser, Hotels und der berühmte Alsterpavillon. Todten war noch nie in Hamburg. Er kennt die Stadt nur aus Erzählungen – oft durch Seeleute, mit denen er in Elbing zu tun hatte. Demnach sahen die meisten Hamburger aus wie Hans Albers und der Rest waren reiche Reeder und Kaufleute, die aber unter sich blieben. Über St.Pauli hörte er Geschichten, die man selbst in Berlin kaum glauben konnte. In Elbing schon gar nicht. Nun gut, auf St.Pauli war er noch nicht, aber was er bisher kennen gelernt hatte, gefiel ihm ganz gut.

Schade, dass seine Irmi nicht hier sein kann.

Nur wenige Minuten später erreicht er die Kripo-Leitstelle in der Drehbahn und problemlos auch das Büro von Kriminalrat Dohse.

Hektische Betriebsamkeit in dieser Abteilung. Der Kriminalrat nimmt Todten kaum wahr. Erst nachdem dieser seinen Namen genannt hat, bleibt Dohse stehen. „Todten, ja natürlich. Nehmen Sie kurz Platz. Bin gleich bei Ihnen. Hier - können Sie schon einmal lesen." Dohse macht ein paar Schritte zu seinem Schreibtisch, nimmt eine Akte und gibt sie Todten. Fast wirft er ihm die Akte zu. Mit schnellen Schritten verlässt er das Büro, ruft einem anderen Mann noch zu: „Schröder, wie weit ist die Verladung?" und verschwindet dann völlig aus Todtens Blickfeld.

Todten schlägt die Akte auf. Zunächst ein lückenhafter Personalbogen zu seiner Person, dann ein „Zuweisungsschein" für ein Zimmer in der Hoheluftchaussee 114, bei Tolmien, und danach ein Auszahlungsschein für ein Handgeld und die vorläufige „Trennungsentschädigung" – alles zusammen 144,13 Reichsmark (RM). Todten reißt den beiliegenden Umschlag auf und findet darin das Geld, einschließlich der dreizehn Reichs-pfennige. Er lächelt.

Den größten Teil der vorliegenden Akte machen jedoch Vermerke und Anzeigen über gefälschte Lebensmittel-marken aus. Die Verbreitung dieses Delikts scheint hier tatsächlich ein großes Problem zu sein. Einzelne Fälle gab es in Berlin auch, aber nicht in dem Ausmaß wie hier.

Dohse kommt zurück. Er sieht etwas derangiert aus. Die Haare unordentlich, kein Jackett, keine Krawatte, das weiße Hemd am Kragen geöffnet, die Manschetten aufgeschlagen. Er wirkt auch etwas verschwitzt. Dann lässt er sich schwer in seinen Schreibtischsessel fallen.

„Todten, Mann, tut mir leid, dass ich Sie so empfangen muss. Extra aus Berlin, Menschenskind. Wir verlegen die Leitstelle nach Flensburg. Reichsführer hat Kenntnis. Arbeite dort direkt mit ihm zusammen. Hamburg wird Festung. Kann sich bestimmt auch lange halten. Woltz macht das schon. Guter Mann. Kennen Sie ihn ?"

Und ohne auf eine Antwort zu warten: „Mit unseren Armeen im Norden werden wir einen gigantischen Angriff führen und Amis, Tommys und natürliche den Russen aus dem Reich vertreiben. Ich bin da ganz sicher."

Todten hört sich das regungslos an. „Feige Sau!" denkt er nur, ohne dass man diesen Gedanken von seiner Mimik ablesen könnte. Er weiß es doch: der Kerl setzt sich ab; der hat die Hosen voll. Aber so Gehetzte sind auch gefährlich.

Also: Schnauze halten, runterschlucken.

„Haben Sie schon einen Blick in die Akte geworfen?"
Todten nickt.

„Gut. Sie ermitteln also in dieser Fälschungsgeschichte. Das heißt, Sie leiten die Ermittlungen. Dafür werden Sie jedoch dem Kriminalamt Hamburg unterstellt. Sie haben ihr Büro am 36. Polizeirevier. Das ist die berühmte David-wache. Schon davon gehört ?"

Todten nickt wieder.

„Alle Ermittlungen führen zurzeit zu dem Schluss, dass die Täter aus dem dortigen Milieu stammen. Ihnen ist deshalb auch ein Hamburger Kollege zugeordnet, der sich im Milieu auskennt. Sie können sich das heute schon einmal ansehen und dann morgen Ihren Dienst antreten. Stellen Sie sich mal bei Schlüter vor. Das ist der Revierchef. Unter uns: Ich trau' dem Mann nicht. Hab' so meine Zweifel an seiner Gesinnung. Na ja, da hätten wir früher was machen müssen. Oder doch noch – nach dem Endsieg."

Das ist schon mehr zu sich selbst gesprochen. Hektisch schiebt er noch einzelne Papierbögen zusammen und blickt sich noch suchend um.

Kein Zweifel – dies soll das Ende des Gesprächs sein. Todten erhebt sich aus dem ledernen Besuchersessel, wünscht einen guten Tag und verlässt das Büro von Kriminalrat Dohse. Das bisher übliche „Heil Hitler" kommt ihm nicht mehr über die Lippen. Aber auch von Dohse kommt diese Grußformel nicht und auch keine Ermahnung wegen der Unterlassung. „'Götterdämmerung' nennt man so etwas wohl", denkt Todten und lächelt bitter.

Es ist gerade 11.00 Uhr, also Zeit genug, sein Gepäck vom 44. Polizeirevier abzuholen und in die Hoheluftchaussee zu bringen.

Am frühen Nachmittag steht Todten dann vor dem Haus 114. Er blickt sich um.

Viel steht hier nicht mehr und dabei ist zu erkennen, dass hier meist vier- oder fünfstöckige, repräsentative Wohnhäuser gestanden haben. Eine eher bessere Gegend – zumindest war sie es. Und er hat Straßenbahn und die U-Bahn in der Nähe, die hier in Hamburg allerdings Hochbahn genannt wird. Ihm ist aber auch schon aufgefallen, dass die meisten Strecken auf Viadukten, also oberirdisch verlaufen.

Tolmiens wohnen im Erdgeschoss. Dort klingelt er. Es dauert etwas, bis ein Mann um die Dreißig an der Tür erscheint. Er geht an Krücken, denn ihm fehlt das linke Bein. Er sieht Todten mit dem Gepäck und weiß Bescheid. „Guten Tag, Herr Kriminalsekretär, kommen

Sie herein. Herzlich willkommen." Die förmliche Anrede erklärt sich dann daraus, dass Lothar Tolmien selbst Polizist war und nun wegen seiner Kriegsverletzung pensioniert ist.

„So schnell konnte ich gar nicht ‚ja' sagen, wie die kasernierte Ordnungspolizei zur Wehrmacht überstellt wurde. Und schon in der zweiten Kriegswoche erwischt mich eine Granate. Ja, Pech, mit mir hätten die den Krieg gewonnen."

Tolmien humpelt den Flur entlang bis zu Todtens Zimmer. Drei weitere Türen gehen vom Flur ab. „Große Wohnung. Wo ist denn Ihre Familie ?" „Meine Frau und meine kleine Tochter wurden'43 evakuiert. Sie leben jetzt bei Leipzig, irgendwo da in der Nähe. Sie hat zuletzt vor drei Monaten etwas geschrieben. Scheint ihr wohl dort ganz gut zu gehen. Ich hab' hier ja die Erdmann'sche, eine ältere Witwe, uns gegenüber. Die bekocht mich und macht auch die Wäsche. Dafür kriegt sie von mir Geld und meine Marken. Ich brauch' nichts mehr. Für mich ist das Leben ohnehin gelaufen."

„Ach was, Tolmien. Das wird schon wieder," sagt Todten und legt seinem neuen Wohnungsgenossen die Hand auf die Schulter, denkt dabei aber eher an etwas Gegensätzliches. Tolmiens Ehe ist offensichtlich keine Grundlage für mehr Hoffnung.

Das Zimmer gefällt Todten recht gut. Es ist recht groß und ausreichend möbliert. Nachdem Todten seine Sachen eingeräumt hat, gehen sie zu Frau Erdmann, der Erdmann'schen, in die Nachbarwohnung, damit Todten sich vorstellen kann. Sie will sich dann auch gern um Todten kümmern und freut sich über eine weitere Einnahmequelle. Zur Begrüßung soll es heute Abend „Bratkartoffeln aus Steckrüben" geben. Todten verzichtet daher auf einen Antrittsbesuch auf der Davidwache.

Das hat noch etwas Zeit.

Am nächsten Morgen ist er schon um 07.00 Uhr an der Davidwache. Er hatte sich mit dem Weg verschätzt. Durch die direkte Hochbahnverbindung ging alles viel schneller, und Stromausfall gab es auch nicht. Nach der üblichen Ausweisprozedur steht er nun endlich vor seinem neuen Büro in der 2. Etage. Nach kurzem Zögern und Durchatmen öffnet er die Tür ohne zu klopfen. Ein Mann seines Alters erhebt sich vom Schreibtisch und blickt Todten an.

„Sind Sie der Kriminalsekretär Todten?"

„Ja, der bin ich."

„Angenehm, Schröter, Hans Schröter, mit T."

So, da hatte Todten seinen Hans Albers. Schröter ist ein Kerl wie ein Baum, hellblond und leuchtend blaue Augen, Ende dreißig und gute 1,90 groß. Vor zwei Jahren war er bereits zum Meisterpolizisten im Kriminaldienst befördert worden.

„Ich will Ihnen ja nicht zu nahe treten, Schröter, aber eine Erscheinung wie Sie vermutet man eher in einer Vorzeigeeinheit der SS als hier an der Heimatfront ."

„Was nicht ist, kann ja noch werden. Im Moment weiß man ja gar nicht wie morgen entschieden wird. Ich hätte schon zehn Frontverwendungen gehabt, wenn sich unser Oberinspektor nicht alle vierzehn Tage meinetwegen die Finger wund schreiben würde. Bisher hat seine schützende Hand geholfen. Ach, da fällt mir ein, Sie mögen bitte zum Revierchef kommen, sobald Sie hier auftauchen."

Wenige Minuten später wird Todten von Polizeioberinspektor Johann Schlüter, dem Chef der Davidwache, in dessen Büro empfangen.

„Na, Todten, Sie halten hier also allein die Stellung bis das Reichskriminalamt in einem gigantischen Gegenstoß die ganze jüdisch-bolschewistische Mischpoke aus dem Deutschen Reich hinauswirft." Schlüter wartet auf eine Reaktion. Doch Todten schmunzelt nur. Er merkt sofort, wie diese abgetragene Propaganda gemeint ist.

„Wissen Sie, mein Lieber, ich glaube, das Tausendjährige Reich wird vielleicht doch nur 900 Jahre bestehen."

„Eher 800," antwortet Todten. Schweigen. Beide Männer blicken sich an, beide mit einem feinen Lächeln. Sie sind beruhigt. Kein weiteres Wort ist nötig. Sie verstehen sich.

„Lassen Sie sich mal alles von Schröter erklären und zeigen. Ich habe ihn Ihnen unterstellt, um ihn noch unabkömmlicher zu machen. Er ist einer meiner Besten. Wissen Sie, Todten, das hier ist St.Pauli. Vom Nobis- zum Millerntor; vom Hafen bis zum Heiligengeistfeld ist das eine andere Welt. Es gibt Straßen, da leben nur Chinesen und zwei Straßen weiter nur Portugiesen. Hier geht es nur um das große Amüsement. Und dafür wird angeschafft, gelogen und betrogen- und manchmal sogar gemordet. Das war vor dem Kaiser so, das war mit dem Kaiser so, bei den Republikanern und auch die ganze Herrlichkeit eines Tausendjährigen Reiches kann daran nichts ändern. Hier gibt's für einen guten Krimsche ordentlich zu tun. Mit den Huren ist im Moment nicht so viel zu verdienen und da haben sich ihre Luden eben andere Quellen erschlossen. Schiebereien und Schwarzmarkt. Ich würde auch zu gern wissen, woher das ganze Zeugs kommt. Jedenfalls wird damit ganz gut Geld verdient. Ich habe von Ihrer Arbeit in Griechenland gehört. Alle Achtung. Das war für Sie wohl auch nicht ungefährlich?"

„Ach, wissen Sie, Herr Oberinspektor, ungewollt hatte ich mächtige Freunde, denen es eine große Freude war, der Wehrmacht ordentlich eines auszuwischen. Aber Sie haben Recht. Mir war dabei nicht wohl."

Sie besprechen dann noch ein paar dienstliche Abläufe, auf die sich Todten in Hamburg einstellen sollte, aber auch von Auflösungserscheinungen der Sicherheitspolizei, bzw. der Gestapo. Schlüter bemüht sich dabei um eine objektive Schilderung. So ganz mag er einem Kripomann aus Berlin dann doch noch nicht vertrauen.

Die nun folgenden Wochen sind mühselig. Es beginnt diese Art kriminalpolizeilicher Ermittlungen, die wenig spektakulär, aber unverzichtbar sind.

Zunächst das ausführliche Aktenstudium. Todten stellt fest, dass die ersten gefälschten Marken im Januar 1945 eingelöst wurden. Das war der Zeitraum, in dem Depots geräumt wurden und sich die Versorgung deutlich verbesserte. Hunderte Kilo Zucker, Mehl und Fleisch. Mehr als eine Tonne Fett. Todten rechnet. Bei einem offiziellen Kurs hätte man sich durch die gefälschten Marken ca. 70.000 RM erschlichen. Da jedoch das Mehrfache bezahlt oder hochwertig getauscht wird, geht es hier um kriminelle Einnahmen zwischen 200.000 und 300.000 RM – pro Monat !

Und das ist nicht das einzige Problem. Schlimmer für Parteileitung und Polizeiführung ist die Erregung unter den Leuten, wenn die Geschäfte nicht ausreichend Ware vorhalten, weil die übliche Kalkulation durch diese zusätzlichen Marken nicht mehr stimmt. Unruhe liegt in der Luft . Gauleiter und Reichsstatthalter Kauffmann hat die Behörden noch einmal zu größter Anspannung aufgerufen, die „für den Endkampf unverzichtbar" ist und „die der Stadt das Letzte abverlangt".

Das nun auch noch! Todten steht heute Vormittag am Fenster seines Büros, das zum Spielbudenplatz zeigt. Und tatsächlich: quer über die Reeperbahn wird eine Panzersperre gebaut – von alten Männern und Hausfrauen. Wenn doch bloß bald alles vorbei wäre!

Und schon wieder Fliegeralarm – mitten am Tage – ohne Voralarm. Die alliierten Flugplätze liegen mittlerweile so nahe an der Stadt, dass ein Voralarm nicht mehr möglich ist. Die Amis greifen wieder Blohm &Voss an. Da werden U-Boote gebaut – immer noch! Und die Davidwache liegt eben nah am Hafen.

Wie ein Ritual, wie eine Prozession läuft das nun ab. Die Polizisten verlassen ihr Gebäude und suchen Schutz in dem Tiefbunker unter dem Spielbudenplatz. Der Revierchef überwacht das Verschließen der Polizeiwache durch den Wachhabenden vom Dienst. Und als Letzte der Belegschaft betreten beide dann den Bunker. „So ist das bei uns im Reich", denkt Todten, der alles vom Bunkereingang aus beobachtet, „Ordnung bis in den Tod". Er lächelt bitter und schüttelt den Kopf. Er ist auch erstaunt, wie viele Menschen aus den umliegenden, scheinbar totalzerstörten Häusern in den Bunker flüchten. So viele Frauen mit kleinen Kindern. So viele Alte. Die Kinder schreien nicht, aber man kann ihre Angst daran erkennen, wie sie sich an ihre Mütter schmiegen. Hin und wieder wird gedrängelt, geschimpft und geflucht

Und dann geht es los. Es ist, als schlagen die Bomben alle auf dem Spielbudenplatz ein. Jeder Einschlag lässt den Bunker vibrieren – dieses riesige, stabile Ding. Dabei liegen die meisten Treffer wohl auf der anderen Elbseite.
In diesem Bunkersegment, hier am Eingang, sitzen die Männer der Davidwache. Todten ist ihnen nun schon bekannt. Oberinspektor Schlüter hat ein paar Dinge über ihn in Umlauf gebracht, die seinen Männern die Vorbehalte genommen haben. Todten ist nun eher einer von ihnen – noch nicht ganz, aber beinahe. Die Männer wirken gelassen – tatsächlich gelassen, nicht gespielt. Manchmal nickt einer Todten zu, so, als wollte er damit sagen: „Keine Angst, der hält." Andere dieser neuen Kollegen sind aber in ihren Gedanken ganz woanders. Bei Frau und Kind, Eltern oder Geschwistern. Sind sie jetzt in Gefahr? Haben sie es zum nächsten Bunker geschafft, oder sind sie in ihrem Keller sicher? Und einige Männer aus dem Osten Hamburgs: Kommt es wieder zu einem Feuersturm?
Auf dem Weg zur Toilette muss Todten durch andere Bunkerräume. Auch hier viele Mütter mit kleinen Kindern ! Wie halten sie das aus? Sie wissen doch wie machtlos sie sind gegenüber dem endlosen Schrecken und der panischen Angst ihrer Kinder. An den Körper pressen, in Wolldecken hüllen oder die kleine Hand halten – mehr ist nicht möglich; das muss reichen.
Aber auch dieser Angriff geht vorbei. Als sie den Tiefbunker verlassen, hören sie schon Sirenen. Die Feuerwehr ist unterwegs, um einige brennende Häuser

auch hier auf der Reeperbahn zu löschen. Die Polizeiwache hat wieder einmal keinen Schaden genommen.
Aber überall dieser Staub!

Ermittlungen vor Ort haben heute keinen Sinn mehr.
Todten geht wieder in sein Büro, um ein paar Vermerke
nochmals durchzulesen. Ihm fehlt es aber einfach an
Konzentration. Er denkt an seine Irmi.

Es gibt Verbindungsleute der Polizei im Wehrkreis X. Sie
geben Informationen weiter ins Amt – vermutlich gar nicht
autorisiert – aber dadurch sind Polizeidienststellen sehr
gut über die militärische Lage informiert. Und die sieht
nicht gut aus.

Die Russen haben die Oder überquert und schließen den
Ring um Berlin. Die Amerikaner stehen schon an der Elbe
und haben im Ruhrgebiet die Heeresgruppe B eingeschlossen. Ebenso eine ganze deutsche Armee in
Holland. Die Engländer haben den Rhein bei Wesel
überquert und überrennen Norddeutschland.

Bremen ist jetzt Festung. Es kann nur noch wenige Tage
dauern und die Engländer sind in Hamburg. Und dann?
Wird auch Hamburg zur Festung erklärt?

Wird dann wochenlang alles zerbombt, was jetzt noch
steht? „Was ist mit Irmi? Es gab doch noch so starke
Bombenangriffe auf Berlin. Kann sie noch aus der Stadt
heraus. Kann ich noch hinein?" So viele Fragen gehen
Todten durch den Kopf und er findet keine Antworten.

Er ist diese Tage wie gelähmt und er ist auch verzweifelt.

Am 1. Mai 1945 ruft der Polizeioberinspektor Johann
Schlüter seine leitenden Mitarbeiter zusammen.

Auch Todten rechnet er dazu.

„Meine Herren. Ich habe außergewöhnliche Nachrichten
für Sie. Wie Sie wissen, ist der Führer gestern" – kurze
Pause -   „gefallen" (vereinzeltes Räuspern unter den
Anwesenden). „Für Hamburg ergeben sich daraus
folgende Konsequenzen:

Wenn ich richtig informiert bin, ist der Direktor der
Phoenix-Werke in Harburg, in Begleitung eines Majors

des Wehrkreises – also wohl mit Zustimmung unseres Kampfkommandanten, Generalmajor Woltz, den Engländern entgegen gegangen und hat mit ihnen verhandelt.

Hamburg kapituliert. Die Engländer beginnen übermorgen früh mit der Besetzung der Stadt. Jedes Polizeirevier hat Befehl, Verkehrsposten zu stellen, die die englischen Kolonnen durch die Stadt leiten.

Haltung, meine Herren. Da kommt zwar der Feind, aber wir sind keine Soldaten. Wir sind Polizei. Wir sorgen hier für Ordnung. Ich hoffe, die Tommys sehen das auch so. Also: Machen Sie keinen Blödsinn!

Noch Fragen?"

Es werden keine Fragen gestellt. Man blickt sich um. Besorgte Blicke, vorsichtiges Lächeln, meist jedoch Staunen und Erleichterung.

6. Kapitel

Ende ohne Schrecken

Am 4. Mai sitzt Otto Todten in seinem kleinen Büro auf der Davidwache. Hans Schröter sitzt ihm gegenüber. Beide duzen sich mittlerweile, was für Todten vor einigen Wochen noch undenkbar gewesen war.

„Hier, Otto, Leberwurst!" Schröter hält seinem Chef eine Stulle hin. Todten kann dem Angebot nicht widerstehen und langt zu. Er weiß aber auch, dass Schröter Bauern als Verwandte in Mecklenburg hat, die ihren Hamburger Neffen gut versorgen. „Wie lange sollen wir denn hier noch herumsitzen, Otto, was meinst du?"

„Der Chef hat alles, was Uniform tragen kann, auf die Straße geschickt, um die Ausgangssperre zu überwachen. Ich weiß auch nicht, wie lange das gehen soll."

Die Ausgangssperre, die am Vortag um 12.00 Uhr begann, gilt für alle, also auch für die Kripoleute, die ja nicht als Polizisten zu erkennen sind.

Am 3. Mai hatten ein paar uniformierte Kollegen Kreuzungen und Plätze auf St.Pauli besetzt und auf die Engländer gewartet. Tatsächlich kamen auch Panzer auf den Millerntorplatz und das Heiligengeistfeld, sowie kleinere Kolonnen von Jeeps und LKW, die in Richtung Altona fuhren. Am Abend traf sogar eine Pioniereinheit ein und riss die Panzersperre auf der Reeperbahn auf. Britische Militärpolizei betrat die Wache und überbrachte die Anordnung zur vorläufigen unbefristeten Ausgangssperre. Alles sehr korrekt und förmlich. Einer von ihnen, auch in englischer Uniform, jedoch nicht in der der Militärpolizei, sprach akzentfrei deutsch. Erstaunen unter den Schutzleuten. St.Pauli ist wie ausgestorben. Alles hält sich an die Ausgangssperre. Die Leute sitzen voller Anspannung zuhause und warten. Dabei kommt auch ein

95

wenig Freude und Zuversicht auf. Die Tommys sind jetzt schon zwei Tage in Hamburg und es wird nicht geschossen. Fliegeralarm gibt es auch nicht mehr. War's das? Wird nun alles wieder gut?

„Hans, wir müssen unbedingt den „Eisen-Willi" vernehmen. Wo hält der sich denn auf?"

„'Eisen-Willi' kobert für die ‚Tarantella'. Das ist ein Laden auf dem ‚Hamburger Berg'."

„Eisen-Willi" heißt so, weil er vor Jahren in Varietés aufgetreten war, wo er scheinbar Eisenstücken verbiegen konnte. Seine Körperkräfte setzte er nun als Rausschmeißer ein. Er ist als kleiner Ganove recht bekannt auf dem Kiez, spielt dort aber keine bedeutende Rolle.

„Eisen-Willi", eigentlich Wilhelm Röper, war vor einigen Tagen bei der Routinekontrolle einer Arbeiterkneipe am Baumwall, im Nachbarrevier, angetroffen worden. Auf dem Fußboden entdeckten die Schupos einen Bogen Lebensmittelmarken, zu dem sich später herausstellte, dass er gefälscht war. Außer „Eisen-Willi" waren noch drei weitere Männer im Lokal. Keiner der vier wollte den Bogen weggeworfen haben. Die anderen drei waren allerdings alle unbescholtene Arbeiter und Ewerführer. Einer der Schupos war dann auch so pfiffig, seinen Bericht auch an die Davidwache zu schicken, weil „Eisen-Willi" eben auf St.Pauli gemeldet war. Und so erhielt Todten seinen ersten Ansatzpunkt für weitere Ermittlungen.

„Hans, geh' doch mal zum Chef und frage, ob du nicht in Begleitung eines unserer Schupos zum ‚Hamburger Berg' gehen und uns den Willi holen kannst."

Und so wird es dann auch gemacht. Nach nur einer Stunde kommt Schröter zurück und schiebt den „Eisen-Willi" vor sich durch die Tür.

„Setzen Sie sich, Röper!" Der setzt sich maulend Todten gegenüber, den Blick gen Fußboden gerichtet. „Sie wissen ja wohl, weshalb Sie hier sind." Schweigen. Das ist Todtens Taktik. Jetzt warten, wer die besseren Nerven hat. Röper blickt kurz hoch, senkt dann wieder den Blick und schweigt. Dann jedoch: „Ich weiß gar nicht, was Sie wollen, Herr Inspektor. Ich hab' nichts gemacht."

„Wir haben aber Aussagen, dass Sie im Besitz dieser gefälschten Marken waren. Wissen Sie, Röper, das geht hier um ein Verbrechen nach dem Kriegs-wirtschafts-gesetz. In Ihrem Fall kommt auch noch Hochverrat dazu. Das fällt in die Zuständigkeit der Gestapo. Mit viel Glück kommen Sie nur ins Zuchthaus. Bei der derzeitigen Lage kommt aber wohl eher die Todesstrafe in Betracht."

Schröter, der hinter Röper sitzt und von ihm nicht gesehen werden kann, blickt Todten an und zieht die Augenbrauen hoch.

Todten weiß selbst, dass er blufft. Der Krieg ist zwar noch nicht vorbei, aber er kann sich selbst kaum vorstellen, dass Röper noch jemals vor dem Volksgerichtshof landen wird. Todten weiß ja nicht einmal mehr, nach welchen Gesetzen er in nächster Zeit ermitteln soll.

Wenn „Eisen-Willi" etwas intelligenter wäre, wüsste er das auch und würde abwarten. Aber Willi ist nicht so intelligent und bekommt es mit der Angst.

„Ich sollte doch nur die Marken dorthin bringen und jemanden treffen, der sich die angucken wollte." „Wen wollten Sie treffen?" „Weiß ich nicht. Einen Mann. Er sollte mich ansprechen. Aber dann kam ja die Schmiere."

„Für wen haben Sie die Marken dort hingebracht ?" „Eisen-Willi" zögerte etwas. Doch dann: „Für meinen Chef."

Für den Inhaber der „Tarantella" also - Erich Zander. Todten ist zufrieden.

Der Bluff hat gewirkt. Nun hat er eine Spur.

Am Nachmittag des 3. Mai 1945 steht Kurt Bornemann auf der großen Kreuzung vor dem Sternschanzen-bahnhof. Er und zwei weitere Hilfspolizisten sollen einen Wachtmeister der Schutzpolizei bei der Verkehrsregelung helfen. Sie sollen auch dafür sorgen, dass sich niemand auf der Straße aufhält, wenn die Engländer die Stadt besetzen. Seit 12.00 Uhr Mittag besteht für alle Personen eine Ausgangssperre.

Nur uniformierte Polizei ist zur Unterstützung des Einmarsches auf die Straßen beordert worden.

Da stehen sie nun und warten. Sonst ist niemand zu sehen. Nichts regt sich. Es ist, als ducken sich alle, um von den Engländern nicht entdeckt zu werden. Oder von den letzten fanatischen Nazis. Man hört ja so einiges. Vorsichtshalber hat man auch keine weißen Fahnen oder Laken herausgehängt.

Der Reichsstatthalter wollte das so. Besser, man wartet noch ein wenig ab.

Aus Richtung Hafen hören die Polizisten das tiefe Brummen schwerer Panzermotoren – ja sogar das kreischende Scheuern der Ketten auf dem Kopfstein-pflaster. Unbehagen unter den Schupos. Wird vielleicht doch noch geschossen? Durch die Schanzenstraße kommt eine kleine Kolonne heran – zwei Radpanzer und ein Jeep. Sie schlängeln sich langsam durch die Straße, weil noch nicht alle Trümmer des letzten Bombenangriffs geräumt sind. Die Maschinengewehre auf den Fahrzeugen sind ganz offensichtlich schussbereit. Die Soldaten blicken sichernd nach allen Seiten und haben besonders die Häuserfassaden im Blick. Man sieht ihnen die Anspannung an. Dann, auf freierer Strecke, wird die Kolonne wieder schneller und rast an Bornemann vorbei. Der Wachtmeister salutiert. Ein englischer Soldat im Jeep grüßt lässig zurück. Kein Anhalten, kein Gespräch.

Das waren sie also – die Tommys, die Sieger.

Mehr kommt nicht – jedenfalls nicht zur Sternschanze. Aber sie sind zu hören – überall um sie herum. Dann aber klingen die Panzergeräusche aus Richtung Hafen langsam ab. Die Dämmerung setzt ein. Ein Kollege mit Fahrrad trifft ein und beordert die Posten zurück zur Wache. Dort ist es heute Abend sehr eng. Der Chef, Polizeiinspektor Düsterhoff, hatte am Tag zuvor alle

Schichten für den heutigen Tag zum Dienst beordert. Und da es an der Wache 25 keinen Raum gibt, der groß genug ist, um das gesamte Personal versammeln zu können, weicht Düsterhoff einfach auf den Hinterhof des Hauses aus. Dort treten nun alle an.

„Meine Herren – das war's! Der Tommy ist jetzt in der Stadt. Seit Napoleon ist es keinem Feind gelungen, in unsere Stadt einzudringen. Noch gilt für uns der Befehl des Reichsstatthalters, dass wir für die Einhaltung der Ausgangssperre sorgen und die Durchfahrt der Engländer regeln.

Männer, ich weiß nicht, was morgen oder übermorgen ist. Wollen wir hoffen, dass wir nicht als feindliche Einheiten in Gefangenschaft gehen, oder, noch schlimmer, von den Tommys an die Wand gestellt werden."

Düsterhoff wird unterbrochen. Der Geschäftszimmermeister, der während der Rede auf Telefonposten war, überreicht seinem Chef ein Stück beschriebenes Papier. Düsterhoff liest kurz die wenigen Zeilen und fährt dann fort:

„Die Tommys suchen Beamte, die Englisch sprechen können. Kann das jemand ?"

Sofort erkennt Bornemann, dass sich hier wieder eine Chance für ihn bietet, und er meldet sich sofort. Mit ihm noch zwei weitere Hilfspolizisten. Der eine war früher Seemann; der andere hatte als Speditionskaufmann gearbeitet. Der Meisterpolizist aus dem Geschäftszimmer trägt die Namen in eine Liste ein und geht zurück ans Telefon. Inspektor Düsterhoff gibt noch ein paar Ratschläge zum Verhalten gegenüber „dem Feind" und ordnet dann die Wiederaufnahme des Schicht-Rhythmus an. Eine Schicht entlässt er in den Feierabend, damit sie morgen zur Ablösung bereit ist. Das Gros seines Personals bleibt für die Nacht jedoch in Bereitschaft, und somit an der Dienststelle. Düsterhoff selbst bleibt auch in seinem Revier.

*

Kriminalobersekretär Stave befindet sich an diesem Abend zuhause. Eigentlich wollte er im Büro sein.

Für alle Fälle - mehr so ein Bauchgefühl.

Vorschriften oder Dienstanweisungen für eine Kapitulation gibt es ja nun einmal nicht. Überhaupt besteht im Amt eine absolute Verunsicherung darüber, wie die Polizei wohl von den feindlichen Truppen behandelt wird. Gestern Abend erst hatte Stave von der kampflosen Übergabe der Stadt erfahren. Der alte Kriminalrat Pfeiffer hatte die gesamte Abteilung zusammengerufen, da sich der Hamburger Chef der Sicherheitspolizei mitsamt seinem Stab abgesetzt hatte. Das wunderte Stave nicht. Zu eng waren die Verflechtungen der regionalen Reichssicherheitsämter mit der SS und der Gestapo. Und sein bisheriger Chef, Regierungs- und Kriminalrat Dohse war fanatischer Nazi, der auch keine Gelegenheit ausließ, in seiner SS-Uniform aufzutreten. Er wird gute Gründe haben, nicht in englische Gefangenschaft zu geraten. Die gesamte 4. Etage im Dienstgebäude an der Drehbahn ist verwaist. Stave hatte sich das am Vortage noch einmal angesehen. Ordner lagen wahllos verstreut auf Tischen und auf dem Fußboden, und im Hof qualmte noch immer jener Haufen, auf dem man zahllose Dokumente verbrannt hatte.

Stave hatte schon so seine Ahnung, was von den Briten besser nicht entdeckt werden sollte.

Er war stets froh, dass er mit der Aufklärung „normaler" Mordfälle betraut war und somit kaum Berührungspunkte mit politischen, oder wie es hieß „volksschädlichen" Delikten hatte. Er wusste nicht, was jetzt kommen würde, aber er war froh, dass dies hier vorbei war.

Nun musste also Pfeiffer wieder 'ran, den man all die Jahre abgeschoben und mit unwichtigen Aufgaben betraut hatte. Stave kannte ihn noch aus der Weimarer Zeit und ging oft zu ihm, um Fälle mit ihm zu besprechen.

Er war noch ein Krimsche von altem Schrot und Korn. Zu ihm ging er nun auch, um für sich und seine Mitarbeiter einen Sonderurlaub für die nächsten beiden Tage zu beantragen.

„Ja, Stave, machen Sie das mal. Halten Sie sich aber im Haus zur Verfügung. Wenn Sie nichts von uns hören, seien Sie mit Ihren Leuten am 7.Mai wieder hier im Amt. Alles Gute. Ich hoffe, wir sehen uns wieder."

Mit ähnlichen Worten und in einer gedrückten Stimmung verabschiedete sich Stave auch von Behrendt und Dombrowski. Aus seinem Schreibtisch holte er die legendäre Flasche Weinbrand, aus der stets für jeden des Dreierteams nur ein einziges Glas in einer andächtigen Zeremonie ausgeschenkt wird, und nur dann, wenn ein Mord als aufgeklärt gilt. Ein Ritual und eine langjährige Tradition in dieser Mordbereitschaft.

Viel war nicht mehr in der Flasche und so wurde das Glas dieses Mal etwas großzügiger eingeschenkt.

„Wäre doch schade, wenn dieser edle Tropfen dem Feind in die Hände fiele", sagte Stave mit einem leichten Schmunzeln und hielt seinen beiden Mitarbeitern die Gläser hin. So kannten sie ihren Chef gar nicht. Aber dieser Tag ist war ohnehin außergewöhnlich. Dann ermahnte er die beiden für die nächsten Tage zu besonderer Vorsicht und machte sich auf den mühsamen Weg heim in die Kieler Straße.

Nun sitzt er also mit seiner Frau in der ungeheizten Küche. Draußen ist es kühl und feucht und dieses Klima schleicht nun auch in die Wohnung und in die Körper. Das bisschen Wärme, das sich vom Essenkochen zaghaft im Raum verteilt hatte, ist nun auch schon wieder verflogen.

Stave steht am Fenster und blickt auf das Straßenbahndepot. Alle noch intakten Wagen stehen in den Hallen. Davor, auf Nebengleisen, die beschädigten Waggons, die man noch bergen konnte und auch wohl noch zu reparieren sind. Ein paar Hochbahner stehen vor den Hallen, aber keiner traut sich, die paar Meter bis zur

Straße zu gehen. Sie halten sich an die Ausgangssperre und warten auf die Briten.

Zwei Schupos stehen fröstelnd auf Posten an der Kreuzung Langenfelder Damm und eine Doppelstreife auf Fahrrad fährt die Kieler Straße hinunter. Sonst nichts – alles menschenleer.

Staves Frau ruft zum Essen. Zur Suppe aus Steckrüben hat sie noch Kartoffelschale und zwei Rindsknochen ausgekocht. Dazu etwas Graupen und zwei Esslöffel Fischtran – wegen des Fetts. Den Fischtran bemerkt Stave am Geruch.

„Ooch, Hanna, musste das sein?" „Ich habe doch nichts anderes, Hansi, und du brauchst doch nun einmal ein bisschen Fett." Sie lächelt, tritt hinter seinen Stuhl, und beugt sich zu ihm hinunter – Wange an Wange. „Hans, ich bin so froh, dass du heute bei mir bist. Allein hätte ich doch Angst." Deswegen ist er ja zuhause geblieben, aber ob er im schlimmsten Fall wirklich helfen kann?" Stave hat seine Dienstwaffe mit nach Hause genommen. Auch mehr aus einem Bauchgefühl heraus.

Ob er den Mordfall Schelling wohl noch aufklären kann? Ob er überhaupt Polizist bleiben wird? „Wenigstens ist der Fall Kreienbohm halbwegs erledigt," denkt Stave.

Sein Verdienst war das jedoch kaum. Der Neffe der Frau war von Zeugen gesehen worden. Da er häufig bei der Kreienbohm zu Besuch war, sollte er nur als Zeuge vernommen werden. Stave hatte ein Amtshilfeersuchen nach Hannover gerichtet, weil der Neffe dort wohnte. Als Kollegen ihn dort aufsuchten, kam es nicht zu einer Aussage, sondern zu einem Geständnis. Es war ein Raubmord. Der Neffe hatte Schmuck und Goldmünzen gestohlen und die arglose Tante von hinten mit einem Draht stranguliert. Diesen Draht hatte er zum Tatort mitgebracht. Absoluter Vorsatz mit allen klassischen Mordmerkmalen. Eine klare Sache. Von diesen Wertsachen war der Polizei bis zu dem Geständnis überhaupt nichts bekannt. Nur der Neffe wusste von der Existenz und ihrem Versteck im Haus. Ein Teil davon wurde sogar noch in der Wohnung des Neffen sichergestellt.

Täter und Restbeute befanden sich noch immer in Hannover. Anfragen nach dort sind seit Tagen nicht mehr möglich. Die Briten sind in Hannover und es gibt keine telefonischen Verbindungen. Eine Überstellung nach Hamburg war zurzeit natürlich auch nicht möglich. „Wenn es überhaupt jemals dazu kommt," denkt Stave für sich und sieht wieder aus dem Fenster. Alles ist ruhig, keine Schüsse, keine eigenen oder fremden Soldaten. Und auch kein Fliegeralarm. Eine merkwürdige Atmosphäre. Hoffentlich spielt nicht noch irgendjemand verrückt.

Am Abend des 3. Mai 1945 befindet sich das halbe Regiment der Royal Engineers in Verden an der Aller. Die A11 Kompanie liegt dort schon seit Ende April und nun rückt der größere Teil des Regiments sukzessive nach.

Platz gibt es genug. Verden ist eine deutsche Garnisonsstadt mit mehreren Kasernen, die den Krieg bisher unbeschädigt überstanden haben.

Die 7th Amoured Division, die zuvor hier Quartier hatte, ist nun in Hamburg.

Bei der A 11 knallen heute Abend die Sektkorken. Es wird gefeiert. Zwar wussten alle, dass Hamburg kampflos übergeben werden sollte, aber hielten sich die verdammten Krauts auch an die Abmachung? Nun, vor einer Stunde, kam schon die dritte Meldung über Funk, dass General Spurling Hamburg unter Kontrolle habe, ohne dass ein einziger Schuss gefallen war.

Hockeridge sitzt auf der Sergeants-Stube mit seinen langjährigen Kameraden zusammen. Er hat ein paar Flaschen Cognac aus seinem „Privatbestand" spendiert. Immer wieder wird der Tipperary-Song mehr gegrölt als gesungen. Sam Allen kann gar nicht mehr singen – er ist randvoll.

Hockeridge wird im betrunkenen Zustand oft sentimental. Jetzt, und zum wiederholten Male wird ihm bewusst, dass er seine besten Jahre in Kriegen verbracht hat. „Ein verdammtes Wunder, dass ich trotzdem 50 Jahre alt geworden bin," sagt er zu sich und kippt den Rest Cognac hinunter. McDonald schenkt ihm gleich nach und strahlt ihn aus glasigen Augen an. „Emmi, wir krie'n das hin. Wir geh'n nich. drauf, Mann. Noch nich.., Mann!" Dann steigt McDonald wieder in den Tipperary-Song ein.

Die Kapitulation Hamburgs ist für alle tatsächlich eine große Erleichterung. Vor allem bei den Jungs von der 7.Division hatte er eine gedrückte Stimmung bemerkt, als es hieß, diese Einheit solle Hamburg erobern. Jetzt bloß nicht noch ins Gras beißen – praktisch einen Tag vor Ende dieses verdammten Krieges.

Und so dachten auch seine „Sapper". Eine Großstadt voller Sprengfallen und Minen – eine Horrorvorstellung.

„Wir werden auch diesen Krieg wohl tatsächlich überleben", geht es Hockeridge durch den Kopf, „und dann ? Repatriierung! Mit meinem Alter werden sie mich nicht weiterbeschäftigen. Und dann? Ein magerer Ehrensold in einem völlig verschuldeten und ausgelaugtem England?"

3500,- $ hat Hockeridge von dem Deal in Frankreich in eigene Tasche gesteckt. .McDonald hat 500 $ erhalten, Allen deutlich weniger und die anderen beteiligten Kameraden je 100,- $. Alle waren äußerst erfreut und sehr zufrieden. Niemand, nicht einmal McDonald, hat Vorstellungen davon, welche Summe Hockeridge für sich behalten hat. Und er hat auch noch den Umschlag mit 500 $ für Warrant Officer Cadburgh bei sich. Der Regimentsstab muss jeden Tag eintreffen, so dass er Cadburgh den Umschlag persönlich und diskret übergeben kann. Es ist für zukünftige „Geschäfte" wichtig, diesen Mann auf seiner Seite zu haben. Hockeridge ist fest entschlossen, nach weiteren Einnahmemöglichkeiten Ausschau zu halten.

3500 $ ist zwar ein Haufen Geld, aber für seine Pläne reicht es noch nicht. Er sieht für sich eine Chance, wenn er in seiner Heimatstadt Norwich einen Pub eröffnen kann. Einen speziellen Pub, in dem sich sowohl aktive Soldaten als auch Veteranen gleichermaßen wohlfühlen. Dieser Plan geht ihm nun schon seit Wochen durch den Kopf. „5000 $ müssten reichen. Vielleicht bin ich damit auch gut für einen kleinen zusätzlichen Kredit." Jetzt gehen ihm schon wieder Lage des Lokals und Einzelheiten zur Einrichtung und Ausstattung durch den Kopf. Und mit diesen Gedanken zieht er sich aus den Feierlichkeiten zurück und geht auf seine Stube.

Am nächsten Morgen hat Captain Monroe seine Zugführer zu einer Besprechung beordert. Man hat wohl Ahnungen, ist aber auf Details gespannt.

Monroe betritt den Raum. Die Zugführer wollen sich erheben; Monroe bedeutet ihnen mit einer Geste, sitzen zu bleiben. Er ist in diesem Kreis nicht ganz so förmlich.

„Gentlemen, Sie sind über die Lage ja mittlerweile im Bilde. Der Krieg ist praktisch zu Ende. Die Wehrmacht löst sich auf. Täglich ergeben sich Zigtausende. Die Amis haben schon richtige Probleme, die vielen Gefangenen auf den Rheinwiesen unterzubringen und zu verpflegen. Totales Chaos da.

Nun zu uns: Sobald das Deutsche Reich vollständig kapituliert hat, wird in Hamburg eine Militärregierung eingerichtet. Zu ihr gehören zwar auch Angehörige des Militärs, aber auch Verwaltungsfachleute aus der Heimat. Unsere Besatzungstruppen sind dieser Militärregierung jedoch nicht unterstellt. Ich sage Ihnen einmal etwas, meine Herren: Ich verstehe diese Konstruktion nicht, aber vielleicht funktioniert es ja doch. Wir werden sehen. Und nun wieder zu uns: Wir werden der Militärregierung unterstellt und müssen uns daher auf einen längeren Aufenthalt in Hamburg einrichten."

Die drei Männer um Monroe blicken sich gegenseitig und unruhig an. Damit hatten sie nun nicht gerechnet.

„Moment, Gentlemen, es gibt keinen Grund zur Beunruhigung. Das Kriegsministerium seiner Majestät hat erlaubt, dass unsere Zugstärken um ein Drittel reduziert werden können, und dass die Hälfte der Leute bis zum Jahresende gegen Rekruten aus der Heimat ausgetauscht werden kann. Also, sobald wir von hier nach Hamburg verlegen, kann jeder Zug zunächst zehn Leute in die Heimat entlassen. Danach sehen wir weiter."

„Wann wird denn das sein," fragt einer der Zugführer.

„Ich bin zwar kein Prophet", antwortet Monroe, „aber ich schätze, dass wir schon am Ende dieses Monats in Hamburg sein werden."

7. Kapitel

Licht am Horizont

Es wird wärmer. Auch wenn mancher Baum durch Feuer verstümmelt ist oder ganz fehlt, weil er einer Brennhexe zum Opfer gefallen ist, sieht man doch überall frisches Grün und riecht frischere Luft. Das Deutsche Reich hat am 8. Mai endgültig kapituliert. Aber nun beginnt für die Hamburger ein neuer Kampf: Ausreichendes Essen und eine wind- und regendichte Wohnung. Die Ausgangssperre gilt mittlerweile nur noch für die Nacht, und auch das Fraternisierungsverbot der Briten scheint etwas gelockert.

Ständig werden die „german frolleins" von den britischen Soldaten „umworben".

Das Entgegenkommen vieler junger Frauen lockert einerseits den Alltag auf und verbessert anderseits vielerorts die ganz persönliche Versorgungslage. Jedoch kann von Normalität keine Rede sein. Immer wieder hört oder liest man von Banden ehemaliger sogenannter Fremdarbeiter, die jetzt durch die Stadt und die Randbezirke ziehen und plündern. Und auch die britischen Besatzungstruppen schlagen gelegentlich über die Stränge. Oft sind sie betrunken und zetteln Schlägereien an.

Manchmal kommt es sogar zu Vergewaltigungen.

Die Hamburger Polizei ist praktisch machtlos. Sie wurde zwischenzeitlich entwaffnet und geht nur noch mit einem Holzknüppel auf Streife. Autorität bei allen genießt allein die britische Militärpolizei, die „Rotkäppchen", die als unbestechlich und korrekt gelten. Ihr Chef ist der 35jährige Major Leonard Irving.

Hans Stave sitzt mit seinen beiden Mitarbeitern Behrendt und Dombrowski wieder in seinem Büro in der Drehbahn. Eigentlich hat sich für seine Mordbereitschaft nicht viel verändert. Der neue, von den Briten eingesetzte Chef der Kripo, Regierungsrat Bruns, hatte die Männer des Kommissariats 4 zu sich gerufen und ihnen erklärt, dass sie ihre Arbeit mit ihren bisherigen Diensträngen fortsetzen könnten. Grundsätzlich jedoch sei die ehemalige Sicherheitspolizei bis auf Weiteres aufgelöst und alle Kriminalbeamten der SiPo entlassen. Aber bereits Ende Mai, als Bruno Georges Kommandeur der Hamburger Polizei wird, stellt er die meisten Kripobeamten zunächst als Bürogehilfen wieder ein.

Der Fall Kreienbohm ist aufgeklärt. Der Neffe wurde durch die britische Militärpolizei von Hannover nach Hamburg überführt und wartet im Untersuchungsgefängnis auf seine Gerichtsverhandlung. Die Briten tun sich noch etwas schwer mit der Benennung deutscher Richter.

Schon Ende Mai hatte sich Stave den Fall Schelling wieder vorgenommen – den „letzten richtigen Fall", wie er gern sagt. Es gab seit dem Einmarsch der Briten zwar mehrere Tötungsdelikte, die aber stets von der britischen Militärpolizei übernommen wurden. Meist waren Polen oder Balten die Täter. In einem Fall, bei dem drei Männer von Hamburger Schupos festgenommen worden waren, erfuhr Stave, dass die Täter kurzerhand in ihre Heimat abgeschoben wurden. Anscheinend betrachteten die Briten solche Vorfälle weniger als Kriminalität, denn als unvermeidbare Kollateralschäden des gerade beendeten Krieges.

Die Durchsuchung der kleinen Druckerei in der Tonndorfer Hauptstraße hatte ergeben, dass dort wohl tatsächlich gefälschte Lebensmittelkarten gedruckt worden waren. In einem Regalfach lagen noch 10 Bögen - unbedruckt.

Bei den Bögen handelte es sich offensichtlich um jenes Papier, das für echte Lebensmittelmarken benutzt wurde.

Dombrowski wurde beauftragt, die Herkunft zu ermitteln.

„Mann o Mann," bemerkte Behrendt noch trocken, als die drei Kriminalbeamten vor diesem Regal standen, „wenn dieses Fach voll war und diese ganzen Bögen nun als gefälschte Lebensmittelmarken in Umlauf kommen, dann können wir uns auf einiges gefasst machen,"

„Ja, Behrendt, Sie haben recht. Wir müssen nicht nur Schellings Mörder, sondern auch die Marken finden."

Noch an demselben Tage hatte Stave den Kriminalrat Pfeiffer über das Durchsuchungsergebnis, aber insbesondere über seine Besorgnis informiert. Eigentlich hätte er damit auch zu Bruns, dem derzeitigen Kripochef, gehen können.

Aber Stave traute dem Regierungsrat nicht zu, die Brisanz dieser Meldung zu erfassen und vor allem, diese in polizeiliches Handeln umsetzen zu können.

Der Kripochef war von Bürgermeister Petersen eingesetzt worden. Bruns war Verwaltungsbeamter, ohne polizeilichen Werdegang oder entsprechende Ausbildung. Ganz offensichtlich eine Konzessionsentscheidung an die Briten. Wenn es nicht ohnehin eine Entscheidung der Briten war. Darüber spekulierte man bereits im Amt.

„Sie haben recht, Stave. Wenn die wenigen Nahrungsmittel, die noch zur Verfügung stehen, nicht rationiert verteilt werden, bricht die Versorgung zusammen. Und dann: Gnade uns Gott! Ich war noch 1919 bei den Sülze-Unruhen dabei. Was glauben Sie, was los ist, wenn Menschen vor Hunger auf die Straße gehen. Ich bin noch heute bei Polizeichef Georges. Der muss das wissen."

Nach diesem Gespräch wird es für Stave noch deutlicher, wie wichtig dieser Fall geworden ist.

Nun, am Nachmittag, sitzen nur noch er und Behrendt im Büro.

Behrendt berichtet über seine Ermittlungen in Tonndorf. Stave wollte wissen, ob Nachbarn der Druckerei dort auffällige Besuche bemerkt hätten. Nichts dergleichen. Bei dem einzigen Fahrzeug, das von Nachbarn in den letzten Kriegswochen bemerkt worden war, handelte es sich um das Tempo-Dreirad, das Schelling als Geschäftsfahrzeug diente. Behrendt hatte daraufhin noch einmal die Witwe des Ermordeten aufgesucht und sie nach diesem Fahrzeug befragt. Sie zeigte es ihm, abgestellt in einer naheliegenden Remise und ohne Ladung. Eine dicke Staubschicht deutete an, dass dieses Fahrzeug schon über längere Zeit nicht bewegt worden war. Von den vermuteten Lebensmittelkarten keine Spur.

„Die Menge, die ich vermute, konnte unmöglich in einer Aktentasche beiseite geschafft werden. Schelling wird mit den Bögen irgendwo hingefahren sein und geliefert haben. Aber wohin – verdammt?" Stave streicht sich mit beiden Händen über das Gesicht. Eine scheinbare Müdigkeit überkommt ihn, weil er keinen Ansatz bei seinen Ermittlungen sieht.

In diesem Moment betritt Dombrowski das Büro. Er wirkt ebenso abgespannt wie erregt und lässt sich schwerfällig an seinem Schreibtisch nieder. Seinen Hut legt er entgegen aller Gewohnheit vor sich auf den Tisch.

„Chef, Sie werden es nicht glauben. Ich war bei der zuständigen Abteilung, von der ich erfahren habe, wer das Papier für Lebensmittelmarken herstellt. Dort war ich – in der Münzstraße. Bombentreffer. Das Haus mit der Papiermühle völlig zerstört, bis auf die hintere Hofwand. Kein Mensch da. Als ich so durch die Trümmer streiche und nach Papierresten suche, finde ich auf der Rückseite dieser Wand einen kleinen Holzschuppen, unverschlossen, die Tür halb offen. Ich rein, und was seh' ich ? Unser Papier, wie das bei Schelling, aber bestimmt einige Zentner davon. Man konnte aber erkennen, dass einige Bündel davon wohl weggeholt worden waren – dünnere Staubschicht. Ich habe die zuständige Polizeiwache 49 beauftragt, das Papier sicherzustellen."

„Schon wieder die Wache 49. Da können wir langsam eine Filiale eröffnen," ruft Behrendt amüsiert dazwischen.

„Meine Güte, Behrendt, lassen Sie doch endlich einmal Ihren Quatsch!" braust Stave auf."Weiter Dombrowski !"

„Anschließend habe ich den Besitzer der Papierfabrik ermittelt und vernommen. Unverdächtig. Kaufmann alter Schule. Privat auch ausgebombt. Lebt jetzt in sehr bescheidenen Verhältnissen. Demnach wurde das Papier seit je her in diesem Schuppen aufbewahrt. Zum Hinterhof war unbefugter Zutritt nicht möglich und der Schuppen war auch immer verschlossen. Schulte, so heißt der Mann, war überzeugt, dass auch dieser Schuppen durch den Bombenangriff zerstört worden war. Er war aufrichtig überrascht, als ich von meinem Fund erzählte. Ich glaube ihm das alles."

Schweigen. Behrendt hätte sowieso nichts mehr gesagt.

„Kommt also jedermann in Betracht – sogar Sie, Behrendt," fährt Stave nun fort und lächelt Behrendt aufmunternd zu. Der mukscht aber weiter.

Stave hatte auch noch einmal die Witwe Schelling befragen lassen, ob sie einen dieser merkwürdigen Geschäftspartner, vor denen ihr Mann doch wohl Angst hatte, beschreiben könne. Aber Frau Schelling hatte nie einen von ihnen zu Gesicht bekommen. Die Geschäfte wurden also auch nicht zuhause abgewickelt.

„Verdammt, verdammt, wir kommen so nicht weiter! Wir müssen mit den Kollegen am Hauptbahnhof und auf St.Pauli reden. Irgendwo müssen die Karten doch in Umlauf gebracht werden."

Kurt Bornemann ist seit einigen Tagen als Dolmetscher für die Briten tätig.

Rund 50 Polizisten hatten sich gemeldet, weil sie angeblich über gute englische Sprachkenntnisse verfügten. Einige scheiterten bei den Vorstellungsgesprächen kläglich. Zu offensichtlich ging es ihnen allein darum, ihre Verpflegung zu verbessern.

Kurt Bornemann allerdings war unter ihnen so etwas wie ein Star. Der Stab um Colonel O'Rorke, dem „Senior Public Safety Officer (SPSO)", hatte immer ein unbändiges Vergnügen daran, dem australischen Akzent in Bornemanns Übersetzungen zu lauschen.

Der SPSO war für die öffentliche Sicherheit in Hamburg verantwortlich. Er war gegenüber der Hamburger Polizei weisungsbefugt.

Aber nicht nur die Geschichtchen seiner Seemannszeit und der Internierung in Australien machen ihn so beliebt und interessant, denn Bornemann versteht es geschickt, seinen Lebensabschnitt während der Nazi-Herrschaft etwas zu verändern.

Demnach hatte man ihm die Internierungszeit in Australien übel nachgesehen. Ein Verräter sei er gewesen, der sich vor seiner vaterländischen Pflicht gedrückt habe. Durch falsche Anschuldigungen sollte er als Berufsverbrecher abgestempelt werden und war deshalb auch schon im Gefängnis. Eine Verpflichtung zur Feuerschutzpolizei habe nur deshalb stattgefunden, weil die Todesrate in dieser Truppe so hoch gewesen war. So hoffte man wohl, ihn auf diese Weise los zu werden.

Die Briten glauben jedes Wort. Bornemann ist nicht nur charmant und „Entertainer", sondern auch ein Verfolgter des besiegten Regimes. Schnell genießt er ein gewisses Vertrauen unter den Briten. Auch wenn zu Colonel O'Rorke selbst eine deutliche Distanz bleibt, gibt es doch einige Offiziere bei der PSO mit einer fast freundschaftlichen Beziehung zu Bornemann. Der wird dann schon einmal befragt, was er denn von einzelnen, bestimmten Polizisten hält, die sich noch im Amt befinden. Und diese Offiziere wiederum beraten O'Rorke. Bornemann weiß um seinen Einfluss, brüstet sich aber nirgends damit. Stillhalten. Er weiß, dass ihn das Schicksal ein zweites Mal begünstigt hat. Er sitzt schon wieder an der Quelle. Kein Problem für ihn, von großen polizeilichen Aktionen zu erfahren. Ja, sogar von geplanten Einsätzen der britischen Militärpolizei erfährt er fast immer.

Und er hält Kontakt zu alten Freunden. Zwei bis dreimal in der Woche verkehrt Kurt Bornemann im „Komm zu Otto", in der Wilhelminenstraße (später in Hein-Hoyer-Straße umbenannt- d.Verf.), jener Kneipe auf St.Pauli, in der er als Kellner gearbeitet hat. Allerdings möchte er dort nicht mehr gesehen werden, und deshalb betritt er das Lokal nur über den Hof durch einen Hintereingang – und natürlich in Zivil. Es gibt dort auch noch einen separaten Raum, in dem er sich heute Abend mit einigen Kiezgrößen trifft. Kurt ist jetzt wer. Niemand sonst hat solche Verbindungen.

Die Stimmung ist gut. Englische Zigaretten werden herumgereicht und auch geraucht. Ein unerhörter Luxus, wo doch englische Zigaretten Ersatzwährung geworden sind, und die man gegen begehrte Lebensmittel tauschen kann. Doppelkorn geht herum, und es werden Frikadellen serviert, deren Fleischgehalt man tatsächlich schmecken kann. Die meisten der Männer sind Lokalbesitzer oder haben Lokale verpachtet. Der größere Teil ihrer Einnahmen stammt jedoch aus Prostitution. Man bietet den Damen eine lauschige und beheizte Gelegenheit für ihre „Geschäftsanbahnungen" und kassiert dafür einen Teil des Dirnenlohnes. Die zahlreichen Freier, fast ausschließlich britische Soldaten, zahlen oft mit Zigaretten, Kaffee oder anderer Mangelware. Das geht – kein Problem. Ist so gut wie Bargeld.

Allerdings sind zu viele „Neue" im Geschäft. Diese „Amateurnutten" bringen alles durcheinander, weil sie die Preise verderben. Aber es geht auch so, denn von Woche zu Woche nimmt der Schwarzmarkt in den Nebenstraßen der Reeperbahn zu. Und da lassen sich Zigaretten und Kaffee sehr gut gegen Gold, Schmuck oder andere Wertsachen „verticken".

Bornemann führt jetzt das Wort. „Also, Herrschaften, die Sache mit den Marken ist ziemlich heiß. Ich habe über einigen Ecken erfahren, dass die Schmiere da einen Spitzenmann aus Berlin bekommen hat. Bei Erich war er auch schon und hat Eisen-Willi vernommen. Der Mann ist gefährlich. Wir dürfen nur noch kleine Mengen verticken. Nur hin und wieder einen Bogen; mehrere am besten nur an zuverlässige und bekannte Kunden. Wenn der Schmiere zu Ohren kommt, dass die Karten von hier verteilt werden, wird die Luft dünn.

Dann haben wir hier jeden Tag Razzien. Wann liefert Schelling denn wieder", fragt Bornemann zu Zander gewandt. Erich Zander, der Inhaber der „Tarantella" lehnt sich im Sessel zurück und bläst den Zigarettenrauch an die Decke: „Gar nicht mehr!"

„Was – gar nicht mehr? Hat der kalte Füße gekriegt?"

„Kann man so sagen. Er ist nämlich tot."

„Erich, ich habe da so ein Gefühl, dass Schelling nicht an Altersschwäche gestorben ist."

„Ist er auch nicht. Er wollte aussteigen – die ganze Sache auffliegen lassen. Was sollte ich denn da machen?"

„Was denn – du?!"

„Ach was. Eisen-Willi hat da ein paar Fremdarbeiter aus dem Osten an der Hand. Die machen das für etwas Wurst und ein paar Flaschen Schnaps – ohne Fragen zu stellen. Ist übrigens schon mindestens drei Wochen her und man hört immer noch nichts von der Sache. Das ist der Schmiere oder den Tommys doch scheißegal – ein Toter mehr zwischen den Trümmern. Na, und?"

Zander ist überhaupt nicht bewusst, dass er soeben einen Mord gegenüber einem Polizisten geäußert hat.

Und Bornemann? Er sieht Zander nur stumm an. Ihm dämmert gerade, auf was er sich hier eingelassen hat. Er spürt ein deutliches Unbehagen. Schwarzmarkt – auch im großen Stil – das geht. Aber Mord?

Allerdings hat er Zander mit diesem „Geständnis" in der Hand.

Das kann eines Tages nützlich sein.

„Hast du eigentlich schon eine Antwort von deiner Frau?" fragt Schröter.

Otto Todten, über eine alte „Olympia" gebeugt, tippt die letzte Vernehmung. Todten hört auf zu schreiben und sagt zunächst nichts. Dann blickt er Schröter nachdenklich an und antwortet dann doch nur mit einem einfachen „Nein".

Schröter sagt nun auch nichts mehr. Er wollte doch nur ein wenig Anteilnahme zeigen und bedauert nun schon, dieses Thema angesprochen zu haben.

Nicht einmal dienstliche Ferngespräche sind nach Berlin möglich.

Die Engländer sollen angeblich eine Verbindung haben, aber da kommt man nicht heran.

Am Hauptbahnhof bieten sich sogenannte Grenzgänger als Briefkuriere an. Todten hatte einem solchen Mann einen Brief an Irmi und 50,- RM übergeben – privat natürlich. Nun hört man allerorts, dass sich unter diesen Grenzgängern jede Menge Betrüger befinden sollen. Sie kassieren das Geld und werfen die Post unterwegs einfach weg. Auf einen solchen ist er vermutlich hereingefallen. Er mag auch mit Schröter nicht darüber sprechen; es ist ihm peinlich. Die Sorge um Irmi ist allgegenwärtig. Ständig hört er Geschichten über die Russen in Berlin. Immer geht es um Mord und Vergewaltigungen.

„Und wenn nur die Hälfte davon wahr ist, dann ist es schlimm genug", denkt Otto und ist über seine Hilflosigkeit ebenso zornig, wie über seine Abwesenheit aus Berlin.

Und zu all dem kommt noch der ständige Hunger. Die Erdmann'sche ist schwer erkrankt und nun muss Todten sich auch noch selbst verpflegen. Wo ist wann was zu bekommen? Wie lange muss man anstehen? Woher bekomme ich Brennholz, oder gar Kohle?

Alles unlösbare Probleme. Schröter hat vorgeschlagen, doch einfach ein paar sichergestellte Lebensmittel aus Schwarzmarktrazzien verschwinden zu lassen.

Todten hat das nicht als Spaß aufgefasst. „Ich bin Polizist und kein Dieb! Und du solltest auch nicht auf den

Gedanken kommen, wenn dich deine Bauernverwandt-schaft eines Tages kurz halten sollte," blaffte er Schröter an, der dies richtigerweise auch als Warnung verstand.

„War doch nur Spaß," antwortete Schröter halb be-schwichtigend, halb beleidigt.

„Spaß? Du weißt doch auch, dass sich einige von uns so bedienen." Ja, Schröter weiß das. Er weiß sogar, wer dazu gehört. Alles Familienväter, bei denen Frauen und Kindern zuhause auf etwas Essbares warten.

Deshalb gibt Schröter seine Kenntnisse auch nicht weiter, denn wenn diese Männer erwischt werden, fliegen sie sofort 'raus. Der neue Polizeichef, Georges, ist in der Sache unerbittlich. Was für eine Scheißzeit für einen Polizisten.

Todten steht von der alten Schreibmaschine auf und blickt aus dem Fenster, das zur Reeperbahn zeigt. Schräg gegenüber haben sie die Reste der Außenmauern eines Wohnhauses eingerissen. Mauersteine werden mit einem handgetriebenen Förderband zum Gehweg transportiert. Dort stehen Frauen, die die Steine vom Band abnehmen und von Mörtelresten säubern. Trotz des Sonnenscheins sehen sie alle grau und gleichermaßen alt aus.

Eine harte, schwere Arbeit für ein bisschen Zusatzration.

Wieder denkt Todten an seine Irmi. Ob sie jetzt auch irgendwo in Berlin steht und Steine putzt? Ob sie es überhaupt noch kann?

Es ist alles so aussichtslos. Der Krieg verloren; das ganze Land in Trümmern. Sein Vermieter hat entgegen dem Zuzugsverbot Verwandte aus Bremen aufgenommen. Er findet kaum noch Schlaf oder Ruhe. Warmes Essen hat er nur noch unregelmäßig im Polizeipräsidium – immerhin, aber mit einer Anmutung einer Armenspeisung. Todten wurde auf Anordnung der Briten als Kriminalbeamter entlassen und von Georges als Bürogehilfe wieder eingestellt.

„Ein Fuchs, der neue Polizeichef, das muss man ihm lassen. Aber wie lange wird das gutgehen? Wenn ich bis

Juli nichts von Irmi höre, fahre ich zurück nach Berlin - und wenn es mich meinen Beruf kostet.

Mit dieser heimlichen Entscheidung fühlt Todten sich besser. Mit einem Ruck wendet er sich vom Fenster ab und tritt an Schröter heran.

„Die Vernehmung von Zander hat nichts gebracht. Der ist nicht blöd. „Hier", Todten holt noch einmal das Vernehmungsprotokoll aus der Akte und zitiert dann sinngemäß die entsprechenden Stellen: „…Lebensmittelkarte…hat ein Gast als Pfand …konnte Rechnung nicht bezahlen…Eisen-Willi sollte einen Mann treffen, der die Echtheit bestätigen sollte…und so weiter, und so weiter. Nicht schlecht. Das Gegenteil können wir jedenfalls nicht beweisen. Hans, ist dir eigentlich schon einmal aufgefallen, dass wir bei den großen Razzien in der Talstraße niemals eine der Kiezgrößen angetroffen haben?"

„Otto, die stehen da doch nicht selbst und verticken Armbanduhren oder Butter."

„Das weiß ich auch. Aber ich meine, dass wir auch nie einen ihrer Handlanger erwischt haben."

„Das stimmt. Und was willst du damit sagen?"

„Sie werden gewarnt. Es muss bei uns oder bei den Briten einen Informanten geben."

Die Stimmung bei den Royal Engineers ist außerordentlich gut. Das Regiment hatte Ende Mai Hamburg erreicht und eine Kaserne am östlichen Stadtrand bezogen. Dort wartete man auf weitere Anweisungen. In der Zeit wird jede Gelegenheit genutzt, die kampflose Übernahme dieser riesigen Stadt zu feiern oder sie zu erkunden. Die schlimmsten Befürchtungen über lange, harte Kämpfe haben sich in Luft aufgelöst. Hamburg hatte sich praktisch in letzter Sekunde ergeben. Nur gelegentlich ist die Stimmung bei dem Anblick der unvorstellbaren Zerstörung getrübt. Man weiß zwar von

Coventry und von den Bombenschäden in London, aber dies hier in Hamburg stellt alles in den Schatten. Und man nimmt nun erstmalig Deutsche wahr, die nicht Soldaten sind – Frauen, Kinder, Alte. Mitleid wäre jetzt angebracht, wenn man nicht auch Berichte über Bergen-Belsen und Neuengamme kennen würde. Manch ein Engineer ist hin- und hergerissen von diesen Gegensätzen. Oft ist es aber auch der Tod eines guten Kameraden im Verlauf einer Schlacht oder ein kriegsbedingter Verlust in der Heimat, der jetzt das Verhalten zu den Deutschen bestimmt. Hass, Rache, Mitgefühl und Erbarmen – all diese Gefühle sind unter den Engineers anzutreffen und stiften bei einigen Männern Verwirrung.

Das Regiment wurde zwischenzeitlich erheblich verkleinert. Viele Soldaten konnten nach der deutschen Kapitulation zurück in die Heimat und so verblieben meist junge ledige Freiwillige bei den Engineers.

Wie schon in Verden angedeutet, sollte das Regiment der britischen Militärverwaltung unterstellt werden.

Einige Soldaten, aber alle höheren Ränge wussten davon: Die britische Regierung hatte schon 1944 damit begonnen, sogenannte Detachments aufzustellen, die die Verwaltung in den eroberten Gebieten übernehmen sollen. Bei den Engineers ist man sich uneins, ob solche Einrichtungen neben dem Militär sinnvoll sind.

„Wir halten die Knochen hin und die führen dann hier das große Wort", ist so die herrschende Meinung in den Kasinos der kämpfenden Truppe. Und dass diese Leute in militärähnlichen Uniformen und mit Offiziersrängen ausgestattet sind, gefällt auch nicht.

Am 15.Mai 1945 hatte der Regimentskommandeur eine Besprechung mit seinen Kompaniechefs durchgeführt und heute, einen Tag später, will Captain Monroe nun seine Zugführer informieren.

„Gentlemen, es bleibt dabei. Wir bleiben hier. Ihre Züge, McCullen und Hollister, werden bautechnische Aufgaben für das Detachment übernehmen. Da ist alles möglich –

vom Straßenbau bis zum Eindrehen einer Glühbirne." Mc
Cullen verdreht die Augen. Es ist in der Kompanie kein
Geheimnis, was er von dieser halbzivilen Militärregierung
hält.
„Und Sie, Hockeridge, werden Depotverwalter. Es gibt
hier in der Nähe ein deutsches Depot mit Bahnanschluss.
Was unbrauchbar ist, werfen Sie weg.
Wir brauchen den Platz für unsere eigenen Vorräte, die
noch in diesem Monat angeliefert werden sollen. Wenn
Ihre Leute nicht ausreichen, um das Depot zu bewachen,
werden wir deutsche Polizei einsetzen. Lieber ist mir aber,
Sie machen das selbst. Nehmen Sie sich heute
Nachmittag ein paar Leute und sehen sich das vor Ort
einmal an."
Die beiden Lieutenants lächeln Hockeridge mitleidig zu:
Vom Minenräumer zum Lagerverwalter – was für ein
Abstieg !
„Hockeridge! Vergessen Sie nicht, eine Schürze umzu-
binden, wenn wir in Ihrem Krämerladen zum Einkaufen
kommen."
Hockeridge registriert diesen Spott scheinbar gleichgültig.
Tatsächlich jedoch kann er sein Glück kaum fassen. Seit
seinem kleinen Handelsgeschäft in Frankreich beschäftigt
er sich ausschließlich mit der Frage, wie er sich in diesen
chaotischen Tagen des Kriegsendes finanziell sanieren
kann. Und hier eröffnet sich schon wieder eine
Gelegenheit.
Der Captain bespricht dann in der Folge noch ein paar
interne Dinge und anschließend wird noch ein wenig
geplaudert. Dann geht man gemeinsam in das Kasino, um
wieder eine der eher schlichten Mahlzeiten zu sich zu
nehmen.
Am frühen Nachmittag macht sich Hockeridge dann auf
den befohlenen Weg.
Bei ihm, selbstverständlich, McDonald und Allen. Am
Depot warten noch Soldaten der Welsh-Gard. Sie sind
unruhig, denn ihr Hauptverband ist bereits seit einigen
Tagen in Flensburg.

Zunächst einmal sind die drei Engineers von der Größe des Areals überrascht. Vier fünfstöckige Lagerhäuser, alle mit rückwärtigem Bahnanschluss, Laderampen und einem weitläufigen Umfeld. Die Anlage ist für ein zentrales Versorgungslager ideal. „Vermutlich wurde es von den Deutschen auch so benutzt," denkt Hockeridge

Die Menge der eingelagerten Sachen ist enttäuschend. Ganz offensichtlich ist das Depot entweder geräumt oder geplündert worden. Selbst die Büros stehen leer.

Es findet sich jedoch noch einiges an. Maschinenteile, Schrauben aller Art, Werkzeuge und auf einem Boden des mittleren Gebäudes eine Unmenge ledernes Zaumzeug, vermutlich für bespannte Artillerie und Kavallerie, die zu Kriegsbeginn noch in großer Zahl eingesetzt war.

Und dann stoßen die Engineers noch auf große Mengen Unterlegscheiben aus Gummi und Gummimatten, die wohl zum Zuschneiden vorgesehen waren.

„Dies hier, meine Herren, stellt ein kleines Vermögen dar," wendet sich Hockeridge betont feierlich an seine beiden Begleiter.

Allen blickt ihn leer und mit offenem Mund an. Hockeridge wertet das wie eine Frage. „Nicht, weil jetzt Unterleg-scheiben gebraucht werden; aus diesen Matten lassen sich hervorragend Schuhsohlen schneiden."

Außerdem finden die Männer in einer oberen Etage 23 große Säcke mit Zucker – hart und schwer, weil sie wohl Wasser gezogen haben, Suppenextrakte und Würzmittel. Merkwürdigerweise unberührt. Man wird sie vermutlich übersehen haben. Und auf einem Boden, wie in einem Bekleidungsgeschäft, ca. 200 neuartige, winterfeste Kampfkombis, die Hockeridge bisher noch nicht bei deutschen Soldaten gesehen hatte. Dazu mehrere Kisten mit graugrünen Wollmützen, derart, wie sie bei britischen Kommandos in Gebrauch sind. Dinge, die offensichtlich aus unbekannten Gründen nicht mehr an die Front gelie-fert wurden.

„All das werden wir also vernichten – wie unser Captain befohlen hat", schließt Hockeridge seinen Rundgang mit einem feinen Lächeln ab und verlässt mit seinen Leuten das Depot.

Zurück in der Lettow-Vorbeck-Kaserne erstattet der Sergeant seinem Vorgesetzten Meldung über ein vollständig geräumtes Lager. Und er teilt mit, dass seine Kräfte für eine Bewachung eines Areals in der Größe nicht ausreichen.

„Ich werde das Regiment bitten, sich mit dem Stab von General Dempsey in Verbindung zu setzten. Es ist wohl besser, wenn unsere Truppe die Bewachung übernimmt. Treffen Sie alle nötigen Vorbereitungen, Sergeant. In vier Tagen, am Montag, soll ein Zug dort eintreffen. Ausrüstung und Vorräte für unsere Jungs von den „Desert Rats". Ich werde sehen, ob ich nicht noch ein paar deutsche Lagerarbeiter auftreiben kann."

8.Kapitel

Erste Kontakte

Hans Stave steigt die schmale Treppe hinauf zu Todtens Büro im zweiten Stock der Davidwache. Behrendt hinter ihm. Es strengt ihn ein wenig an. Der Mangel an gesunder und vor allem ausreichender Ernährung macht sich langsam bemerkbar. An ein beständiges, fast schon latentes Hungergefühl hat er sich bereits gewöhnt.

Der Anblick seiner ehemaligen Dienststelle macht ihn traurig. Hier hatte er einige Dienstjahre als junger Schutzmann verbracht. Die Davidwache wurde zwar nie direkt von Bomben getroffen, aber die Einschläge in der Nähe haben deutlichen Spuren hinterlassen: Risse in den Wänden, großflächig abgeplatzter Putz und natürlich zerbrochene Fensterscheiben, die in den letzten Monaten auch hier nicht mehr ersetzt wurden. Nur wo es unbedingt nötig war wurde Pappe zwischen die Sprossen geklemmt. Und überall Staub.

Schröter und Todten blickten von ihren Papieren auf, als die beiden Kripokollegen in der offenen Tür stehen. Schröter erkennt die Besucher sofort.

„Herr Obersekretär…?!" Todten bemerkt erstaunt die Ehrfurcht, die in Schröters Anrede mitschwingt. „Otto, darf ich dir Herrn Kriminalobersekretär Stave vorstellen, den Leiter unserer Mordbereitschaft?"

„Angenehm, Todten, Bürogehilfe."

„Ja, ja, ich weiß," winkt Stave fast unwirsch ab. „Seien Sie doch froh, dass Sie nicht auf der Straße sitzen. Die Tommys sind nicht begeistert, dass Leute des Reichskriminalamt hier weiterbeschäftigt werden. Und andere auch nicht unbedingt."

Todten ist verunsichert von dieser kühlen, ja schroffen Anrede. Gibt es gar eine Ablehnung seiner Person unter den Hamburger Kollegen, oder zumindest bei Stave?

Er will sich ihm gegenüber aber auch nicht rechtfertigen. Und etwas bockig sagt er dazu nur: „Ich war Kriminalbeamter in Elbing und wurde nach Berlin abgeordnet. Punkt. Was hätten Sie denn gemacht? Keine Morde mehr aufgeklärt?"

Der Ton von beiden hat an Schärfe zugenommen. Dicke Luft. Behrendt und Schröter tauschen verstohlen einen kurzen Blick und verlassen wortlos das Büro.

„Behrendt !?" ruft Stave seinen Mitarbeiter etwas drohend an.

„Schröter und ich waren gemeinsam auf einem Lehrgang. Bisschen alte Zeiten auffrischen."

Stave wendet sich wieder Todten zu und mustert ihn wortlos. Beide halten gegenseitig ihren Blicken stand.

„Was ist das für einer", denkt Stave. Eigentlich kann er die Typen vom Hauptamt in Berlin nicht leiden. Für ihn sind das alles SS-Leute, die auf undurchsichtigen Wegen in die Kripo gefunden haben. Wie ist es wohl bei dem hier ?

„Hab' damals von ihrem Fall in Griechenland gelesen. Stand im Reichskriminalblatt unter „vertraulich". Wir haben gewettet, dass Sie Ihre weitere Karriere in einem Strafbataillon fortsetzen würden."

„Na ja, so schlimm war es dann doch nicht, aber die Wehrmachtsführung war nicht begeistert. Ich hatte Rückendeckung vom Reichssicherheitshauptamt. Ich mochte die Leute dort zwar nicht, aber da waren sie nützlich. War aber auch eine Gelegenheit für die SS, der Wehrmacht eines auszuwischen. Und ich immer dazwischen. Unangenehm."

Schröter hat Behrendt in einen Nebenraum geleitet. Wie Todten später erfuhr, kennen sie sich aus einem gemeinsamen Lehrgang in Süddeutschland, den die beiden Junggesellen vor einigen Jahren absolviert hatten. Dort befand sich auch eine Ausbildungsstätte für Nachrichtenhelferinnen, was angenehme Erinnerungen bei allen Beteiligten hervorrief.

„Und Sie sind also hier in Hamburg hängen geblieben? Haben Sie Familie in Berlin?"

„Meine Frau und ihre Familie. Kinder haben wir nicht. Meine Eltern sind früh verstorben und ich war einziges Kind."

„Aus Berlin hört man nichts Gutes."

„Ich weiß. Ich bin deshalb auch in großer Sorge. Ich habe seit März keine Nachricht von meiner Frau. Es gibt keine Verbindungen nach Berlin."

Stave antwortet darauf nicht und verschweigt so, dass die Briten eine Telefonverbindung nach Berlin haben, die Stave zu Ermittlungszwecken auch schon benutzen durfte.

„Ich dachte, wir würden uns hier bei einer Tasse Bohnenkaffee unterhalten. Man sagt im Amt ja so, dass die Kollegen, die sich mit dem Schwarzmarkt beschäftigen, keinen Mangel leiden."

Todten antwortet nicht. „Schon wieder so eine Spitze. Was sollen diese Provokationen?" denkt er und wird langsam ärgerlich.

„War nur Spaß. Aber ich würde zu gern einmal wieder eine Tasse richtigen Kaffees trinken. Es ist ewig her. Und das Verrückte: Bei Ihnen hier um die Ecke, auf dem Schwarzmarkt, soll es jede Menge davon geben."

Todten antwortet auch darauf nicht. Er sieht Stave nur mit festem Blick an.

„Na gut, Todten, nun mal Spaß beiseite. Ich bin hier, weil Sie mir vielleicht helfen können. Vor ungefähr sechs Wochen wurde in Hammerbrook die Leiche des Druckereibesitzers Erich Schelling gefunden. Er wurde erwürgt und erstochen. Wir wissen, dass er Lebensmittelkarten gefälscht hat. Vermutlich sehr viele, genau wissen wir das aber nicht. Bisher tauchten nur wenige dieser Karten im Handel auf, jedoch ohne dass sich dies auf ein bestimmtes Gebiet oder wenige Stadtteile beschränkte. Ich muss den Ort finden, an dem die Karten in Umlauf gebracht werden – also hier bei Ihnen in der Talstraße auf St. Pauli, oder am Hauptbahnhof."

Scheinbar desinteressiert zieht Todten einen braunen Umschlag aus einem kleinen Stapel auf seinem

Schreibtisch und legt in wortlos vor Stave auf den seitlichen Beistelltisch.

Stave zieht die Ermittlungsberichte aus dem Umschlag und sieht natürlich sofort den Bogen mit den Lebensmittelkarten. Er ertastet die Papierkonsistenz und sucht an bestimmten Stellen nach Merkmalen.

„Ja, das ist einer davon. Woher haben Sie ihn?"

Todten erzählt kurz die Geschichte, die Zander und Eisen-Willi ihm aufgetischt hatten.

„Wieso habe ich davon nichts erfahren!" poltert Stave los.

„Und wieso weiß ich nichts von Ihrem Mord," antwortet Todten in gleichem Tonfall.

Wieder blicken sich beide nur prüfend an. Stave will es sich nicht anmerken lassen, aber Todten ist ihm nicht unsympathisch. Er ist wohl doch aus anderem Holz, als diese Spinner aus Berlin.

„Ja, Sie haben Recht. Früher wäre das nicht möglich gewesen. Die Zeit eben."

„Früher brauchten wir auch keine Lebensmittelmarken."

„Auch wieder wahr", gibt Stave zurück, „ und nun?"

„Hans !!" Schröter erscheint mit Behrendt im Büro. Todten erzählt den beiden von dem Zusammenhang zwischen Mord und sichergestellter Lebensmittelkarte.

„Behrendt, wir fahren morgen zu den Tommys und holen uns eine Durchsuchungserlaubnis für Wilhelm Röper, genannt Eisen-Willi, und auch für Erich Zander.

Danach laden wir beide einzeln vor, wenn wir sie nicht schon wegen aufgefundener Beweismittel gleich bei der Durchsuchung festnehmen."

Und zu Todten gewandt: „Einverstanden, Herr Kollege?"

„Kein Problem. Wenn's recht ist, wäre ich gern dabei."

„Auch kein Problem," antwortet Stave

Kurt Bornemann sitzt wieder einmal im Büro von Captain Sean Penbroke, einer der Public Safety Officer, der also für die Sicherheit in der Stadt zuständig ist. Bornemann hat sich daran gewöhnt, ständig Tee trinken zu müssen. Es stört ihn nicht, denn oft gibt es Sandwiches dazu und vor allen Dingen seine geliebten „Player's Navy Cut" Zigaretten. Er genießt es immer wieder, diese zu rauchen, statt sie zu tauschen. Bornemann ist hier in seiner Eigenschaft als Dolmetscher und daher unterhalten sich beide auf englisch.

„Cord", Penbroke kann Bornemanns Vornamen nicht gut deutsch aussprechen, „das war gute Arbeit. Unsere Aktion war sehr erfolgreich. Unnötig zu sagen, dass wir dies auch Ihrem besonderen Engagement verdanken."

„Vielen Dank, Sir," antwortet Bornemann mit gut gespielter Bescheidenheit

„In jeder Hinsicht erfolgreich", denkt Bornemann mit einem ganz feinen Lächeln.

Er hatte zwei Fliegen mit einer Klappe geschlagen. Am Ende der Reeperbahn nach Altona hin, am Nobistor, haben sich Leute aus der Gegend um Bremen breitgemacht. Man sagt, dass sie auf abenteuerliche Weise, ungefähr zum Kriegsende, an die Bestände eines geheimen Lebensmitteldepots gekommen seien. Recht große Bestände, denn die Leute scheinen ein Transportproblem zu haben. Sie tauchen nicht regelmäßig am Nobistor auf, sondern meist nur für zwei, drei Tage.

Dann verschachern sie scheinbar unendliche Bestände an Dosenfleisch. Gefährliche Amateure, denn zum einen verkaufen sie für Reichsmark und zum anderen geben sie das Geld nicht auf St.Pauli für Frauen oder für Schnaps aus. Konkurrenz, an der für Bornemann und Consorten nichts zu verdienen ist. Es hatte sich mehr und mehr herumgesprochen, dass die begehrten Fleischkonserven nicht gegen Wertsachen, sondern gegen relativ wertlose Reichsmark zu bekommen sind. Die Leute um Bornemann merkten schon sehr bald, dass die wichtigen Kunden, die noch reichlich über Sachwerte verfügten, die

Talstraße mieden und sich bei „den Bremern" per Reichsmark versorgten.

Zander hatte schon einmal ein paar Leute zum Nobistor geschickt, „um die richtige Ordnung wieder herzustellen", aber diese „Bauerntölpel" hielten dagegen und die Aufmerksamkeit einer großen Schlägerei wollte man lieber vermeiden. Es ergab sich eine andere Gelegenheit.

Ein unscheinbarer bettelnder Kriegsversehrter hatte gehört, wann die nächste Ware eintreffen würde und diese Information für ein paar Korn und Zigaretten im „Komm' zu Otto" verkauft.

Diesen Termin hatte Bornemann kurzerhand an Penbroke weitergegeben und dabei nicht mit Hinweisen gespart, dass er diese Beobachtungen und Erkundigungen in seiner Freizeit vorgenommen hatte. Penbroke hatte dann die Polizei angewiesen, zum genannten Zeitpunkt dort am Nobistor eine Razzia durchzuführen, die dann auch die Festnahme der „Bremer" und Konfiszierung der Fleischkonserven ergab. Nicht einmal 100 Dosen, deren Herkunft die „Bremer" hartnäckig verschwiegen.

Es müssen aber bereits vor der Razzia schon Geschäfte gelaufen sein, denn die Händler hatten viel Bargeld und auch zahlreiche Wertgegenstände in ihrer Verwahrung.

Bornemann bekam von Penbroke fünf von den sichergestellten Dosen sehr konspirativ zugesteckt und bedankte sich wiederum gespielt überschwänglich.

Es schadete nicht, wenn Penbroke glaubte, er habe ihm damit soeben das Leben gerettet. Nun sitzen die beiden Männer also in Penbrokes Büro und feiern den Erfolg mit guten Zigaretten und einem Glas Whisky, den Penbroke, entgegen aller bisherigen Gewohnheiten, aus seinem Schreibtisch gezaubert hat.

Die gute Stimmung heute möchte Bornemann für ein Anliegen nutzen, das ihn seit Tagen beschäftigt.

„Sir, es wird für mich immer schwieriger, erfolgreich zu arbeiten. Ich bin nur Hilfspolizist. Jeder noch so einfache Schutzmann an der Wache kann mich herumkommandieren und mir die lächerlichsten Aufgaben zuteilen.

Die nehmen mich nicht ernst, weil sie denken, dass ich ohnehin bald aus dem Polizeidienst entlassen werde. Letztens bekam ich nicht einmal Unterstützung, als ich wegen einer Schwarzmarktsache auf der Reeperbahn einschreiten wollte.

Sorgen Sie für eine Einstellung bei der Polizei mit einem angemessenen Dienstgrad, damit ich weiterhin so erfolgreich für Sie arbeiten kann."

Penbroke blickt erstaunt auf.

„Sein Englisch ist gut genug, um zu wissen, dass besonders der letzte Satz etwas zu bestimmt war", denkt Penbroke. „Was bildet sich der Kerl ein? Vor ein paar Wochen hatte er noch Angst, von uns an die Wand gestellt zu werden und nun diese Forderung?"

Der Brite steht auf und geht ans Fenster.

„Das wird nicht einfach, Bornemann." Das stimmt. Zwar gilt noch die erste Dienstanweisung der Briten, wonach jeder einzustellen ist, der ihnen genehm ist, aber mittlerweile ist Polizeichef Georges ein recht angesehener Mann, der seinen Standpunkt auch zu behaupten weiß.

„Ich werde mit dem Colonel darüber sprechen."

Eine Woche darauf wird Kurt Bornemann zu Penbroke bestellt. Mit feierlicher Geste überreicht der ihm eine Einstellungsurkunde als Wachtmeister der Schutzpolizei und dazu einen Einkleidungsschein für die Bekleidungskammer in Altona.

Bornemann ist leidlich zufrieden. Er hatte sich einen höheren Dienstgrad erhofft. Das hat der Captain allerdings schon eingerichtet. Bornemanns Beförderung zum Oberwachtmeister ist bereits für den 1. Oktober vorgesehen.

Nur ein paar Tage nach dieser Ernennung sitzen sich beide bereits wieder gegenüber. „Also, Herr Waagmeyster," radebricht Penbroke dies für ihn schwierige deutsche Wort und dann weiter auf englisch: „Ich brauche Sie in einer schwierigen Angelegenheit als Dolmetscher. Kommen Sie, wir fahren nach Wandsbek."

Bornemann ist nicht gerade begeistert von diesen ständigen Handlangerdiensten – gerade jetzt, wo sich die Versorgungslage immer schlechter wird, dafür auf dem Schwarzmarkt immer mehr verdient werden kann. Aber dann, auf der Fahrt durch die Wandsbeker Chaussee, sieht er alte Männer, die als Trümmerkommando mit großen Schaufeln Kipploren beladen. Er sieht zwei Kriegsversehrte auf einfachen Krücken, denen das Gehen erkennbar schwerfällt, und er sieht diese junge, wohl einst sehr attraktive Frau, die nun ausgemergelt und grau ein Bündel Holz auf den Rücken gebunden nach Hause trägt. Seine Verärgerung verfliegt schnell bei dem Gedanken an Sandwiches, Whisky und Player Navy Cut, die ihm fast regelmäßig zuteil werden.

Sie müssen auf dieser Fahrt kaum anhalten und werden daher nicht nach Zigaretten gefragt. Als sie infolge einer Verkehrsregelung nun doch kurz halten müssen, macht sich Bornemann den Spaß und wirft eine halb gerauchte Zigarette aus dem Jeep. Sofort stürzen sich zwei Männer auf die Kippe und schubsen sich, bis einer von beiden dieses wertvolle Stück ergattern kann. Penbroke bemerkt Bornemanns Erheiterung über diese Szene mit stiller Verachtung.

Der Bahnübergang der wichtigen Eisenbahnstrecke nach Lübeck am alten Wandsbeker Rathaus ist noch nicht instandgesetzt. Zwei alte Reichsbahner stehen mit Signalflaggen am Straßenrand. Sie sollen wohl den spärlichen Autoverkehr anhalten, wenn sich ein Zug nähert.

Kurz darauf fahren sie auf das Gelände des Depots. Am Durchlass der Umzäunung kontrolliert ein Doppelposten der Royal Engineers den ankommenden Jeep. Penbroke fragt den Posten nach einem Sergeant Hockeridge und erhält eine Wegbeschreibung.

Ein paar britische LKW stehen auf der Freifläche vor den großen Lagerhäusern und es sind noch zwei Doppelstreifen zu erkennen, die mit geschulterten Gewehren langsamen Schrittes entlang des Zaunes gehen.

130

Im Gebäude, vor einem der vielen Büroräume im Erdgeschoss, werden sie von Hockeridge erwartet. Er steht stramm und grüßt mit dem typischen nachfedernden Armschlag der britischen Soldaten: „Warrant Officer Hockeridge, Sir. Keine besonderen Vorkommnisse in diesem Objekt, Sir."

„Danke, Sergeant, stehen Sie bequem. Das hier ist Wachtmeister Bornemann," beginnt Penbroke, als er den Blick des Sergeants auf den Mann in der deutschen Polizeiuniform bemerkt, „er ist mir als Dolmetscher zugeteilt."

„Guten Tag, Sergeant, ich freue mich, einen Angehörigen der berühmten Royal Engineers kennenzulernen", begrüßt Bornemann den Briten in dessen Muttersprache. Hockeridge sieht Captain Penbroke erstaunt und mit offenem Mund an. „Sir, was macht denn ein Aussie in einer deutschen Polizeiuniform?!"

Penbroke und Bornemann lachen beide kurz auf und dann erklärt Penbroke zum wiederholten Male die Geschichte von Bornemanns australischem Akzent.

„Diese verrückten Krauts", ist alles, was Hockeridge dazu noch einfällt und beendet damit kopfschüttelnd diese Begrüßungszeremonie.

„Sergeant", fährt Penbroke fort, „unsere Leute haben errechnet, dass dieser Lagerhauskomplex erst einmal ausreichen wird, alle notwendigen Güter für die Truppe und die Militärregierung hier einzulagern. Ausgenommen Kohle und Treibstoff. Auch die NAAFI soll hier Bestände lagern. Es besteht eine Absprache zwischen General Spurling und Colonel Armytage, dass die Royal Engineers erst einmal die Leitung dieses Depots übernehmen. Wir wollen zusehen, dass diese Aufgabe so schnell wie möglich von der Militärregierung übernommen wird, sobald ausreichend Personal zur Verfügung steht. Noch Fragen, Sergeant?"

„Ja, Sir," antwortet Hockeridge übertrieben laut und deutlich. Nach all seinen Jahren in der britischen Armee ärgert er sich immer noch über diese besondere Arroganz seiner Vorgesetzten. „Haben die in Sandhurst extra Kurse, in denen die jungen Offiziere lernen, korrekt, höflich und dennoch arrogant zu sein?" denkt Hockeridge für sich.

„Sir, wir haben zurzeit noch keine Probleme dieses Depot zu bewachen. Es hat sich unter den Bewohnern wohl herumgesprochen, dass das Depot leer ist. Wir hatten aber auch schon bewaffnete DPs hier. Ich habe nur einen Zug mit rund 30 Männern hier. Das reicht nicht für eine Bewachung."

„Deswegen bin ich ja hier, Mann. Wir haben noch diese Woche ein Gespräch mit dem Polizeichef.

Die Bewachung wird die deutsche Polizei übernehmen."

„Und wann, Sir, kommen die ersten Sachen hier an?"

„Ich denke, dass ein Frachter in zwei Tagen Hamburg erreichen wird. Wir stellen dann einen Konvoi zusammen, dessen bewaffnete Begleitung dafür sorgt, dass hier auch alles ankommt."

Penbroke fragt nach einer Toilette und lässt die beiden Männer in Hockeridge' Büro zurück. Sie zeigen ein auffälliges Desinteresse aneinander. Doch dann, sehr leise:

„Bornemann, können Sie deutsche Orden und Militärabzeichen besorgen?"

„Sergeant, ich kann **alles** besorgen."

„Das passt ja gut. Ich kann nämlich demnächst auch alles besorgen."

Nach diesem kurzen Wortwechsel sehen sich beide mit einem feinen Lächeln an und sagen nichts weiter. Dann kommt Captain Penbroke zurück.

9. Kapitel

...man kommt sich näher

Es ist Ende Juni 1945 und das erste britische Frachtschiff läuft den Hamburger Hafen an. Das allein schon ist für die Hamburger eine kleine Sensation. Zum einen, weil es sich eben um ein Schiff der Sieger handelte, auf das man vor wenigen Wochen noch geschossen hätte. Dann, weil es ein Schiff der „Liberty-Klasse" ist. Man kann jetzt darüber lesen oder gefahrlos erzählen: die Amis bauen Frachtschiffe am Fließband – immer derselbe Schiffstyp in enormen Stückzahlen. Eine geniale Idee und manchem dämmert es, mit wem man sich da auf einen Krieg eingelassen hatte.

Und letztendlich ist die Elbe also wieder befahrbar – nach Wochen ständiger Bergungsarbeiten, vor allem in der Fahrrinne. Nun macht der Frachter im Vulkanhafen fest, genau gegenüber dem Fischmarkt. Ungewöhnlich, aber bei dem Ausmaß an Zerstörungen im Hafen unumgänglich. Da liegt der Frachter nun.

Sein Bug zeigt in Richtung des U-Bootbunkers Elbe II, in dem noch versenkte deutsche U-Boote bei Ebbe zu erkennen sind. Ein bedrückendes Gefühl für jene drei älteren britischen Seeleute an Bord, die noch auf Geleitzügen den Atlantik überquert haben – stets in der Erwartung deutscher U-Bootangriffe.

Das Frachtschiff hat Güter geladen, die die britische Garnison und die Militärregierung für ihre Versorgung benötigen. Diese Lebensmittel, Kleidung, Büromaterial und weitere Dinge des tägliche Bedarfs werden nun an zwei Tagen mit britischen Militärlastwagen und unter starker Bewachung der MP nach Tonndorf transportiert und dort eingelagert. Die Leitung des Depots hat Emerett Hockeridge, und es sieht nicht so aus, als ob sich das demnächst ändern wird.

Der Sergeant hat sich im Hauptgebäude einquartiert und je einen Mann seiner „alten Garde" als Chefs der weiteren

Lagerhäuser eingeteilt. Dabei auch McDonald, seinen Vertreter, den er nun nicht mehr überall haben will. Allen bleibt bei ihm. Er ist bei seiner ganzen Blödheit nicht in der Lage, mögliche kriminelle Machenschaften zu durchschauen. Er bekommt hin und wieder einen guten Schluck.

Hockeridge hat einen Plan erstellt, wie die Waren auf die einzelnen Lagergebäude zu verteilen sind. Dabei entfällt die Lagerung von Büromaterial, Möbel, Kleidung und den Großgebinden an Nahrungsmitteln, wie Mehl, Reis und Nudeln auf die Nachbargebäude, während insbesondere Konserven und Genussmittel in seinem Lagerhaus verwahrt werden. Noch vorhandene freie Lagerflächen sollen gemäß Anweisung des Captains für die CARE-Organisation bereitgestellt werden.

Eine Lieferung dieser Organisation wird erwartet.

Als dann alles verstaut ist, nimmt sich Hockeridge die Lieferdokumente vor.

Er erfährt, dass es außer der ihm vorliegenden Papiere nur noch eine Durchschrift bei der absendenden Dienststelle in England gibt. Und dann stellt er fest, dass weder die Seiten, noch die Warenposten nummeriert sind. Er braucht also nur eine Seite verschwinden zu lassen und die darauf verzeichneten Waren separat zu lagern.

So hat er sie scheinbar nie erhalten. Er muss nur zusehen, diese Kontingente möglichst schnell zu verkaufen, damit sie bei einer Revision nicht gefunden werden.

Aber: Revision! Wann soll die denn kommen?

Und so geschieht es auch. Allan hilft ihm dabei. Die letzte Seite dieses Dokuments bleibt allerdings unberührt, denn darauf befinden sich Unterschriften.

Erst einmal will er sich an den beiseite geschafften Waren nicht bedienen. Abwarten – notfalls können sie dann bei einer überraschenden Überprüfung als scheinbar fehlerhafte Lagerung wieder auftauchen. Zwischenzeitlich wird es jedoch nicht schaden, zu diesem deutschen Polizisten Kontakt aufzunehmen.

*

Am 29. Juni stehen sechs Polizeibeamte vor einer Wohnungstür in der Friedrichstraße 12: Stave und Behrendt von der Mordbereitschaft, Todten und Schröter mit zwei Uniformierten von der Davidwache. Es ist kurz vor 10.00 Uhr und nach Meinung von Schröter die beste Zeit, um einen Mann in seiner Wohnung anzutreffen, der sein Geld als Rausschmeißer in Nachtlokalen verdient.

„Viel scheint da nicht zu verdienen zu sein", denkt Todten, als er sich in dem Treppenhaus umsieht. Das Haus hat etwas abbekommen. Sie stehen in der ersten Etage und somit im obersten Stockwerk, denn die Etage darüber gibt es nicht mehr. Die anschließende Treppe führt ins Nichts – man kann den morgendlichen, wolkenlosen Himmel sehen. Mauerbrocken und dichter Mörtelstaub bedeckt einen Teil der Stufen. Das Dach fehlt auf ganzer Länge und die Außenwände der 2. Etage ragen wie Zacken gen Himmel – völlig durch Ruß geschwärzt.

„Röper" steht handschriftlich auf einem Pappschild, das an die Tür geheftet ist.

Stave klopft mehrmals – nicht laut und nicht hektisch; beinahe so, als wolle er Post bringen. Nach nicht einmal einer Minute später hören die Polizisten Schritte, und dann öffnet Eisen-Willi die Tür. Er ist überrascht und wohl auch durch das Klopfen geweckt worden. Graue Hose, durch Träger gehalten, ein schmuddeliges Unterhemd und Filzpantoffeln an den nackten Füßen.

Mehr aus einem Reflex heraus will er die Tür wieder schließen. Aber da drückt Schröter schon dagegen. Sie schieben Röper einfach vor sich her in dessen Wohnung bis sich ein Sessel findet.

„Hinsetzen, Röper!" sagt Stave in einem ruhigen Tonfall, der aber auch irgendwie keinen Widerspruch zulässt. Und deshalb setzt Röper sich hin. Fast beiläufig händigt Stave ihm einen Papierbogen aus. „Permission" steht in der obersten Zeile; darunter die deutsche Übersetzung: „Erlaubnis".

Röper liest angestrengt seinen Namen, seine Anschrift und dass wegen eines „dringenden Tatverdachtes" bei ihm durchsucht werden darf.

Ausgestellt vom „Public Safity Office" und auch von jemandem dort unterschrieben.

Röper hält das Papier in der Hand und blickt die Beamten an: Und an Todten gerichtet:

„Was soll das, Herr Inspektor, ich habe doch alles gesagt". Aber statt Todten antwortet Stave:

„Ja, mein lieber Röper, aber vielleicht nicht alles. Mir geht es nämlich nicht um die paar läppischen Marken, sondern darum, dass jemand ermordet wurde. Ich bin nämlich von der Mordbereitschaft."

Röper wird es heiß. Er blickt jetzt nur noch Stave an.

„Aber Herr Inspektor, das ist doch…ich meine, wie soll ich denn…?

Er sieht Stave fast flehentlich an und bemerkt dabei gar nicht, dass sich Schröter und Behrendt bereits in seiner Wohnung umsehen.

Mühe müssen sich die beiden nicht geben. Es gibt kaum Mobiliar. Röper hat auf einer fleckigen Matratze am Boden geschlafen. Dann sind da der Sessel, auf dem er sitzt und ein Tisch. Weiterhin noch ein kleiner fensterloser Raum mit einer total verdreckten Toilette und hinter einer Zimmertür ein weiterer unmöblierter Raum, der auch nicht bewohnt werden kann, weil die Außenmauer fehlt.

Es gibt auch keinen Herd, und außer ein paar Gläsern auf einem Regal, auch kein Geschirr.

Bleibt zur Aufbewahrung nur ein zweitüriger Schrank an der fensterlosen Wand dieses Raumes, in dem nun Röper etwas verängstigt auf einem Sessel sitzt und alle Polizisten um ihn herum stehen.

Und in diesem Schrank, unter einem Pullover und zwei Handtüchern, finden die beiden Kripoleute drei Bögen mit Lebensmittelkarten. Behrendt hält sie seinem Chef hin und Röper sieht sie auch. Er sagt nichts. Er atmet nur

136

hörbar aus und sein Kopf fällt auf die Brust, so, als wäre er furchtbar erschöpft."Aus!" denkt er, „alles aus!"

Stave hat keine Mühe, diese drei Blätter als jene Fälschung zu erkennen, die in der Druckerei von Schelling hergestellt wurden.

Er wendet sich an die beiden Schutzleute von der Davidwache.

„Festnehmen, meine Herren. Wir nehmen unser Auto für die Fahrt zur Wache."

Gegenüber, im Haus Nr. 20, das merkwürdigerweise völlig unbeschädigt geblieben ist, wohnt einer der Männer, die zu dem Kreis um Erich Zander aus der „Tarantella" gehören. Er hat die Ankunft der Polizei beobachtet und sieht nun, wie Eisen-Willi abgeführt wird. Sofort macht er sich auf den Weg zu Zander, um von seinen Beobachtungen zu berichten.

Ein paar Tage später sitzt Otto Todten in seinem Büro auf der Davidwache. Die Sache mit den gefälschten Marken hat Stave übernommen. Einfach so. Es gab keine Anordnungen, keine Absprachen und Todten weiß nicht so recht, was er davon halten soll. Einerseits fühlt er sich ausgebootet, andererseits passt es ihm aber auch, denn er kann sich vor Arbeit kaum bergen. Die kleinen Straßen um die Reeperbahn, vor allem aber die Talstraße, sind zum Zentrum des Schwarzhandels geworden.

Auch am Hauptbahnhof und am Baumwall nimmt der Handel zu. Und immer wieder werden gefälschte Lebensmittelmarken benutzt. Sie tauchen überall in Hamburg auf, aber nur gelegentlich werden ihm welche zugesandt. Der „Kriminalpolizeiliche Meldedienst" funktioniert nicht mehr, oder eben noch nicht. Und wer weiß, ob jede behördliche Stelle eine Karte überhaupt als Fälschung erkennt?

Jedenfalls nimmt der Schwarzhandel zu. Todten war bereits zwei Mal bei Polizeioberinspektor Schlüter, um um personelle Verstärkung zu bitten. Der konnte oder wollte nichts anderes tun, als sich direkt bei Polizeichef Georges dafür einzusetzen.

Schlüter kann tatsächlich keinen Mann entbehren. Ständig müssen Beamte für Razzien abgestellt werden, und immer wieder kommt es vor, dass ein Beamter aus dem Polizeidienst entlassen wird, weil er bei der so genannten Entnazifizierung als „belastet" eingestuft wurde. Und zwei Beamte des Nachbarreviers sind entlassen worden, weil sie beschlagnahmte Kartoffeln eingesteckt hatten

Hinzu kommt ein besonderes Problem dieser Tage. Seine Leute sind „auf". Seit gut zehn Jahren sind junge Leute nur noch in militärische Verwendungen gekommen. Richtigen Nachwuchs bei der Polizei gibt es schon lange nicht mehr. Und so sind die gelernten Schutzleute einfach immer älter geworden – und schwächer.

Die mangelhafte Ernährung setzt auch den Älteren mehr und mehr zu. Krankheitsbedingte Ausfälle häufen sich.

Todten gehen auch noch andere Dinge durch den Kopf. Vor zwei Tagen hat er Post von seiner Irmi bekommen. Endlich. Nun weiß er, dass sie lebt. Fünf Wochen waren sein Brief und ihre Antwort unterwegs. Irmi schreibt, dass ihre Schwester überlebt hat, dass sie nun dort bei Schwester und Schwager in Heiligensee lebt, weil man ihre Wohnung beschlagnahmt hat. Todten kann aber auch sehen, worüber sie nicht schreibt und das macht ihm nun doch wieder Sorgen. Er hat an demselben Tag geantwortet, und der Brief geht nun mit dienstlicher Post nach Berlin. Er hatte von dieser Möglichkeit durch Schlüter erfahren und nutzt sie nun dankbar. Er hat Irmi geschrieben, sie möge nach Hamburg kommen. Er wolle sich um alles Weitere kümmern.

Und heute, an einem solchen Tag, an dem ihm jede Menge dienstliche und private Gedanken durch den Kopf gehen, erreichen ihn zwei bemerkenswerte Anrufe.

Todten wird zu Schlüter gerufen. Es gibt nur drei intakte Telefonanschlüsse in der Wache. Schlüter hält Todten den Hörer hin, deckt mit der anderen Hand die Sprechmuschel ab und sagt in gedämpftem Ton:

„Kriminalobersekretär Stave. Es ist wichtig."

„Hallo Todten, Stave hier. Ich möchte mich bei Ihnen bedanken."

Todten ist überrascht und antwortet nicht sofort darauf. Deshalb fährt Stave fort:

„Ich wollte über Röper an die Leute herankommen, die mit Schelling in engerer Verbindung standen. Ich habe ihn in der Vernehmung ziemlich hart 'rangenommen. Und was soll ich Ihnen sagen – Eisen-Willi wird immer nervöser und verwickelt sich in Widersprüche. Und plötzlich bricht er zusammen und gesteht seine Beteiligung an der Ermordung Schellings. Na ja, nicht ganz. Er sagt, er hätte Schelling Angst machen sollen und hat ihn gewürgt. Aber dann hätten die Ostarbeiter auf Schelling eingestochen. Er nennt auch deren Namen. Zwei Polen und ein Litauer. Wir sind dann mit einem Großaufgebot an englischer MP in das Lager Karolinenstraße. Sie wissen ja: Deutsche Polizei kann da nicht 'rein. Die Polen sind weg. Die kriegen wir wohl auch nicht mehr. Dafür finden wir aber bei dem Litauer die Tatwaffe – das Messer, eindeutig. Der Mord an Schelling ist aufgeklärt. Das war ihr Tipp, Menschenskind. Ich bin Ihnen wirklich dankbar."

Todten schmunzelt. So hat er Stave bisher noch nicht erlebt. Richtig aufgekratzt. Selbst durch das Telefon kann man seine Freude sehen.

„Ich hab da noch etwas. Das möchte ich demnächst mit Ihnen besprechen, aber unter vier Augen."

Mit einem kurzen Gruß verabschiedet sich Stave und lässt somit einen verunsicherten Todten zurück. Er berichtet seinem Revierführer von Staves Ermittlungen und geht dann in sein Büro zurück. Auch Schröter setzt er ins Bild, verschweigt allerdings Staves Gesprächswunsch. Nicht einmal eine Stunde später wird er wieder zu Schlüter gerufen. Das Chefamt hätte angerufen. Todten

möge sich morgen um 10.00 Uhr beim Polizeichef melden.Ein leichtes Lächeln umspielt Schlüters Gesicht.
„Ich glaube nicht, dass Sie Schlimmes zu befürchten haben, Herr Bürogehilfe."

Am nächsten Morgen fährt Todten direkt mit der Straßenbahn zum Dammtorbahnhof und geht dann das kleine Stück zu Fuß zur Feldbrunnenstraße. Dort, im Kommando der Schutzpolizei, wartet Todten im Kreis von elf weiteren Kollegen auf den Termin bei Georges. Einige der Männer kennt Todten flüchtig. Sie waren vor Kriegsende Angehörige der Sicherheitspolizei und sind deshalb von den Briten entlassen worden. Weil es sich jedoch bei allen um gelernte Kripoleute handelt, konnte Georges diese als Bürogehilfen weiter beschäftigen. Unter ihnen wird nun spekuliert: Wurden sie zwischenzeitlich als „belastet" eingestuft, oder nicht? Weiterbeschäftigung oder Entlassung?
Todten hat eigentlich ein recht gutes Gefühl – schon wegen Schlüters Verhalten am Vortag. Aber er hat schlecht geschlafen. Dieser Termin, der ständige Hunger und die Unruhe in seiner Wohnung durch die Bremer Verwandten seines Vermieters.
Mit Irmi kann er da nicht wohnen.
Dann lässt der Polizeichef bitten. Da steht er vor seinem Schreibtisch: Bruno Georges, nicht sehr groß, untersetzte Figur und auf den Schulterstücken seiner Uniform ein gesticktes Hamburger Wappen. Und er beginnt ohne große Floskeln:
„Meine Herren, freue mich Ihnen eröffnen zu können, dass Sie zukünftig und wieder als Kriminalbeamte unserer Stadt dienen können. Ich habe hier ihre Ernennungsurkunden zu Kriminalsekretären". Dabei zeigt er auf seinen Adjutanten, der etwas abseits einen Stapel Umschläge in den Händen hält.
„Die Herren Schrader, Timmermann und Todten werden zu Polizeiinspektoren -K- ernannt und die Kriminalstelle leiten, die an ihrem derzeitigen Revier eingerichtet wird.

Die ständig steigende Kriminalität in unserer Stadt erfordert eine Änderung der derzeitigen Gliederung. Unter der Leitung von Polizeioberst Breuer, der nun den Titel eines Kriminaldirektors führen wird, wird es ein eigenständiges Kriminalamt innerhalb der Polizei geben. Alles weitere erfahren Sie dann schriftlich. Ich danke Ihnen meine Herren. Polizeiinspektor Wendt wird Ihnen nun die Urkunden aushändigen."

Als alle das Büro verlassen, wird Todten von Georges zurückgerufen.

„Ich höre viel Gutes über Sie, Todten. Schlüter schätzt Sie offenbar sehr und ich schätze Schlüter. Selbst der gute Stave kommt wohl nicht mehr ohne Ihre Unterstützung aus. Ich hoffe, Sie fühlen sich durch Ihre Ernennung zu einem Verbleib in Hamburg ermuntert und nicht genötigt."

„Nein, Herr Polizeichef, ich fühle mich hier sehr wohl. Ich muss nur sehen, dass ich meine Frau aus Berlin heraus bekomme."

„Sehen Sie, Todten, deshalb habe ich Sie noch einmal zurückgerufen. Wir haben für Sie eine Wohnung besorgt. In der Alardusstraße, nicht weit von der Hoheluftchaussee. Nun muss Ihre Frau Irmgard nur noch aus Berlin heraus. Da kann ich Ihnen leider nicht helfen."

„Mit Verlaub, Herr Polizeichef, Sie sind sehr gut informiert."

„Ja, mein Lieber"; lacht Georges, „das kann man von einem Polizeichef ja wohl auch verlangen."

Kurt Bornemann ist nun schon zum zweiten Mal unterwegs nach Tonndorf. Hockeridge hatte direkt beim Public Safety Office angerufen und um Bornemann als Dolmetscher gebeten. Angeblich gab es Schwierigkeiten mit deutschen Handwerkern, die Reparatur- und Umbauarbeiten an den Lagerhäusern durchführen sollten. Bornemann lässt sich von einem Taxi fahren. Es ist kein

Problem für ihn, weder finanziell noch sonst. Er hat Reichsmark und englische Zigaretten beinahe im Überfluss, und viele der noch verbliebenen Taxifahrer kehren in der Wilhelminenstraße auf St.Pauli ein. Natürlich ist Bornemann in Zivil und er steigt einige hundert Meter vor dem Depot aus. Man muss den Tommys schließlich auch nicht direkt auf die Nase binden, wie gut es bei ihm läuft.

Den englischen Posten am Einfahrtstor zeigt Bornemann seinen deutschen Polizeiausweis und plaudert ein wenig mit ihnen. Das verunsichert die jungen britischen Soldaten dann doch. Was ist das für ein Mann, der so perfekt Englisch mit australischem Akzent spricht, recht elegant gekleidet ist und einen deutsche Polizeiausweis vorzeigt? Und dann noch die Anweisung des Warrant Officers Hockeridge, den Mann ohne große Kontrolle zu ihm passieren zu lassen! Geheimdienst? Militärpolizei?

Bornemann bemerkt diesen unterschwelligen Respekt und genießt ihn. Kurz darauf sitzt er mit Hockeridge zusammen. Sie sind allein in dessen Büro und plaudern unverbindlich. Hockeridge schenkt Whisky ein und glaubt Bornemann damit beeindrucken zu können. Er weiß allerdings nicht, dass Bornemann mittlerweile selbst einige Flaschen zu Hause stehen hat, mit denen ein britischer Soldat gelegentlich die Zuneigung einer jungen Frau bezahlt hat, die ihrerseits wieder in der Schuld bei Bornemann stand.

Aber was soll's. Das alles wird Bornemann hier nicht erzählen. Im Gegenteil. Er nutzt sein schauspielerisches Talent und lobt immer wieder diesen durchschnittlichen Whisky als ausgezeichnet. Das fördert die Stimmung und die gegenseitige Sympathie. Natürlich wird Englisch gesprochen.

„Cord, ich möchte Ihnen zeigen, was ich demnächst liefern kann. Kommen Sie."

Hockeridge steht von seinem Bürostuhl auf, und Bornemann folgt ihm bis in den ersten Stock. Niemand begegnet ihnen. Etwas abseits, in einem Seitenflur, öffnet Hockeridge eine mehrfach verschlossene Eisentür, die zu einem kleinen Lagerraum gehört. Dieser ist allerdings deckenhoch mit Kartons und Holzkisten vollgestellt.

Fleisch- und Gemüsekonserven, Fertiggerichte – meist aus amerikanischer Produktion – dazu Tee, Kaffee und Milchpulver. Bornemann stößt einen leisen Pfiff aus.

„Donnerwetter! Damit kommen einige Hamburger Familien durch den Winter."

„Nicht alle, mein lieber Cord. Sie müssen auch bezahlen können."

„Am Geld wird es wohl nicht scheitern, verehrter Sergeant."

„Cord, Sie wollen mir doch wohl nicht ihre dreckige Reichsmark andrehen, oder? Was ich wünsche, ist Gold oder Dollars. Ausnahmsweise geht auch einmal ein Orden, ein Ehrendolch oder eine Uniform. So etwas also. Aber erstklassige Sachen; ich bin kein Lumpensammler."

Schade, denkt Bornemann, Gold und Dollars würde ich gern selber behalten.

Aber mit Orden und solchem Zeugs lässt sich bestimmt etwas machen.

„Und wann?" fragt Bornemann und meint damit die Abwicklung des ersten Geschäfts.

„Nicht vor Oktober. Die Sachen hier sind noch heiß. Ich will eine zweite Lieferung aus England abwarten, die im Sommer kommen soll."

„Ja, ich verstehe. Eine Frage noch: Wenn ich von dem hier auch nur die Hälfte kaufe, wie kriege ich das alles aus ihrem Depot heraus?"

Hockeridge lächelt süffisant: „Ich glaube, das wird kein Problem. Ich kann bei Bedarf über Lastwagen unserer Armee verfügen. Bei guter Bezahlung liefere ich auch frei Haus. Kommen Sie, mein Lieber, lassen Sie uns noch einen Whisky nehmen."

143

Ebenfalls an diesem sonnigen Tag, nachmittags, sitzt Todten in seinem Büro in der Davidwache. Schröter sitzt ihm gegenüber. Beide tippen ihre Vernehmungen in die Schreibmaschinen – in **die** Schreibmaschinen, das heißt, jeder von ihnen hat eine zur Verfügung. Das ist in diesen Tagen nicht so selbstverständlich bei all dem Mangel. Oberinspektor Schlüter hatte es wieder einmal geschafft, die Bedeutung der Schwarzmarktbekämpfung herauszustellen, und eine der begehr-ten Schreibmaschinen zu beschaffen. Todtens neue Stellung und sein relativ hoher Dienstgrad allein hätten das noch nicht geschafft.

„Otto, ich habe langsam die Schnauze voll." Schröter hat aufgehört zu tippen und blickt Todten über die Maschine an. „Weißt du, was ich hier bearbeite?" Und ohne auf eine Antwort zu warten: „Das hier ist ein Musiker der Staatsoper, der seltene Partituren gegen Fischöl und Kartoffeln getauscht hat – das arme Schwein. Diesmal hatten die Tommys die Razzia angesetzt und trotzdem geht kein größerer Fisch ins Netz. Da stimmt doch was nicht!"

Todten antwortet nicht. Wie auch? Ihm gehen dieselben Gedanken durch den Kopf. „Immer nur die so genannten Kleinen Leute, die nichts anderes machen, als sich verzweifelt am Leben zu halten. Und gestern nun auch noch diese Kriegerwitwe mit den beiden kleinen Kindern zu Hause. Was kommt denn, wenn sie nichts mehr zum Tauschen hat? Prostitution?"

In diesem Moment wird die Tür geöffnet ohne dass geklopft wurde. „Schlüter oder Stave", vermutet Todten deshalb noch kurz, aber dann erkennt er Stave in der geöffneten Tür.

„Oh, Herr Obersekretär", mit einem kaum wahr-nehmbaren ironischen Unterton, da Todten als Inspektor nun eigentlich dienstranghöher ist.

„Oberinspektor, mein lieber Inspektor," mit kaum zu verhehlender Schadenfreude.

144

„Herzlichen Glückwunsch zur Beförderung," gibt Todten aufrichtig zurück. Er hatte tatsächlich nicht mitbekommen, dass es durch die Veränderungen im Kriminalamt auch zu Umbenennungen und Beförderungen gekommen war.

„Kommen Sie, Herr Kollege, lassen Sie uns den schönen Tag genießen und ein wenig spazieren gehen. Und nun erinnert sich auch Todten, dass Stave ihn unter vier Augen sprechen wollte.

Die ersten zwanzig, dreißig Meter gehen sie schweigend den Spielbudenplatz hinauf in Richtung „Clausens Konzertgarten", von dem auch nur noch Trümmer übrig geblieben sind.

Stave beginnt: „Zunächst einmal: Ich habe einen Haftbefehl bei den Tommys beantragt. Erich Zander. Eisen-Willi hat gesungen. Er hat Schiss. Die Tommys sind auch nicht so zimperlich mit Todesstrafen und er will wohl nicht alles das ausbaden, was Zander angeschoben hat. Zander ist übrigens nicht auffindbar. Spätestens übermorgen geht die Fahndung nach ihm an alle Dienststellen."

Pause. Todten sagt auch nichts dazu. Er ist sicher, dass Stave noch etwas anderes auf dem Herzen hat.

Und tatsächlich:

„Aber das ist nicht der Grund, weshalb ich Sie unter vier Augen sprechen wollte. Röper hat in seiner Vernehmung so Andeutungen gemacht, dass Zander wohl gute Kontakte zu einem Mann von der Polizei habe. Gibt es bei uns ein Loch? Ich meine: an der Davidwache "

Todten bleibt stehen. „Wer sollte das sein? Von den Ermittlungen gegen Eisen-Willi wussten eigentlich nur Schlüter und Schröter – und ich natürlich."

„Sie und Schlüter scheiden aus," entgegnet Stave knapp und ohne Zögern.

„Interessant. Und warum?"

Schlüter kenne ich seit zwanzig Jahren. Wir sind Lehrgangskollegen. Und zu Ihnen fällt mir nur ein, dass ich zu lange im Beruf bin, um mich so gründlich in einem

145

Menschen zu täuschen. Ich würde dann wohl auch kaum unter vier Augen mit Ihnen über diesen Verdacht sprechen."

„Sie könnten ja auch feststellen wollen, wie ich auf Ihre Vermutung reagiere."

„Auch wieder wahr. Todten, Sie sind aber auch nicht erst seit zwei Tagen Krimsche. Aber nun mal ernsthaft: Sie haben nämlich weder alte noch neue Kontakte ins Milieu. Also: Was ist mit Schröter?"

„Hans Schröter ist ein guter Polizist und ein feiner Kerl. Für den lege ich meine Hand ins Feuer. Er ist ledig und wird von Verwandten aus der Landwirtschaft versorgt. Fragen Sie Schlüter. Schröter ist einer seiner Besten. Und das glaube ich auch. Und trotzdem glaube ich, dass an Ihren Vermutungen etwas dran ist, Herr Oberinspektor. Seit Wochen gehen uns nur noch kleine Fische ins Netz. Selbst Razzien, die allein von den Tommys vorbereitet werden, bringen uns nicht an die Hintermänner. Und Zander gehört zu dem Kreis, da bin ich ganz sicher. Es gibt da ein Loch. Aber wo? Im Kommando, bei den Tommys, oder doch an der Wache?"

Die beiden Kripoleute stehen nun an der Einmündung Taubenstraße. Die Trümmer der eingestürzten Häuser sind immer noch nicht geräumt. Nur ein Trampelpfad geht durch den Schutt in Richtung Hafen.

Die beiden Inspektoren drehen um und gehen wortlos zurück zur Davidwache.

10. Kapitel

...und vieles ändert sich

Kurt Bornemann hat heute, am 20. Oktober, dienstfrei und sitzt zuhause im Wohnzimmer. Er hat sich vor zwei Wochen einen Schreibtisch besorgt. Das war einfach. Der Prokurist einer großen Ölmühle konnte seine Zeche in der „Katakombe" auf der Reeperbahn nicht bezahlen. Es mussten ja auch gleich drei Mädchen sein, die er mit Schaumwein ausgehalten hat. Als es nun darum ging, ob die Ehefrau von diesem „Ausflug" erfahren sollte, bot er Speiseöl an. Es wurde die Lieferung von fünf Kanistern vereinbart. Das waren mal eben 25 Liter – und es war ein kleines Vermögen. Ein Kanister ging an Bornemann.
Zwei Liter davon reichten für diesen schweren Schreibtisch aus poliertem Nussbaum.
„Armes Schwein", dachte Bornemann, „ein solches Stück für ein wenig Fett zu verscherbeln."
Bornemann führt Buch. Noch vor wenigen Monaten hat er geschoben, um sich möglichst selbst gut zu versorgen. Er hat gut gegessen und getrunken und sich auch relativ gut gekleidet. Nicht ganz so gut, wie einige Kumpel auf dem Kiez, aber das ging schon in Ordnung – wegen der Tarnung.
Nun tritt er kürzer. Er hält Schmuck zurück und nimmt jetzt häufig Wehrmachtsorden oder auch Parteiabzeichen. Das Ganze unauffällig – seine Eva, aber auch seine Kumpane müssen nicht unbedingt davon erfahren.
So glatt läuft es auch gar nicht. Die Leute sind sehr vorsichtig und wollen nicht mit Partei- oder Wehrmachtsemblemen angetroffen werden. Viel wurde aus Angst auch vernichtet. Er hat sich das einfacher vorgestellt. Noch einmal blättert er in seinen Aufzeichnungen. Da hat sich schon ein wenig angesammelt: Goldketten, Ringe, Münzen, ja sogar einen kleinen Goldbarren, den er

aus Zahngold zusammenschmelzen ließ. Alles auf verschiedene Ablagen in der Wohnung verteilt – sorgsam auch vor Eva verborgen.

Und dieses Sortiment wartet auf den großen Deal mit Hockeridge. Es ist nun schon Anfang Oktober und der Sergeant meldet sich noch immer nicht, obwohl ein zweiter Frachter bereits vor zwei Tagen eingelaufen ist. Wieder jede Menge Lebensmittel in der Ladung. Bornemann weiß das von deutschen Schauerleuten, die beim Löschen eingesetzt waren.

Auf St.Pauli weiß das nun auch jeder. Aber für alle ist es gleichermaßen aussichtslos, an diese Waren der Engländer heranzukommen. Für Bornemann nicht, der hat bei den Royal Engineers eine ganz besondere Quelle.

Aber auch das behält er schön für sich. Er spekuliert: Wenn Hockeridge die in Aussicht gestelllten Lebensmittel liefert, bin ich ein gemachter Mann. Wer zum kommenden Winter Lebensmittel liefern kann, ist aus dem Schneider.

Er streckt sich noch einmal auf seinem Bürostuhl. Es läuft gut für ihn. Seine Stellung bei den Briten ist gefestigt. Man vertraut ihm. Und beim Kommando der Schutzpolizei liegen bereits zwei Belobigungen der britischen Militärpolizei vor. Darin wird hervorgehoben, dass durch sein besonderes, auch außerdienstliches Engagement herausragende Erfolge in der Schwarzmarktbekämpfung erzielt werden konnten. Auch im Kommando ist man darüber sehr zufrieden und niemand käme auf die Idee, dass Bornemann durch die Meldung verabredeter Schiebereien lediglich eigene Konkurrenz aus dem Weg räumt. Und jene Kumpane, die mit ihm im „Komm zu Otto" zusammensitzen, werden von ihm vor Razzien gewarnt.

Dieser Kreis rückt immer näher zusammen und schließt sich gleichzeitig nach außen ab. Das sind wohl schon Bandenstrukturen, aber niemand in dem Kreis bezeichnet diesen Zusammenschluss so. Alle möchten sich mehr als Notgemeinschaft betrachten, die den armen „Volksgenossen" bei der Beschaffung von Lebensmitteln behilflich ist. Man hilft also nur. Bornemann ist dabei mehr und mehr in die Rolle des Anführers geraten. Erich Zander, den man bisher als Chef anerkannt hatte, ist abgetaucht. Wie gut, dass auch er noch rechtzeitig von Bornemann gewarnt wurde. Und daher käme auch niemand auf die Idee, dass Bornemann doppeltes Spiel treibt.

Am 22.Oktober 1945 befindet sich Bürgermeister Rudolf Petersen auf dem Weg zur Esplanade 6. Dort, im altehrwürdigen Phoenix-Haus, ist der Sitz der britischen Militärregierung unter der Leitung von Colonel Hugh Armytage.

Petersen lässt sich in einer alten Mercedes-Limousine chauffieren. Das täte nicht nötig, denn an diesem schönen Herbsttag hätte er die kurze Distanz vom Rathaus zur Esplanade auch zu Fuß gehen können, aber wenn Petersen eine Möglichkeit sieht, dem Engländer auf Augenhöhe zu begegnen, dann nutzt er sie. Die beiden mögen sich nicht.

Armytage ist durch und durch Militär, der in seiner langen Laufbahn an allen Ecken des Empire in kämpfenden Truppenverbänden diente. Im Ersten Weltkrieg hatte er in Belgien gegen die Deutschen gekämpft und dabei hohe Auszeichnungen erhalten. Im Zweiten Weltkrieg blieb ihm als noch aktiver Offizier nur noch, den Nachwuchs in England auszubilden.

Für eine Verwendung bei der Militärregierung hatte er sich noch einmal freiwillig gemeldet, obwohl er das Pensionsalter bereits erreicht hatte. Nach seiner Vorstellung waren die Deutschen militärisch besiegt und eben so zu behandeln. Er mochte dieses „Hunnenvolk" nicht.

In seinem Leben sind sie nur Störenfriede, die ständig den Kontinent durcheinander bringen und ihn mit Kriegen überziehen. Und nun auch noch dieser Petersen, der in den ersten Tagen der Besetzung von Hamburger Staatsbediensteten als Bürgermeister empfohlen worden war und dem selbst seine eigenen Mitarbeiter kaum verhohlene Sympathien entgegen bringen.

Petersen ist eben nicht das, was Armytage erwartet hat – eben nicht der verbohrte Nationalsozialist, der stets nach Gelegenheiten sucht, den Briten eine Schlappe zuzufügen. Nein, Petersen ist so britisch wie die Clubfreunde in Sandhurst.

Seine Anzüge sind in London geschneidert; die Schuhe von Peels gefertigt. Sein Englisch ist derart perfekt, dass er selbst aus einer besonderen Betonung eine veränderte Bedeutung heraushören kann.

Dass „seine" Stadt die Nazi-Herrschaft ebenso mitgetragen hat, wie alle anderen, ist ihm peinlich, aber er schweigt darüber wohl aus Scham, die er auch deshalb hat, weil er nie in Widerstand zu dem Regime getreten war.

Nun aber lässt er keine Gelegenheit aus, auf die Not der hamburgischen Bevölkerung hinzuweisen. Und vor allem hört er nicht auf, die Demontagepolitik der Briten zu kritisieren. Armytage kann nicht anders, als Petersens Patriotismus anzuerkennen, auch wenn er diese Achtung nie aussprechen würde.

Auch heute geht es zwischen Armytage und Petersen wieder hoch her. Und zum wiederholten Male sind es die Werften und besonders die Sprengung eines Docks. Man vertagt sich noch einmal und eher beiläufig erklärt Armytage zum Abschluss der heutigen Konsultation: (der nachfolgende Dialog wird auf Englisch geführt)

„Eine Sache zum Schluss, Herr Bürgermeister".

„Sir"?

„Sie kennen Colonel O'Rorke, meinen SPSO, und Major Irving, den Chef der hiesigen Militärpolizei?"

„Ich hatte einmal das Vergnügen. Zwei sehr kompetente Männer, ohne Zweifel."

„In der Tat. Die beiden, aber auch die Regierung Seiner Majestät, sind zu dem Schluss gekommen, dass wir die Bevölkerung Hamburgs in dem kommenden Winter nicht ausreichend versorgen können, wenn der Schwarzhandel nicht entschiedener bekämpft wird. Ihre Polizei, Herr Bürgermeister, muss größere Anstrengungen unternehmen."

„Sir, wir mussten zahlreiche Beamte der Polizei entlassen. Die Mannschaften sind total überaltert und schlecht ausgerüstet. Ihre Militärpolizei ordnet ständig Razzien an, für die von der Hamburger Polizei Personal gestellt werden muss."

„Dann gruppieren Sie um, Herr Bürgermeister. Ihre Fachleute werden Ihnen erklären, wie man das macht. Sie erhalten hiermit den Auftrag, eine Abteilung zu bilden, die direkt dem Polizeichef untersteht.

„Und hier," Armytage reicht Petersen einen Zettel zu, „diesen Mann möchten wir gern in dieser Abteilung in einer führenden Funktion wissen."

Petersen nimmt den Zettel an sich und liest:

„Kurt Bornemann, Polizeioberwachtmeister, Dienstnummer -4406-. Der Name sagt ihm nichts. Gut, aber der Auftrag war eindeutig. Er wird das mit Georges persönlich besprechen.

Zwei Wochen darauf sitzt Polizeichef Bruno Georges vereinbarungsgemäß erneut im Büro des Bürgermeisters. Georges möchte ihm die von den Briten gewünschte organisatorische Veränderung in seinem Amt vorstellen.

Eigentlich müsste er damit zunächst zum Senior Public Safety Officer (SPSO), Col. O'Rorke, aber Georges ist einfach nicht bereit, den Bürgermeister seiner Stadt zu übergehen. Petersen weiß um dessen Einstellung und schätzt sie sehr. Bisher ist das gut gegangen, aber beide sind sich nicht sicher, wie die Briten diese Eigenmächtigkeit bewerten.

„Herr Bürgermeister, ich möchte Ihnen die Aufstellung einer neuen Abteilung vorstellen. Wenn Sie einverstanden sind, gehe ich damit dann zu O'Rorke."

„Na, dann zeigen Sie 'mal !"

„Wir bilden ein Chefamt. Eine Abteilung, die direkt mir unterstellt ist. Wir werden sie Chefamt II nennen. Leiter wird Polizeimajor Anton Lange, der bisher Gruppenchef in Bergedorf war. Er hat dort bereits sehr erfolgreich gegen das Bandenunwesen in den Vier- und Marschlanden operiert. Ein guter und zuverlässiger Mann. Bei dieser Gelegenheit und für dieses Chefamt II kann ich außerdem noch weitere Kriminalbeamte einstellen, die wir zurzeit noch als Bürogehilfen beschäftigen. Dazu noch einige Schutzleute per Abordnung. Für größere Einsätze müssen dann wieder die Bereitschaften herangezogen werden."

„Sehr schön, mein lieber Georges. Ich hoffe, dass wird die Briten zufriedenstellen. Und ich hoffe, Ihre Leute werden auch erfolgreich arbeiten. Da haben die Briten nämlich Recht. Der Schwarzhandel ist eine Gefahr für die Versorgung unserer Stadt.

Seien Sie aber auch nicht zu erfolgreich. Einigen sichert das Tauschen auch das Überleben. Konzentrieren Sie sich auf die Kohle. Das ist wichtig. Ohne Kohle kein Strom. Und ohne Strom geht hier gar nichts mehr."

Georges nickt gedankenverloren.

„Noch etwas, Herr Georges?"

„Ja, Herr Bürgermeister. Mir und auch anderen im Amt ist nicht wohl wegen der Personalie Bornemann. Ich werde ihn wohl zum Polizeioberinspektor ernennen müssen und ihn als Vertreter von Lange einsetzen. Damit leisten wir dann der Anordnung der Briten ausreichend Folge und der gute Lange kann den Mann ein bisschen im Auge behalten."

„Warum das?" fragt Petersen.

„Nun, der Mann hat keinerlei polizeiliche Ausbildung. Er ist 1943 zur Feuerschutzpolizei eingezogen worden. Man munkelt, dass er zuvor im St.Pauli-Milieu beschäftigt war. Es gab wohl Ermittlungen gegen ihn – vor dem Krieg. Auch ein Gerichtsverfahren wegen Zuhälterei, in dem er allerdings frei gesprochen wurde. Andererseits haben wir aber auch durch seine Beobachtungen dort einige gute Einsatzerfolge bei Schwarzmarkt-Razzien erzielt. Die

Tommys halten anscheinend große Stücke auf ihn. Er geht da ein und aus. Einige Leute in meinem Amt wollen auch nicht ausschließen, dass die Tommys ihn bei uns als Spitzel einschleusen."

„Georges, nun hören Sie aber auf! Ihre „Tommys" sind Briten mit einer langjährigen Erfahrung in Demokratie. Und wir befinden uns nicht mehr im Krieg mit ihnen. Es geht jetzt darum, diese Stadt durch den kommenden Winter zu bringen. Ich wünschte, Sie würden sich diese Einstellung zueigen machen."

„Herr Bürgermeister, ich bin Hamburger Sozialdemokrat. Wegen einer solchen Einstellung musste ich 1933 die Polizei verlassen."

Petersen bedauert in diesem Moment seine etwas harsche Ansprache, entschuldigt sich aber auch nicht. Stattdessen, und im Gegensatz zu bisherigen Treffen, reichen sich beide zum Abschied die Hand.

Es ist Anfang November und Sonntag, als Todten mit Kollegen in seiner kleinen Küche in der Alardusstraße 11 sitzt. Die Fürsorgestelle der Polizei hatte ihm diese kleine Wohnung besorgt, da er als Leiter einer Kripo-Dienststelle schließlich angemessen wohnen müsse. Ihm war diese Bevorzugung ein wenig peinlich, aber als er bemerkte, dass auch seine Mitarbeiter diese Maßnahme guthießen, war er beruhigt und auch dankbar.

Nach einem erfolgreichen Briefwechsel hatte Todten seine Irmgard an ein bestimmtes Berliner Polizeirevier in Spandau bestellt und dann dort zur vereinbarten Zeit angerufen. Berlin-Spandau war seit Juli britischer Sektor. Todten war es gelungen, über Verbindungen zur britischen Militärpolizei, diesen Kontakt nach Spandau herzustellen. Aus der Zeitung wusste Todten auch, dass seine heimatliche Wohnung in Heiligensee seit Juli französisches Besatzungsgebiet war. Von Irmi war in einem Brief dazu nur ein Satz zu lesen: „Die Russen sind jetzt weg."

Nun also gab es das erste Mal seit seiner Abreise nach Hamburg die Gelegenheit, seine Irmi endlich hören und sprechen zu können. Nun, wo er endlich eine eigene kleine Wohnung hatte, war es doch wohl keine Frage mehr, dass seine Ehefrau nach Hamburg zu ihm ziehen würde. Todten war aufgeregt.

Aber was für ein merkwürdiges Gespräch! Eher beiläufig erkundigte sie sich nach seinem Wohlbefinden. Dabei sprach sie so leise. Lag es daran, dass vielleicht Berliner Kollegen bei dem Gespräch anwesend waren? Sie wirkte so bedrückt – so niedergeschlagen. Und als Todten ihr einen Umzugstermin vorschlug und ihr auch Dinge beschrieb, die sie auf keinen Fall vergessen sollte, wich sie aus.

Es wäre alles nicht so einfach. Sie könne ihre Halbschwester und deren Mann jetzt nicht allein lassen, wo doch die Lebensmittelversorgung so schwierig sei, usw., usw. Todten war besorgt. Was war los mit seiner Frau?

Er konnte auch nicht stundenlang mit ihr telefonieren. Die Redezeit war von vornherein beschränkt. Also musste er Irmi etwas harsch, mehr befehlen als zu bitten, doch nun im November nach Hamburg zu reisen – zunächst ohne Hausrat. Man werde dann hier weitersehen. Aber ihm war nicht wohl.

Irgendetwas stimmte nicht mit Irmi.

Übermorgen soll sie nun ankommen. Die drei Kollegen um Todten freuen sich für ihn. Sie haben keine Ahnung von den gemischten Gefühlen ihres Chefs. Außer Hans Schröter gehören nun auch Johannes Finke und Rudolf Schwartau zur Kriminalstelle St. Pauli. Beides sind gelernte Krimsches, die als Angehörige der ehemaligen Staatspolizei sofort von den Briten entlassen worden waren. Nachdem sie bei der sogenannten Entnazifizierung als „wenig belastet" eingestuft worden waren, hatte Polizeichef Georges sie als Bürogehilfen weiterbeschäftigt. Finke und Schwartau sind Ende dreißig. Und unzertrennlich. Beide sind 1929 bei der Hamburger Polizei eingestellt worden und 1935 zur Kripo und damit zur Sicherheitspolizei übernommen worden. Ihr Aufgabengebiet war die Bekämpfung der Einbruchskriminalität, und ihre Dienststelle befand sich in dem Gebäudekomplex an der Stadthausbrücke.

Und da endeten dann auch ihre Erinnerungen. Mit diesem Gebäude, in dem auch die Hamburger Sektion der Gestapo untergebracht war, wollte man nicht gern in Verbindung gebracht werden.

Rudolf Schwartau war mit Frau und zwei Kindern in Hamburg-Hamm ausgebombt und lebte nun im Elternhaus der Finkes in Wandsbek. Auch er war verheiratet und Vater von zwei Kindern. Sie schätzten sich glücklich, dass diese Wohngemeinschaft nun schon seit zwei Jahren so harmonisch funktionierte. Gelegentlich gingen ihre Frauen los und tauschten entbehrlichen Hausrat oder auch das eine oder andere wertvolle Stück gegen etwas Fett oder Gemüse. Ihre Männer wussten davon, aber redeten nicht darüber.

Hans Schröter hatte sich auch verändert, denn im Juli hatten die Alliierten ihre Besatzungszonen neu festgelegt und die Briten waren aus Mecklenburg abgerückt, um den Russen dieses Gebiet zu überlassen. Damit war Schröter von seinen bisherigen Lebensmittellieferungen abgeschnitten. Die Russen registrierten sorgfältig die landwirtschaftlichen Erträge, und Schröters Verwandte hatten Angst, bei irgendwelchen heimlichen Transaktionen erwischt zu werden.

Aber heute spielt das alles keine Rolle. Man sitzt zu viert am Küchentisch und leert gemeinsam eine Flasche Wein, sogenannte Friedensware, die Finke schon seit Urzeiten aufbewahrt hat. Mit einer Schott'schen Karre hatten die Männer am Vormittag die persönlichen Sachen aus der nahen Hoheluftchaussee hierher transportiert.

Und vor zwei Tagen war sogar ein kleiner LKW hier vorgefahren und hatte Schlafzimmermöbel ausgeladen.

Todtens Chef, der Polizeioberinspektor Schlüter, hatte über seine Beziehungen zur Fürsorgestelle dafür gesorgt, dass Möbel und Transport für Todten zur Verfügung gestellt wurden.

Und nun ist alles aufgebaut und eingeräumt. Todten muss seine Rührung verbergen. Er fühlt sich einfach wohl hier in Hamburg und vor allem bei diesen Kollegen. Und für Momente sind auch seine Sorgen um Irmi verschwunden.

Hin und wieder macht sich unter ihnen aber auch ein wenig Melancholie breit. Manchmal, zwischen einem Witz oder einer launigen Bemerkung, wird geschwiegen. Immer häufiger in letzter Zeit hält man inne und ist bei aller Last des Alltags auch dankbar, dies alles hier überlebt zu haben. Keiner der Männer war ganz ungeschoren aus diesem Krieg herausgekommen. Schröters Eltern sind nach Bielefeld evakuiert und wollen dort wohl auch bleiben. Schwartau ausgebombt und Finke hat in Nordafrika einen Onkel verloren, den er so sehr gemocht hat.

Und Todten natürlich, der sich so leer und entwurzelt fühlt. Da sitzen diese vier Männer nun um einen Küchentisch, ohne erkennbare Verletzungen und doch irgendwie kriegsversehrt.

Zwei Tage später steht Todten auf dem Bahnsteig 8 des Hamburger Hauptbahnhofs. Er blickt sich um. Zuletzt war er bei seiner Ankunft in Hamburg hier. Da war es dunkel, und überall lagen Trümmer herum. Heute Nachmittag scheint Sonnenlicht durchs Dach, das immer noch nicht neu verglast ist. Tauben fliegen hier ein und aus. Die Treppe zum Bahnsteig wurde wohl irgendwann bei einem Luftangriff zerstört – eine recht wackelige Holzkonstruktion muss nun erst einmal genügen. Viele Leute halten sich auf diesem Bahnsteig auf. Und alle haben etwas bei sich: Taschen, Koffer, Rucksäcke – alle leer. Ein sicheres Zeichen, dass diese Leute mit dem gleich einfahrenden Zug auf „Hamsterfahrt" gehen oder dass sie schnell aufteilen, was Verwandte und Freunde gleich von einer solchen Fahrt mitbringen. Die Leute sind unruhig. Immer wieder geht der Blick in Richtung Wandelhalle, ob Polizei dort ist, um die fast schon üblichen Razzien durchzuführen.

Dann aber kündigt ein Pfeiffsignal die Ankunft des Zuges aus Lüneburg an. Man merkt der Lokomotive die Anstrengung an, wenn sie stoßartig grau-weißen Dampf in einer hohen Säule aus ihrem Kessel herausdrückt. Dann steht der Zug und der Dampf löst sich langsam durch das Dachgerippe auf. Als erstes springen jene Leute von Trittbrettern und Puffern, die in den Waggons keinen Platz gefunden hatten. Gleich darauf öffnen sich die Türen fast gleichzeitig und wie ein Schwall ergießen sich Menschen auf den Bahnsteig, der so viele eigentlich gar nicht mehr fassen kann.

„Meine Güte", denkt Todten, „wie soll ich Irmi hier finden?" Er steht auf der zweiten Stufe dieser Holztreppe, um diesen Menschenteppich ein bisschen überblicken zu können. Aber nun nimmt Todten erstaunt wahr, wie schnell sich dieser völlig überfüllte Bahnsteig wieder leert. Ein dichter Strom zieht an ihm vorbei die Holztreppe hoch. Und sobald alle ausgestiegen sind, haben sich die Wartenden in und an den Waggons schon einen Platz für die Weiterfahrt gesichert.

Dann sieht er Irmgard. Sie steht da wie ein Hindernis zwischen den strömenden Menschen. Sie trägt ihren langen schwarzen Wintermantel, der für diese Herbsttage eigentlich zu warm ist und dazu ihren Turban-ähnlichen Hut aus dunkelrotem Flanell.

Den großen Koffer mit den Metallecken fest in der linken Hand, Ottos Rucksack auf dem Rücken und ihre große schwarze Handtasche in der anderen Hand. Sie sieht Otto nicht, weil sie in die andere Richtung blickt.

Otto winkt dennoch, springt die beiden Stufen hinunter und bahnt sich den Weg zu ihr durch die entgegen strömenden Menschen.

Irmgard dreht sich um und sieht nun ihren Mann. Sie lächelt erleichtert und bekommt nur noch ein „Otto !"

heraus. Dann ist der auch schon heran. Sie lässt den Koffer aus der Hand gleiten, um ihren Mann umarmen zu können. Sie drücken sich fest aneinander, sprechen nicht. Sie können jetzt auch gar nicht sprechen, denn es laufen nur noch Tränen über ihre Wangen. Es ist, als sei ihnen erst in diesem Moment gewiss, dass sie den Krieg überlebt haben. Jetzt erst, inmitten von Trümmern, Hunger und Elend, halten sie sich umschlungen, scheinbar unversehrt und dankbar, diese schlimmen Jahre überlebt zu haben.

Sie fahren mit der U-Bahn über die Ringstrecke. Ein Pappschild am U-Bahnhof weist darauf hin, dass der Bahnbetrieb heute bis 20.00 Uhr möglich ist.

Am liebsten wäre Otto mit seiner Frau in Richtung St.Pauli gefahren, um ihr etwas vom Hafen zu zeigen, aber das Teilstück zwischen Rödingsmarkt und Landungsbrücken ist immer noch wegen der Reparaturen an den Viadukten gesperrt. Also geht es über die Uhlenhorst und Barmbek. Irmgard ist erschüttert über das Ausmaß der Zerstörungen, das von der Bahn besonders gut zu erkennen ist.

„Otto, das ist ja fast noch schlimmer als bei uns in Berlin!"

„Ja. Schon seit 43. Die Hamburger haben auch ordentlich 'was abbekommen."

Von der Hoheluftbrücke gehen sie zur Alardusstraße. Die Straßenbahnlinie durch die Bismarckstraße ist noch nicht instandgesetzt. Und auf der Hoheluftchaussee fährt die Bahn zwar, aber an die Triebwagen sind meist Loren gekoppelt, die Trümmerschutt geladen haben. Seit zwei Wochen hat das „Capitol" wieder geöffnet, und auch heute Nachmittag steht eine ansehnliche Menschenmenge vor dem Kino und wartet auf den Beginn der Nachmittagsvorstellung. „Große Freiheit Nr. 7" mit Hans Albers wird seit kurzem auch in diesem Kino gespielt. Es ist **das** Kulturereignis in Hamburg

Und nun ist endlich der Moment gekommen, auf den Todten so lange gewartet hat: Er schließt die Wohnungstür im ersten Stock auf und lässt Irmi die

Wohnung betreten. Johannes Finke hatte seine Frau überreden können, ein paar von ihren Astern zu opfern. Die stehen nun in einer Gurkenkruke auf dem Küchentisch. Irmi öffnet ihren Mantel, setzt den Hut ab und geht langsam und wortlos durch die Wohnung. Todten sagt auch nichts.

Eine kleine Küche mit einem Kohleherd, Tisch und zwei Stühle. Dann das Wohn- und Schlafzimmer mit Doppelbett und Sofa und ein zweitüriger Kleiderschrank aus hellem Birkenholz. In der Ecke ein kleiner „Hamburger Ofen". Zwischen ihm und dem Kleiderschrank zwei ziemlich große Weidenkörbe mit Kohlen und, an der Wand aufgestapelt, - Brennholz. Irmi sieht ihren Mann fragend an.

„Wir haben auch einen Kellerraum. Aber wenn ich die Feuerung dort lagere, kann ich es auch auf der Straße verschenken," erklärt Todten

Vom Flur dann noch ein fensterloser Raum mit Waschbecken und einer Badewanne. An ihrer Stirnseite ein Boiler mit Kohlebrenner darunter. Die nackte Glühbirne an der Decke ist defekt.

„Der Boiler ist auch nicht mehr in Ordnung. Ich mag auch keine Kohle dafür verschwenden. Baden kann ich im St.Pauli-Bad, neben meiner Wache. Wir haben da Marken vom Amt."

Der kleine Flur endet mit einer unverputzten Mauer. Todten sieht wieder einen fragenden Blick seiner Frau.

„Die Wohnung wurde geteilt. Dahinter wohnt eine Familie mit Kindern. Die haben denen einen Zugang vom Hof gebaut – eine Holztreppe."

Todten lächelt etwas verlegen, als hätte er den Umbau zu verantworten.

Irmgard lächelt nun auch ein wenig. „Ach, mein Otto, es war wohl höchste Zeit, nach Hamburg zu kommen."

Für das Abendessen hat Todten tatsächlich zwei Koteletts mit einem dicken Fettrand besorgen können und dazu einige frische Kartoffeln. Etwas Schmalz hat er noch vorrätig. Schröter hatte eine Flasche Sekt besorgt, und

Todten denkt beim Anblick der Flasche an Schröter, als der ihn treuherzig anblickt und behauptet, die Flasche sei aus seinem privaten Vorrat. Jede Wette, dass einer der Kollegen in irgendeinem Amüsierschuppen an der Reeperbahn diese Flasche „sichergestellt" hatte. Bestimmt sogar für diesen heutigen Abend. Todten könnte das offiziell niemals gutheißen, aber er ist schon wieder so berührt, dass Kollegen für ihn dieses Risiko eingehen.

Wenn das auffliegt, droht Entlassung. Verrückte Bande!

Eigentlich wollte Todten für sich und Irmi kochen, aber seine Frau nimmt ihm das lächelnd und wortlos ab. Nun sitzt Todten am Küchentisch und blickt auf seine Frau, die ihn am Herd den Rücken zukehrt. Nach kurzer Zeit erfüllt der Duft gebratenen Fleisches die kleine Küche

Seine schlanke, hübsche Frau in ihrem dunkelblauen Wollkleid.

Und Todten bemerkt immer stärker, dass ihm nicht nur der Anblick gefehlt hat.

Nach dem Essen bleiben beide noch am Küchentisch sitzen. Sie trinken jeder nur zwei halbvolle Glas Sekt, weil sie noch ein wenig in der Flasche aufbewahren wollen.

Todten hat bisher das Thema vermieden, aber nun fragt er vorsichtig:

„Man erzählt hier, dass es in Berlin schlimm war mit den Russen."

„Ja."

„Was, ja? Kannst du nicht darüber sprechen?"

„Doch ja. Es wurde viel geschossen. Ganz Berlin liegt in Trümmern. In Heiligensee geht es noch. Da sind sie nur durch…, aber später sind sie dann…"

Irmi blickt nun vor sich hin. Sie vermeidet es, ihren Otto anzusehen.

„Was war später ?" Mit einem fast starren Blick richtet Irmi sich ruckartig auf, sitzt gerade und fährt fort:

„später sind sie dann abgerückt und die Franzosen sind gekommen. Unsere Wohnung ist übrigens requiriert. Ich wohne jetzt bei Hilde und Otto."

„Und unsere Möbel?" „Alles noch in der Wohnung – bis auf ein paar Sachen, die ich mitnehmen durfte."

Otto sieht seine Frau an. Das ist noch nicht alles, was sie erzählen könnte, aber er spürt, dass sie im Moment nicht darüber sprechen möchte.

„Wir werden später darüber reden, was wir da machen können. Heute ist es schon spät. Komm, lass uns ins Bett gehen."

10 Minuten später knipst Todten die einzige Lampe im Zimmer aus. Eine Tischlampe, deren Schirm er selbst gebastelt hat. Ein Drahtgestell, um das er den Rest eines dünnen, durchsichtigen Seidenstoffs genäht hat. Vor das Fenster hat er seine „Gardine" gezogen – eine graue Wolldecke mit zwei braunen Streifen und dem Schriftzug „Ordnungspolizei Hamburg" dazwischen.

„Ich hab' noch eine zweite. Die steckt hier im Bettbezug."

„Ach, mein Otto." Mehr kann Irmi nun auch nicht mehr sagen.

Auf der kleinen Holzkiste, die als Nachtschrank fungiert, brennt nun eine Kerze, die ein schwaches, aber warmes Licht verbreitet.

Todten streift blitzschnell seine Hose, das Hemd und die Socken ab, legt sich ins Bett und zieht die Decke bis zur Brust hoch. Ihm ist so, als sei diese Situation peinlich.

„So ein Quatsch," denkt er für sich und schüttelt leicht seinen Kopf.

Er beobachtet seine Frau. Auch sie ist nervös, das merkt Todten. Sie zieht jetzt ihr Kleid aus, und in dem schwachen Schein des Kerzenlichts wirkt sie noch attraktiver. Er bemerkt ein leichtes Ziehen in seinem Unterleib. Irmi steht etwas unschlüssig in ihrem Unterrock am Bettende.

„Nun komm' doch endlich!" entfährt es Todten so scheinbar gleichgültig, als wäre dies eine von tausend

161

Nächten, die sie bisher ohne Unterbrechung miteinander verbringen.

„Ich will eben noch mein Nachtkleid aus dem Koffer holen."

„Irmi – komm jetzt !" Todten bläst die Kerze aus.

Irmgard Todten geht an die linke Bettseite, setzt sich und lehnt sich dann sehr vorsichtig zurück. Todten hat seinen rechten Arm ausgestreckt und Irmi liegt nun mit dem Kopf auf seinem Oberarm.

So liegen beide eine Weile – bewegungs- und wortlos.

„Irmi, ich bin so froh, dass du endlich bei mir bist."

„Ja, Otto."

„Vielleicht gefällt es dir hier in Hamburg ja auch."

„Ja, Otto."

Darum geht es Todten eigentlich auch gar nicht. Er hat sich etwas zu ihr gedreht und streicht so zart er kann mit der linken Hand über ihre Brüste.

So ungefähr lief es doch all die Jahre bei ihnen ab. Irmi hatte das gern.

Aber nun ist die Atmosphäre ganz anders – so fremd, so angespannt. Liegt es nur an der halbjährigen Trennung?

Er bemerkt auch, dass seine Frau völlig regungslos neben ihm liegt. Ihre Arme liegen eng am Körper. Er kann es nicht sehen, aber er spürt, dass sie hat den Kopf leicht von ihm abgewendet hat. Sie atmet schwer und die Atemzüge werden immer schneller. Er spürt auch, dass dies nicht die übliche Erregung in einer solchen Situation ist. Jetzt berührt Todten das linke Knie seiner Frau und streicht vorsichtig mit der Hand an der Innenseite ihres Oberschenkel.

Irmis Atem rast. Todten kann diese Reaktion nicht recht deuten. So kennt er seine Frau nicht. Er hat ein wenig Angst. Er weiß nicht recht, was er machen soll.

Fast unbewusst streicht nun seine Hand nur wenige Zentimeter weiter in Richtung Irmis Scham, als diese in dem Bett aufspringt - wie rasend und immer wieder schreit:

„Nein – Nein, bitte nicht !! Nein – Nein !!"

Irmgard rollt sich nach rechts aus dem Bett. Auf allen Vieren kriecht sie in eine Ecke, die sie trotz völliger Dunkelheit findet. Dort hockt sie, die Beine dicht an den Körper herangezogen und weint – laut, stoßweise, verzweifelt.

Todten ist auch aufgesprungen und tastet sich zu seiner Tischlampe. Nun sieht er seine Irmi dort in der Ecke hocken.

Er setzt sich neben sie auf den Boden. Er hat Ahnungen, aber er mag sie nicht äußern. Er findet auch keine Worte. Er streicht ihr nur immer wieder sanft über das Haar und sie beruhigt sich langsam. Ihre Stirn drückt auf die angewinkelten Knie. Sie kann nicht aufsehen; sie kann Otto nicht ansehen.

„Irmi, Schatz, was ist los. Sag es mir doch."

„Ich kann es nicht , Otto. Ich kann es doch nicht."

11. Kapitel

Weitere Ermittlungen und sprunghafte Beförderungen

Mitte November 1945 sitzt Bornemann mit acht weiteren „Herren" seiner Bande in einem Clubraum des „Café Laußen" auf der Reeperbahn. Das Gebäude hat zwar einen Bombentreffer abbekommen, aber zwei Gesellschaftsräume sind schon wieder nutzbar. Bornemann hat seine Kumpane nach dort bestellt, weil das „Komm zu Otto" in letzter Zeit zu sehr unter Beobachtung der Polizei steht. Es hat dort in letzter Zeit häufiger Schlägereien gegeben. Die hatten zwar nichts mit dem Schwarzmarkt zu tun, aber Bornemann ärgert sich über diese unnötige Aufmerksamkeit.

Die Runde im „Laußen" ist bester Dinge. Die Briten lassen mittlerweile viel Geld in ihren Lokalen und auch an jungen, hübschen Frauen besteht kein Mangel.

„Meine Herren, wenn Sie mir bitte zuhören mögen."

Bornemann spricht leise, aber in einem schneidenden Ton, der die gesellige Runde sofort verstummen lässt.

Teilweise widerwillig wendet man sich ihm zu. Man mag ihn nicht, aber man braucht seine Verbindungen und Beziehungen. Und er kann ihnen auch gefährlich werden, wenn er den Spieß umdreht.

„Männer! Erich bringt immer noch diese gefälschten Karten unter die Leute. Das geht nicht mehr. Das muss aufhören! Die Schmiere ist ganz scharf darauf, diese Leute auffliegen zu lassen, die diese Karten verticken. Ich muss mit Zander sprechen. Das geht so nicht weiter."

Krollmann, genannt „Leder-Krolle", weil er ein Faible für gutes altes Leder hat und zurzeit für Zander die „Tarantella" führt, blickt Bornemann an: „Erich möchte nicht, dass alle Leute wissen, wo er höhlt, das weißt du doch. Außerdem habe ich ihm versprochen, seine Adresse nicht zu verraten."

„Schon klar. Aber damit können doch nicht wir gemeint sein. Oder anders: Richte ihm aus, dass er an unserer nächsten Runde teilnehmen soll. Aber er soll sich beeilen, wenn der dicke Schotter nicht an ihm vorbeigehen soll. Oder, wenn die Schmiere ihn nicht vorher abgreift."

„Ich sprech' mit ihm," gibt Krollmann nun etwas kleinlaut zurück. Bornemann hat nun einmal das Sagen. Besser, man legt sich nicht mit ihm an.

„Und nun, meine Herren, kommen wir zu dem angenehmen Teil unseres heutigen Abends. Ich habe von meinen englischen Freunden eine größere Lieferung erhalten, die nun verteilt werden muss."

Ein Raunen geht durch die Runde.

Tatsächlich hatte Hockeridge vor einigen Tagen geliefert. Ein zweites Schiff war schon zwei Wochen zuvor angekommen und die Frachtdokumente unterschieden sich nicht von denen der ersten Lieferung.

Kontrollen des Warenbestands hatte es auch nicht gegeben. Auslieferungen waren ordnungsgemäß protokolliert und betrafen die üblichen größeren Gebinde an Lebensmitteln, die für die Kantinen der Militärregierung benötigt wurden. Die britischen Garnisonen versorgten sich selbst. Nach den Sachen in seinem „persönlichen" Lagerraum fragte niemand.

Mit etwas Mühe hatte Hockeridge die Verbindung zu den GI's wieder hergestellt, mit denen er in Paris seine ersten Geschäfte gemacht hatte. Die wiederum hatten wohl häufiger in Bremerhaven zu tun, wo die Amerikaner ihren eigenen Hafen unterhielten. Da fiel ein kleiner Abstecher nach Hamburg nicht auf.

Tatsächlich lassen sich bei den Amerikanern Dinge wie Wehrmachtsorden, Ehrendolche und ähnlicher Schnickschnack viel besser absetzen, als unter seinen britischen Kameraden. Was jedoch viel wichtiger ist: Die Amis zahlen in Dollar.

Bornemann hatte eine komplette Generaluniform angeschleppt, die Hockeridge für sage und schreibe 500 Dollar verkaufen konnte. Er mochte sich gar nicht vorstellen, für wie viel Geld diese eines Tages in den Vereinigten Staaten endverkauft würde.

„Was soll's", dachte Hockeridge, „ich habe über 9.000 Dollar unter der Matratze. Bis zum Sommer des nächsten Jahres werden es 15 – 20.000 sein. Und das reicht, um einen sehr ordentlichen Pub ohne Kredite einrichten zu können."

In letzter Zeit wurde allerdings häufiger darüber gesprochen, dass in Zukunft Lagerhaltung und Versorgung von der Militärverwaltung übernommen werden soll. Hockeridge' Quelle würde also nicht ewig sprudeln.

Seit dem 20.November 1945 ist Kurt Bornemann als Polizeioberinspektor stellvertretender Leiter des Chefamt II, das die Bekämpfung des so genannten Schwarzmarktes in Hamburg leiten und koordinieren soll. Als Chef wurde Polizeioberstleutnant Anton Lange eingesetzt. Lange kannte Bornemann nicht und war von Georges auf die besonderen Umstände dieser Personalzuweisung hingewiesen worden.

Anton Lange, der gerade 53 Jahre alt geworden war, hat Bornemann zu einem persönlichen Gespräch eingeladen. Man sitzt nun in Langes Büro und trinkt Tee – ein Geschenk des Public Safety Office.

Lange möchte von Bornemann wissen, wie es zu dem ungewöhnlichen Aufstieg seines neuen Vertreters gekommen ist.

Dieser erzählt in einem bewegenden Vortrag, wie sehr er seit jeher den Wunsch hatte Polizist zu werden. Aber durch Internierung in Australien und durch spätere, wohl durch politische Motive begründete Verfolgung durch die Staatspolizei, sei ihm dies verwehrt worden. Und wegen einer aus dieser Verfolgung resultierenden Untersuchungshaft sei er auch in der Feuerschutzpolizei stets benachteiligt worden.

Lange glaubt jedes Wort und ist voller Verständnis, denn sein beruflicher Werdegang in der Polizei ist beinahe ähnlich. Lange war nach dem 1.Weltkrieg Stadtverordneter für die SPD in Altona, wurde deshalb 1933 aus der Polizei entlassen. Er war sogar für drei Monate im KZ Fuhlsbüttel interniert und musste sich bis Kriegsende in kaufmännischen Berufen durchschlagen.

Anton Lange ist ein sehr liebenswürdiger Mensch. Er sieht durch seine hervorgehobene Position auch eine Möglichkeit der Wiedergutmachung an Personen, die unter der Nazi-Herrschaft gelitten haben.

„Aber, mein lieber Bornemann, wie kommen Sie denn bloß an die ganzen Informationen und Erkenntnisse, die Sie so auf St.Pauli zusammentragen. Das ist ja sensationell, was ich da von Ihren Erfolgen gehört habe."

„Nun, Herr Oberstleutnant, ich war eben Seemann. Da fällt es mir nicht schwer, mit anderen Seeleuten ins Gespräch zu kommen. Und dann sind meine englischen Sprachkenntnisse auch manches Mal eine gute Tarnung."

„Na, Sie sind mir schon einer. Aber ich glaube, unsere britischen Freunde haben mit Ihnen eine gute Auswahl getroffen. Auf eine gute Zusammenarbeit und viel Erfolg."

„Danke, Herr Oberstleutnant."

In Ermangelung von Spirituosen stoßen die beiden Männer mit ihren Teebechern an.

„Also, Bornemann, Sie werden zunächst die Kriminalstellen in der Innenstadt, einschließlich St.Pauli und Altona aufsuchen und sich dort über die Lage informieren. Sie erstatten mir dann Bericht. Wenn es irgendwo nicht richtig läuft, werden wir dann weitersehen. Was die Schwarzmarktbekämpfung angeht, werden wir als Chefamt weisungsbefugt sein. Das ist schon schriftlich an alle Dienststellen 'raus. Achten Sie mir vor allem auf gefälschte Lebensmittelmarken. Das ist gefährlich. Da müssen wir 'was machen."

„Jawohl, Herr Oberstleutnant, ich habe verstanden."

Man plaudert noch ein wenig über den Krieg und über die Zerstörungen in Hamburg und dann gehen die beiden Herren gemeinsam durch zwei größere Vorzimmer. Lange macht Bornemann mit den Männern seines kleinen Stabes bekannt.

Alle nachgeordneten Beamten reden Bornemann mit „Herr Oberinspektor" an, und der kann seine Genugtuung kaum noch zurückhalten. Nun gehört er also zu den Chefs jener Leute, die ihn fast zeitlebens verfolgt haben. Für ihn sind das alles Deppen, die zu blöd sind, um ihm auf die Schliche zu kommen – zu blöd, um ihm diesen Einfluss zu verwehren.

Nach außen jedoch schauspielert er den Vorgesetzten, den typischen Polizeioffizier, so, wie er herrisches und arrogantes Verhalten so oft beobachtet hat und glaubt so, die scheinbare Hilflosigkeit nachgeordneter Beamter für sich nutzen zu können.

Mit gut dosierter Arroganz bewegt er sich zwischen den neuen Kollegen und lässt sich deren Aufgaben mit scheinbarem Verständnis erläutern. Tatsächlich jedoch hat er nicht die geringste Ahnung von den komplizierten Anweisungen der Briten, nach denen die Hamburger Polizei in dieser Zeit arbeitet.

Bornemann will nicht lange warten. Bereits für den nächsten Morgen hat er beim Kommando einen PKW mit Fahrer bestellt. Er trägt seine neue Uniform mit den Abzeichen eines Oberinspektors. Er hatte sich einen Tag vorher bei der Kleiderkammer in Altona angemeldet und erschien tags darauf zur Anprobe. Der Mann auf der Kammer hatte ihn mit ausgesuchter Höflichkeit in einen kleinen Raum abseits des großen Lagerraums gebeten. Dort hingen die etwas besseren Uniformen und besondere Accessoires für Offiziere. Bornemann drehte sich vor dem mannshohen Spiegel. Und konnte seine Begeisterung kaum verbergen:

„So muss ein Polizeioffizier aussehen," sagt er sich zufrieden.

„Sitzt ausgezeichnet, Herr Oberinspektor," bekundete der Kleiderbulle leicht devot, als hätte man soeben in dessen eigenem Laden eingekauft.

„In der Tat, mein Lieber. So, wo soll ich unterschreiben?"

Anschließend zog Bornemann einen Lederhandschuh an, nimmt in diese Hand den anderen und verließ mit federnden Schritten das Polizeigelände. So in etwa hatte er das Verhalten bei Vorgesetzten beobachtet. Er ist eine perfekte Kopie. Was ihm an Sachverstand fehlt, will er durch schneidiges Auftreten ersetzen.

In dieser Uniform sitzt Bornemann heute Vormittag nun in dem neutralen Opel Olympia und lässt sich in Richtung Hauptbahnhof chauffieren. Es soll für ihn so eine Art Generalprobe sein. Sein eigentliches Ziel ist die David- wache. Er will endlich wissen, welche Erkenntnisse man dort über die örtliche Schwarzmarktszene hat.

Aber nun ist erst einmal das 44. Polizeirevier am Hauptbahnhof an der Reihe.

Er ist gespannt, wie man dort auf ihn reagiert.

Als er den Wachraum betritt, springt der Wachhabende auf und meldet „keine besonderen Vorkommnisse" – die übliche Floskel gegenüber einem Vorgesetzten.

Auch ein jüngerer Beamter, der sich auch in dem Raum befindet, steht stramm.

Bornemann kennt das von seiner Wache in Eimsbüttel und reagiert dem entsprechend. „Danke. Rühren, setzen Sie sich. Bornemann. Ich möchte den Revierführer, Herrn Polizeiinspektor Gellert sprechen."

„Schöps, begleiten Sie den Herrn Oberinspektor zum Revierführer. Meldung nicht vergessen – zack-zack!" Mit einem anerkennenden Lächeln in Richtung Wach- habenden verlässt Bornemann mit dem jungen Schöps den Wachraum.

In der ersten Etage klopft Schöps laut an eine Tür, öffnet diese und ruft in den Raum hinein: „Herr Inspektor, der Herr Oberinspektor Bornemann möchte Sie sprechen!"

„Bitte." Bornemann betritt mit festem Schritt das Zimmer; Schöps steht stramm.

„Danke, Schöps." Der schließt die Tür und Bornemann und Gellert sind allein im Raum. Sie stehen sich gegenüber.

„Was kann ich für Sie tun, Herr Oberinspektor? Aber nehmen Sie doch bitte Platz."

„Herr Kollege," beginnt Bornemann jovial, Sie wissen ja, dass das Kommando ein Chefamt II eröffnet hat und Oberstleutnant Lange hat mir befohlen, mich überall zu erkundigen, wie die Schwarzmarktbekämpfung so läuft."

Gellert blickt sein Gegenüber an und bemüht sich, keine Reaktionen zu zeigen. Er weiß nicht so recht, was er machen soll. Die Ausdrucksweise dieses Kollegen ist etwas befremdlich. So redet kein Polizeioffizier.

„Ich zeige Ihnen gern unsere Einsatzberichte und würde Ihnen auch gern meine Erfahrungen zu diesem Thema vortragen. Aber wenn Sie mir zuvor eine Frage gestatten: Haben Sie schon immer in der Polizei Hamburg gearbeitet oder waren Sie an anderer Stelle im Reich tätig?"

„Nein, nein, ich bin Hamburger. War allerdings bisher bei der Luftschutzpolizei und seit unserer bedauerlichen Kapitulation muss ich zu den Tommys Verbindung halten."

„Ah ja," antwortet Gellert nur. Schon wieder diese Ausdrucksweise. Schon seit einiger Zeit hat sich in Offizierskreisen durchgesetzt, von Briten zu sprechen.

Der Landserausdruck „Tommy" ist nicht mehr so angebracht. Auf Zuruf legt der Meisterpolizist Claussen aus dem Geschäftszimmer die aktuellen Einsatzberichte zu Schwarzmarktaktionen vor.

Gellert wiederum berichtet von Personalproblemen, Überalterung seiner Leute, von Ernährungs- und Bekleidungsmängeln und den ständigen Personalgestellungen für die britische Militärpolizei.

Bornemann hört sich alles mit scheinbarer Aufmerksamkeit an. Es interessiert ihn nicht. Er will nur wissen, wie er auf „Kollegen" wirkt. Und er ist zufrieden. Man scheint ihn zu akzeptieren.

Er verabschiedet sich nach fast einer Stunde und verlässt, stets den Gruß der ihm noch begegneten Beamten erwidernd, das Polizeirevier federnden Schrittes.

Im ersten Stock des Polizeireviers 44 steht der Polizist Schöps noch einmal in der offenen Tür seines Revierführers.

„Ja, Schöps, was gibt's denn noch?"

„Herr Inspektor, ich möchte noch eine Meldung machen – über eine Wahrnehmung, den Oberinspektor Bornemann betreffend."

„Ja, bitte."

„Herr Inspektor, als ich letzten Monat für eine Razzia zur britischen Militärpolizei abkommandiert war, habe ich den Oberinspektor gesehen. Er war als Dolmetscher bei dem britischen Captain."

„Ja und? Das hat er mir auch gesagt."

„Ja, aber da war er noch Oberwachtmeister."

„Ah ja, Schöps, das ist allerdings sehr interessant."

„Claussen, verbinden Sie mich mal mit Schlüter von der Davidwache.

„Jawohl, Herr Inspektor"

Bornemanns Fahrt nach St.Pauli dauert nur 15 Minuten. Wie so oft kann er immer noch staunen, wie schnell die Trümmer in der Innenstadt beseitigt wurden. Die Straßen an den ehemaligen Wällen sind schon wieder befahrbar. Meist werden sie von Fußgängern benutzt, von denen jeder etwas trägt oder in einer Karre schiebt oder zieht. Auf den Gehwegen lagert meist Trümmerschutt.

Bornemann sitzt bequem im Fond seines Dienst-PKW. Er hat keinen Blick für diese grauen und abgearbeiteten Menschen.

An der Davidwache empfängt man ihn zunächst mit dem gleichen Ritual wie am Hauptbahnhof – mit dem

Unterschied allerdings, dass der Revierführer, der Polizeioberinspektor Schlüter, wie zufällig im Wachraum erscheint. Sein Telefonat mit dem Kollegen Gellert wird auch in der Folge nicht erwähnt.

„Ahh, der Kollege Bornemann," Schlüter geht auf Bornemann zu und reicht ihm schon in einiger Entfernung die Hand zum Gruß hin, „ich hatte auch erwartet, dass bald jemand von diesem neuen Chefamt vorbeischaut, um hier einmal nach dem Rechten zu sehen."
„Ja, äh, na ja..." Bornemann ist etwas verwirrt. Er hat nicht mit dieser Art von Empfang gerechnet.
„Dann kommen Sie mal. Wir haben hier an der Davidwache eine eigene Kriminalstelle, wie Sie ja wissen. Ich mache Sie mal mit dem Kriminalinspektor Todten bekannt."
Schon sind sie die Treppe hinauf und betreten Todtens Büro, in dem sich gerade alle vier Kriminalbeamten besprechen. Sie erheben sich fast automatisch, als die beiden Oberinspektoren den Raum betreten.
„So, Herr Kollege, darf ich Ihnen den Leiter unserer Kriminalstelle, Herrn Kriminalinspektor Todten vorstellen ? Dazu seine Mitarbeiter: Herrn Schröter und die Herren Finke und Schwartau."
Und zu den vier Kriminalbeamten gewandt: „Und hier darf ich Ihnen den Polizeioberinspektor Bornemann vom Chefamt II vorstellen," wobei er das Wort „Polizei-oberinspektor" ganz dezent, aber doch hörbar betont. Dann begrüßen sich die Herren per Handschlag.
Diese Situation behagt Bornemann gar nicht. Er fühlt sich in dieser Runde unsicher. Zudem erwartet man von ihm nun irgendeine Art von Erklärung oder Ansprache. So hatte er sich das hier nicht vorgestellt.
„Ja, meine Herren", beginnt er, „hier auf St.Pauli laufen die dicksten Schwarzmarktgeschäfte. Muss ich Ihnen ja wohl nicht erzählen. Wir vom Chefamt wollen sehen, dass wir die Hintermänner erwischen. Nicht nur die kleinen Fische – die Hintermänner, nicht wahr ? Wir haben

173

gehört, dass Sie hier auch mit gefälschten Lebensmittelmarken zu tun haben? Erzählen Sie mal. Was ist denn da dran?"

Todten blickt unauffällig zu Schlüter, der ihm mit einer schwachen Geste andeutet, dass er auch nicht recht weiß, was Todten nun berichten sollte.

Also berichtet er von Staves Mordermittlungen in Sachen Schelling, den Funden bei Eisen-Willi und von dem Umstand, dass man Erich Zander als Anstifter zu dem Mord verdächtigt und nach ihm sucht.

Todten schließt seinen kurzen Vortrag mit den Worten: „Wenn wir Zander haben, wissen wir auch wo die Marken sind. Oder auch: wie viele überhaupt im Umlauf sind."

Und Schlüter ergänzt: „Ansonsten fischen wir hier meist nur an der Oberfläche. Ganz Hamburg kommt nach St.Pauli, um hier etwas zu tauschen und sich mit ein paar Lebensmittel einzudecken. Die britische Militärpolizei ist ganz gut informiert.

So manches Mal erwischen sie bei ihren Razzien sogar einen Händlerring – sogar Leute, die nicht aus Hamburg kommen."

„Ja, so wie die Bremer vor zwei Monaten," mischt sich Schröter ein und erntet maßregelnde Blicke von Schlüter und Todten.

Aber dieser kurze Beitrag wirkt auf Bornemann wie ein Stichwort. Als einer der ranghöchsten Männer in diesem Raum setzt er sich ohne Aufforderung auf einen Stuhl, schlägt die Beine übereinander und holt ein erkennbar silbernes Zigarettenetui aus der Innentasche seines Uniformrocks hervor. Er lässt das Etui aufklappen und bietet jedem der Anwesenden eine Zigarette an. Jeder bedient sich. Todten nicht, denn er ist seit jeher Nichtraucher. Schröter raucht auch nicht, aber er nimmt dennoch eine Zigarette an und steckt sie sich hinter das Ohr. Bornemann quittiert das mit einem nachsichtigen Lächeln.

Bornemann reicht ein brennendes Feuerzeug herum – anscheinend auch aus Silber - und dann herrscht für einen Moment andächtiges Schweigen. Jeder der Raucher inhaliert tief den Rauch einer guten englischen „Player's Navy Cut". Ein unerhörter Luxus - so etwas zu rauchen und nicht zu tauschen.

„Tja, meine Herren," beginnt Bornemann dann, „Sie werden die Anweisung vom Chefamt wohl schon gelesen haben. Von nun werden wir die Sache in die Hand nehmen. Sie werden hier mehr Straßenkontrollen durchführen. Hier trifft sich ja ganz Hamburg bei Ihnen auf St.Pauli. Zustände sind das! Der Straßenhandel hier muss entschiedener bekämpft werden. Die großen Sachen, Banden und so etwas, das überlassen Sie zukünftig dem Chefamt. Wir übernehmen das dann – mit Hilfe der Tommys. Da darf man nicht so zimperlich sein. Wir haben die schon wieder ganz gut im Griff, ha ha ha."

Bornemann bläst genüsslich den Rauch seiner Zigarette aus und bemerkt nicht, wie die Männer der Davidwache Blicke tauschen.

„So, Todten, nun zeigen Sie mir mal die Sache mit den Lebensmittelmarken."

Todten ist etwas verunsichert. Der Mann dort auf seinem Stuhl gefällt ihm nicht. Irgendetwas in seinem Unterbewusstsein mahnt ihn zur Vorsicht. Und deshalb entnimmt er seiner Handakte nur den Bogen gefälschter Lebensmittelmarken und den Bericht der Nachbarwache über die Sicherstellung des Bogens am Baumwall.

„Später wurden dann bei dem Verdächtigen, Wilhelm Röper, weitere Bögen gefunden. In seiner Vernehmung soll er dann Erich Zander, einen Lokalbesitzer, hier auf St.Pauli, belastet haben. Einzelheiten müssten Sie bei der Mordbereitschaft, bei Oberinspektor Stave erfragen, Herr Oberinspektor."

„Ja, ja, na schön. Ich muss nun auch weiter. Wir haben hier ja wohl alles geklärt."

Bornemann verabschiedet sich mit einem kurzen Nicken aus der Runde und verlässt das Büro. Schlüter begleitet ihn. Die vier Kripoleute hatten sich von ihren Stühlen erhoben, stehen nun etwas ratlos in einer Art Kreis und sehen sich in wechselnder Folge an. Natürlich ist es Schröter, der als erster das Schweigen beendet: „Komischer Typ." Schwartau nickt. Die anderen sagen nichts. Dann ist Schlüter zurück. Ohne auf Fragen zu warten, berichtet er von dem Telefonat mit Gellert, seinem Revierführerkollegen vom Hauptbahnhof.

„Aber Herr Oberinspektor, das geht doch gar nicht. In einem Monat vom Oberwachtmeister zum Oberinspektor. Ohne Lehrgang, ohne Ausbildung," fragt Schwartau nun.

„Ja. Er redet auch nicht angemessen. Er soll bei der Luftschutzpolizei gewesen sein. Vielleicht habe ich auch deshalb nie von ihm gehört. Sonst stimmt aber alles.

Chefamt II, Oberstleutnant Lange – kenne ich zwar nicht, habe aber nur Gutes von ihm gehört. Egal jetzt. Ich kenne da ein paar Leute im Kommando und Oberst Fürst. Der ist jetzt Personalchef. Ich will mal sehen, ob ich nicht ein bisschen über den Bornemann erfahren kann.

12.Kapitel

Misstrauen

Nun ist es schon Mitte Januar im ersten Nachkriegsjahr 1946. Es ist Vormittag und Otto Todten bereitet sich auf eine Besprechung im Präsidium vor. Der neue Chef der Kripo, Karl-Heinz Breuer, oder wie er im Amt genannt wird, „Kuddel" Breuer, hat eine Besprechung mit allen Kripo-Leitern anberaumt, die hauptsächlich Schwarzmarktdelikte bearbeiten. Dazu werden vermutlich auch alle Leute des Chefamtes II dabei sein.
Heute Morgen ist nur Schröter im Büro. Finke und Schwartau haben noch Urlaub. Sie hatten Todten schon zeitig darum gebeten. Im Dezember haben sie beinahe rund um die Uhr arbeiten müssen.
Wer konnte es den Menschen auch verdenken, dass sie wenigstens zu Weihnachten oder zum Jahreswechsel etwas auf dem Tisch haben wollten. Und das ging eben nur durch Schiebereien. St. Pauli war in den Tagen wie ein Kaufhaus unter freiem Himmel. Es wurde hingeschleppt und weggetragen. Die letzten Wertsachen wurden mobilisiert, um sich für Weihnachten so etwas wie ein Festmahl zusammentauschen zu können. Eine merkwürdige Stimmung trieb die Menschen an. Fast schien es wie ein Spiel – jetzt alles auf eine Karte – jetzt das Fett, den Braten, das Huhn – jetzt zu Weihnachten, dem ersten Weihnachtsfest im Frieden.
„Und wenn der Winter noch so hart wird, und wenn ich den ganzen Januar nichts zu Essen bekomme – an diesem Weihnachten muss einfach etwas auf den Tisch !"
Otto Todten und seine Leute dachten da nicht anders.
Vermutlich haben deshalb die Einbrüche auch zugenommen. Die Militärregierung hatte schon im Oktober allen Geschäftsinhabern der Lebensmittelversorgung befohlen, ihre Geschäfte besonders gegen Einbruch zu

sichern. Diese Diebstähle, die oft das Ausmaß von Plünderungen hatten, waren drastisch angestiegen,
Die Polizei hatte diese Anordnung durchzusetzen und auf ihren Streifen zu überwachen.
Teilweise wurde den Ladeninhabern mit der Schließung ihrer Geschäfte gedroht, wenn sie den Auflagen nicht ausreichend nachkamen.
Verkehrte Welt, wenn jene Leute belangt werden, die einen Diebstahl nicht verhindern können.
Allein im Dezember hatten die neu aufgestellten Einsatzbereitschaften mindestens fünf Mal unter Aufsicht der britischen MP einige Straßen komplett abgeriegelt und jede Menge Leute festgenommen. Die Bearbeitung dieser Fälle und dazu noch die übliche Kriminalität hier auf St.Pauli hatte die vier Kriminalbeamten der Davidwache weit über die normale Arbeitszeit hinaus in Anspruch genommen, Jetzt nach dem Jahreswechsel ist es wieder etwas ruhiger. Und daher können Finke und Schwartau auch ein paar Tage zuhause bleiben, Sie helfen ihren Frauen bei der Beschaffung von Kohle und Holz für die anstehende Winterzeit.
„Seid vorsichtig!" hatte Todten seinen Kollegen noch mit auf den Weg gegeben. Mehr wollte er auch nicht sagen und mehr will er auch nicht wissen.
Schröter, der ihm gerade gegenüber sitzt und noch an einigen Akten schreibt, kommt offensichtlich recht gut durch diese Zeit. Er lebt seit zwei Monaten bei einer älteren Witwe in Farmsen, deren einziger Sohn schon im spanischen Bürgerkrieg gefallen war. Er wäre ungefähr so alt wie Schröter, der jetzt wie ein Sohn von ihr verwöhnt wird. Farmsen ist recht ländlich. Auf dem großen Grundstück der Frau wird überall Gemüse angebaut, Hühner werden gehalten und gemeinsam mit Nachbarn mästet man sogar ein Schwein. Im weiteren Umfeld hat sich herumgesprochen, dass bei der Witwe nun ein kräftiger, 1,90 großer Polizist von der Davidwache wohnt. Das dämpft bei einigen ein wenig die Lust auf Schweinefleisch.

Und dann gibt es noch einen Kreis von alleinstehenden Damen, die sich über seine Besuche freuen und zu seiner guten Ernährung beitragen. Als dann auch noch im Dezember sein Cousin aus Mecklenburg zu Besuch kam, um ihn für das anstehende Weihnachtsfest zu versorgen, hatte es sich Hans Schröter nicht nehmen lassen, diesen Speck und die hausgemachte Wurst mit seinen drei Kollegen zu teilen. Von dieser Großzügigkeit waren alle drei sprachlos und gerührt. Johannes Finke hatte geweint und war Schröter um den Hals gefallen. Niemandem in dieser Kollegenrunde war diese Situation peinlich.

Schwartau war aufgesprungen, um die Tür zum Büro zu verschließen. Dann hatte er die ihm zugedachte Fleischration noch einmal ausgepackt und das rauchige Aroma des Specks und der Wurst tief inhaliert. Mit seinem Taschenmesser schnitt er sich einen papierdünnen Streifen von der Speckseite ab und zerkaute es dann mindestens die folgende halbe Stunde mit einem seligen Lächeln. Dabei blickte er um sich, als müsse er sich vor den Kollegen dafür entschuldigen, dass er seinen Kindern den Speck wegaß. Todten muss noch einmal lächeln, als er an diesen Augenblick dachte.

Und er denkt in diesem Moment auch an seine Irmi. Sie hat sich doch ein wenig eingelebt, kann jedoch nicht verbergen, dass sie lieber in Berlin und bei ihrer Halbschwester wäre. Es ist, als wolle sie nicht wahrhaben, dass sich Hildegard nicht mehr in Lebensgefahr befindet. So oft es geht schreiben sich die Frauen, und einmal, nach stundenlangem Warten im Fernamt, haben sie auch telefoniert.

Davon abgesehen, ist der Alltag für Todten durch die Anwesenheit seiner Frau sehr viel angenehmer - oder besser: komfortabler geworden. Sie umsorgt ihren Mann so gut es unter den eingeschränkten Bedingungen möglich ist.

Irmi gibt sich stets fröhlich und hat dadurch schnell Zugang zu der alteingesessenen Hausgemeinschaft gefunden. Und auch der Schlachter in der nahen

179

Bismarckstraße ist dem Ehepaar Todten sehr zugetan. Der Mann war drei Jahre lang als Hilfspolizist eingezogen und sieht es als kameradschaftliche Pflicht an, ehemalige Kollegen besonders gut zu versorgen. In der Nachbarschaft spricht man darüber, dass er in einem Polizei-Reservebataillon in Polen war und dort schlimme Dinge erlebt hat. Er spricht nicht darüber und seine Nachbarn wollen davon auch nichts wissen.

Irmi hat sich von einer älteren Dame im Haus ein Bügeleisen geliehen, das noch mit heißen Kohlen beladen werden kann. Sie hatte aus Berlin noch zwei Hemden und eine Hose mitgebracht. Das alles hat sich vorteilhaft auf Todtens Erscheinungsbild ausgewirkt. Aber bei diesem Gedanken kommt ihm Irmi's Gemütsverfassung wieder in den Sinn. Sie haben immer noch nicht miteinander geschlafen und sie reden auch nicht über dieses Problem. Irmi lässt zwar oberflächliche, mehr so alltägliche Zärtlichkeit zu, aber sehr schnell ist bei seiner Frau eine Anspannung zu spüren, die weitere Berührungen verbietet.

Mit diesen Gedanken ist Todten wieder in der Realität.

„Hans, ich muss los. Ich denke, dass ich heute Nachmittag wieder zurück bin."

Todten macht sich zu Fuß auf den Weg zum Karl-Muck-Platz. Das sind gerade einmal drei Kilometer, für die es keine direkte Bahnverbindung gibt.

Die alte Linienführung der Straßenbahn ist immer noch nicht befahrbar. Oder aber auf den Linien wird ausschließlich Trümmerschutt transportiert. Und an einen Dienstwagen ist natürlich nicht zu denken.

„Macht nichts", denkt Todten und geht forschen Schrittes über das Millerntor den Holstenwall entlang. Es sind gerade einmal zwei Grad minus, aber Todten bemerkt zum wiederholten Male, dass die Luft hier in Hamburg feuchter ist als in Berlin. Die Füße werden schneller kalt und Todten bedauert, dass er seine Winterstiefel in Berlin gelassen hat, Sie hätten so viel Platz in seinem Koffer eingenommen.

„Ich hätte sie mir um den Hals binden sollen," denkt er jetzt auf dem Weg zum Präsidium.

Todten fragt sich zum Besprechungsraum durch. Der befindet sich im dritten Stock und ist schon recht gut gefüllt. Nach ihm kommen noch ein paar Kollegen und dann kann Kriminaldirektor Breuer pünktlich beginnen. Rund 20 Kollegen, meist aus den Kriminalstellen der Innenstadtreviere, dazu 7 – 8 Leute vom Chefamt II.

Ihr Chef, Oberst Lange, ist der einzige Beamte in Uniform, abgesehen von dem jungen Briten in der dunkelblauen Uniform der Militärregierung als Vertreter des PSO. Auch Bornemann ist in Zivil. Und als Todten sich einmal umblickt, sieht er den Kriminaloberinspektor Stave, der sich wohl kurz vor Besprechungsbeginn in den Raum hineingestohlen hat und nun direkt an der Tür sitzt. Er grüßt Todten durch ein kurzes Zeichen.

Viel Neues erfährt Todten nicht. Breuer weist mehrmals auf das Weisungsrecht des Chefamtes hin und erwähnt einige Firmen- und Personennamen, die im Verdacht stehen, sogenannte Ausweichlager zu unterhalten. Und dann, in einem eher schneidigen Befehlston erläutert er eine neue Weisung des Präsidenten zum Kriminalpolizeilichen Meldedienst, wonach besondere Ereignisse auf dem Gebiet des Schwarzhandels dem Chefamt II schriftlich zu melden sind. Als Beispiel führt er die Sicherstellung gefälschter Lebensmittelkarten oder das Antreffen von Personen mit größeren Geldbeträgen an.

Bereits nach einer guten Stunde ist die Besprechung zu Ende. Todten tauscht noch ein paar Informationen mit einem Kollegen vom Nachbarrevier aus. Er sieht dabei im Hintergrund, wie Bornemann mit einigen Männern zusammensteht und sich angeregt unterhält. Breuer und der Brite stehen auch in diesem Kreis. Die anderen kennt Todten nicht.

Breuer und Bornemann scheinen sich gut zu verstehen. Allerdings wirkt Bornemanns Gestik auch ein wenig gekünstelt. Er scheint sehr um die Aufmerksamkeit des Kriminaldirektors bemüht.

181

Als Todten nun auf die Saaltür zugeht, macht Stave zwei Schritte auf ihn zu und legt ihm einen Arm auf die Schulter. „Kommen Sie, Todten. Mein Büro ist auch auf dieser Etage. Ich könnte Ihnen einen schlechten Kaffee oder einen guten Tee anbieten."

„Hört sich gut an," antwortet Todten und lässt sich von Stave zu dessen Büro führen.

Im Polizeipräsidium gibt es Strom! Und bei der Mordkommission gibt es eine Sekretärin, die neben den üblichen Büroaufgaben auch Tee kocht. Als dies schon etwas älteres Fräulein Kress den Tee abgestellt hat, sagt Stave zu Todtens Überraschung: „Ich glaube, es kommt einiges auf uns zu. Mit wäre es ganz lieb, wenn wir beide uns zukünftig mit unseren Vornamen anreden würden."

Todten blickt etwas verwundert auf. Hans Stave steht im Amt nicht unbedingt in dem Ruf mit Vertraulichkeiten besonders verschwenderisch umzugehen.

„Gern," antwortet er darauf nur.

„Also", Stave hebt seine Teetasse und stößt sie leicht gegen die von Todten,

„Otto?"

„Hans?"

Auch Todten hatte sich mittlerweile an die norddeutsche Eigenart gewöhnt, nur den Namen seines Gegenübers zu nennen und dabei den Ton wie bei einer Frage leicht anzuheben. Und das war's auch schon mit der Zeremonie.

„Ich wollte dich über den Besuch von Bornemann informieren." Todten ist erstaunt.

„Bornemann war bei dir? Was wollte er? Bist du jetzt auch in das Schwarzmarktgeschäft eingestiegen?"

„Natürlich nicht. Er wollte wissen, ob wir Zander schon haben. Er sagte mir, das Chefamt vermute eine größere Menge gefälschter Lebensmittelkarten in seinem Besitz. Hat er das von dir?"

Todten zögert mit der Antwort. Hat er sich etwa verplappert? Die Situation ist ihm peinlich.

„Na ja, ganz ausschließen kann ich das nicht. Er war Ende des letzten Jahres bei uns auf der Wache, um sich über unsere Arbeit zu informieren, wie er sagte. Ich erzählte von den gefälschten Marken, die wir bei Eisen-Willi gefunden hatten und damit dessen Verbindung zu seinem Chef, Erich Zander. Auch von den Mord-ermittlungen in dieser Sache. Kann sein, dass ich dabei auch gesagt habe, dass wir noch Marken bei Zander vermuten. Ich weiß es aber nicht mehr genau."

„Egal," antwortet Stave, „ich traue dem Kerl nicht. Weißt du, dass der bei Kriegsende Hilfspolizist war. Und dann bis heute mal eben zum Wachtmeister, zum Ober-wachtmeister und gleich darauf zum Oberinspektor – ohne polizeiliche Ausbildung, ohne einen klitzekleinen Lehrgang! Was ist denn hier los, Otto?"

„Ich weiß, Schlüter hat mir Ähnliches erzählt."

Stave war vom Stuhl aufgesprungen, mit großen Schritten zum Fenster gegangen und sprach mit deutlicher Erregung in Richtung Todten:

„Weißt du was, Otto, das ist ein Spitzel. Der arbeitet für die Tommys. Der soll uns auf die Finger gucken!"

„Ich glaube das nicht, Hans. Zugegeben, das ist alles sehr merkwürdig, aber gerade uns auf die Finger schauen? Bei deinem Arbeitseinsatz und deiner Aufklärungsquote? Und bei mir sieht es doch nicht anders aus. Was an Einsatz nötig ist, leisten wir. Wir bedienen uns nicht einmal an den Sachen, die wir sicherstellen. Wir sind absolut sauber. Und trotzdem glaube ich auch, dass mit Bornemann irgendetwas nicht stimmt. Ich weiß nur noch nicht, was."

„Gut, Otto, halten wir die Augen einfach auf."

Kurt Bornemann sitzt nun allein in seinem kleinen Büro. Es liegt im 7. Stock auf derselben Etage des Polizeichefs. Wenn er aus seinem Fenster blickt, kann er fast bis zum Rathaus blicken. Eine Bebauung in der Kaiser-Wilhelm-

Straße gibt es nicht mehr. Die recht hohen Gebäude-
ruinen wurden zwischenzeitlich eingerissen und zu
großen Schutthaufen zusammengeschoben. Aber dafür
hat Bornemann kein Auge.

Er hatte sich nach der Besprechung noch in einem
kleinen Kreis aufgehalten, der sich um den Kripo-Chef
gebildet hatte. Breuer, Lange, der junge Brite vom PSO,
zwei Mann aus Breuers Stab und er eben – Bornemann.
Und niemand nahm daran Anstoß. Bornemann war jetzt
wer. Zurzeit stellvertretender Leiter des Chefamtes II.
Eigentlich gab es diese Stelle gar nicht, aber als
ranghöchster Beamter nach Lange sah er sich selbst in
dieser Position – und andere vielleicht auch.

Schon mehrmals haben Bornemanns Hinweise zu
Einsatzerfolgen geführt. Er hat dies mit besonderen
Ermittlungsmethoden begründet und war je einmal von
Lange und sogar von Breuer für eine Belobigung durch
den Polizeichef vorgeschlagen worden.

Eher beiläufig erzählte Breuer, dass das Chefamt II wohl
demnächst dem Kriminalamt unterstellt wird, um Oberst
Lange als Vizechef der Polizei zu entlasten.

Lange zeigte darauf keine besondere Reaktion, woraus
zu schließen war, dass dieser Plan bereits mit ihm
besprochen wurde.

Genau daran denkt Bornemann nun, als er an seinem
Schreibtisch sitzt.Wenn es tatsächlich so kommt, wird das
Chefamt eine Abteilung im Kriminalamt und er ist sicher,
dass er dann die Abteilung leiten wird. Abteilungsleiter!
Und wohl der Beginn einer Beamtenkarriere. Evi würde
das gefallen. Eine bürgerliche Existenz mit Pensions-
berechtigung. Bornemann lächelt. So hat er sich den Rest
seines Lebens allerdings nicht vorgestellt.

Oder jetzt aussteigen und endgültig den Platz von Zander
einnehmen. Er kennt nun auch die Arbeitsweise der
Polizei und hätte wohl sicherlich die Fähigkeit, sich dem
Zugriff von Ermittlungen zu entziehen. In ein bis zwei
Jahren könnte leicht ein Vermögen angehäuft werden,
von dem er vermutlich bis an sein Lebensende und

zudem ordentlich leben könnte. Wiederaufbau und Mangelwirtschaft werden wohl noch Jahrzehnte anhalten. Mit den richtigen Leuten ist da allerhand zu verdienen. Eine Kündigung wäre allerdings verdächtig. Er könnte auch nur in Hamburg „schieben", weil er woanders keine Verbindungen und Kontakte hat.

Und er könnte bei diesem „Frontwechsel" auch nicht ausschließen, verpfiffen zu werden.

Oder aber der dritte Weg: „Auf beiden Geigen spielen!"

Eigentlich ist dies der Gedanke, der ihm schon lange durch den Kopf geht. Er hat jetzt alle Trümpfe in der Hand. Er hat einen Lieferanten bei den Engländern. Er hat auf dem Kiez Leute, die die Ware verteilen. Und er weiß, in welche Richtung polizeiliche Ermittlungen laufen – wenn er sie nicht sogar selbst veranlasst.

Besser geht es nicht. „Allerdings müsste ich noch ein oder zwei Leute aus meiner Abteilung auf meiner Seite haben. Dietz und Spengler kommen dafür in Betracht."

Karl-Heinz Dietz und Heinrich Spengler wurden 1943 gemeinsam mit Bornemann zur Feuerschutzpolizei eingezogen. Schon auf dem Grundlehrgang haben sie sich von Anfang an verstanden. Spengler ist, wie Bornemann, zur See gefahren und spricht daher ein leidliches Englisch, während Dietz vor '43 als Schauermann im Hamburger Hafen gearbeitet hat. Sein Englisch ist zwar nur rudimentär, aber er hat den richtigen Hafen-Slang und kennt sich auf dem Kiez aus. Besser auch, man lässt sich nicht auf eine Schlägerei mit ihm ein.

Als das Chefamt personell zusammengestellt wird, sind es hauptsächlich von Anton Lange ausgewählte Männer. Ein paar von ihnen sind Lange nicht einmal persönlich bekannt, aber sie wurden ihm von verschiedener Seite empfohlen und in einem persönlichen Gespräch von ihm begutachtet. Es sollten Männer sein, die bei einer guten Dienstauffassung möglichen Bestechungsversuchen widerstehen können. So jedenfalls die Hoffnung ihrer Vorgesetzten.

185

Bornemann wurde nicht vorgeschlagen. Er ist von den Briten „gesetzt". Lange weiß das, und so unternimmt er erst gar keine Versuche gegen Spengler und Dietz zu intervenieren, als diese dann von Bornemann als personelle Verstärkung angefordert werden.

Tatsächlich hat Bornemann diesen Coup vorbereitet. Sein Ansprechpartner im Public Safety Office ist nach wie vor Captain Penbroke. Das Verhältnis zwischen beiden ist mittlerweile sehr gut, weil sich durch Bornemanns Kontakte im Milieu immer wieder gute Einsatzerfolge erzielen lassen. Auch O'Rorke ist davon beeindruckt und führt dies auf die gute Führungsleistung seines Captains zurück.

„Sean, ich brauche die beiden dort auf St.Pauli. Ich bin mittlerweile zu bekannt. Dietz und Spengler kommen aus dem Hamburger Hafen. Die fallen dort nicht auf. Die Leute, die Lange da mitgebracht hat, kann ich nicht gebrauchen."

„Kein Problem, Cord. Natürlich muss der SPSO das anordnen, aber ich sehe da kein Problem. Wenn sie bei der SS waren, wird das allerdings nichts."

„Keine Sorge, Sean, so viel ich weiß, sind sie sogar schon von euch abgeklärt. Einfache Polizisten bei der Feuerschutzpolizei."

Dass Bornemann diese beiden Männer aus ganz anderen Gründen vorschlägt, kommt Penbroke nicht annähernd in den Sinn. Und so werden die beiden ehemaligen Hilfspolizisten zu „Hauptpolizisten im Kriminaldienst" und dem Chefamt II zugewiesen. Das ergibt mehr Gehalt und angenehmere Dienstzeiten. Und keine Fußstreifen mehr! Durchgehend drei Stunden Fußstreife – bei Wind und Wetter. Keine Chance für eine außerplanmäßige Pause. Geheizte Kneipen und relativ warme Wohnungen gibt es im Streifenbezirk genug, aber Polizeichef Georges hat ein dichtes Netz von Kontrollmeistern aufgebaut, die sehr genau darauf achteten, dass man zur rechten Zeit am vorgeschriebenen Ort ist. Wenn nicht, gibt es Verweise und es besteht die Gefahr der Entlassung.

186

Aber das ist nun vorbei - Bornemann sei Dank. Oder besser: Kurt sei Dank, denn die Männer duzen sich. Allerdings nur, wenn andere Personen nicht zugegen sind.

Und der sorgt für seine Leute. Immer wieder steckt er Spengler und Dietz eine Kleinigkeit zu. Hier eine gute Flasche und da eine Fleischkonserve. Fragen werden nicht gestellt. Wahrscheinlich bekommt Bornemann eine Zusatzversorgung von den Briten. So jedenfalls die Vermutung seiner beiden Mitarbeiter, denn es sind immer Produkte aus dem anglo-amerikanischen Sortiment. Und so besteht in vielerlei Beziehungen eine Abhängigkeit von Bornemann. Wieder einmal hat er es geschafft, auf eine subtile Art Leute an sich zu binden.

Dietz und Spengler werden nicht die Hand beißen, die sie füttert.

Am Abend sitzt Bornemann in einem Hinterzimmer des Café Fuhlendorf in Wandsbek. Fuhlendorf war ein alteingesessener Kneipier nahe der Schanze; aber er war ausgebombt und hat sich nun hier in Wandsbek ein Lokal gepachtet. Neben der örtlichen Kundschaft dient das Café aber auch einigen St.Pauli-Größen für ein ungestörtes Glückspiel oder aber für Absprachen. Wichtigste Regel ist, dass es dort niemals Ärger geben darf. Und daher gibt es für die Wandsbeker Schutzleute auch keinen Grund ein besonderes Augenmerk auf diese Kneipe zu legen. Es kommt sogar vor, dass Fußstreifen dort einkehren.

Die Stimmung heute ist angespannt. Jeder weiß natürlich um den kometenhaften Aufstieg Bornemanns bei der Polizei. Sie haben aber auch alle ein paar Jahre Knast auf dem Buckel und fühlen sich in der Gegenwart eines Polizisten einfach nicht wohl.

Andererseits verdienen sie alle auch gut an seiner Bekanntschaft. Alles erstklassige englische und amerikanische Ware, die er ihnen verkauft und deren Weiterverkauf auf dem Schwarzen Markt das Dreifache ihrer Investition erbringt. Vor allem Krollmann ist nervös, „Leder-Krolle", von dem Bornemann weiß, dass er Kontakt zu Zander hält.

„Krolle! Was hat das hier zu bedeuten?" Bornemann wirft drei Bögen gefälschter Lebensmittelmarken auf den Tisch. „Hatte ich nicht ausdrücklich gesagt, dass die Marken nicht mehr in den Umlauf kommen sollen? Hatte ich nicht ausdrücklich gesagt, dass Zander hier antanzen soll? Wollt ihr unser Geschäft platzen lassen?"

Pause. Bornemann wird nicht laut, aber in seiner Stimme liegt schon wieder etwas Bedrohliches.

Krollmann fühlt sich unbehaglich. Er spürt, dass er nicht mehr die Unterstützung aller sechs Leute hier am Tisch hat.

„Kurt, du must das verstehen. Erich steht das Wasser bis zum Hals. Er ist untergetaucht. Die Geschäfte gehen an ihm vorbei. Nur noch die Einnahmen aus der ‚Tarantella'…"

„Um die du ihn auch noch bescheißt.".

„Eeeiihh !!" Krollmann war empört zur Hälfte vom Stuhl aufgesprungen und so Bornemann zugewandt.

„Setz' dich hin, du Idiot. War nur Spaß. Aber nun mal ernsthaft: Die Lieferungen durch die Tommys sind wie ein fetter Lotteriegewinn – das wisst ihr alle. Meine Leute bei der Polizei wollen die Marken. Sie wollen auch Zander, aber in erster Linie die Marken. Am besten natürlich beides. Solange die nicht auftauchen, steckt die Schmiere ihre Nase in jeden Laden auf dem Kiez – jeden Tag.

Mir wird das dann zu heiß. Wenn das mit Zander nicht erledigt wird, steige ich aus.

Für euch ist dann Schluss mit Whisky und Navy Cut."

Bornemann steht auf und lässt eine verdutzte Runde zurück im Café Fuhlendorf.

Zunächst Schweigen in der verbliebenen Runde, bis Siegmar Körner, die Nummer 2 in dieser informellen

Hierarchie, sein Glas abstellt und zu Krollmann gewandt sagt:

„Krolle, bring' das in Ordnung. Keiner von uns mag den Bornemann, aber das Arschloch ist bares Geld.
Sieh zu, dass Zander wieder spurt - egal wie."

13. Kapitel

Indizien

Einmal pro Woche, an einem Donnerstag, schickt „Leder-Krolle" zwei Mann los, die nach Lokstedt fahren, um Erich Zander die Einnahmen aus der „Tarantella" zu bringen. Dort im Grandweg steht ein unauffälliges Einzelhaus in einer großzügigen Gartenanlage. Es ist das Elternhaus seiner Verlobten, die immer noch bei der Reichspost arbeitet. Eigentlich müssten diese regelmäßigen Besuche in der Nachbarschaft auffallen, aber in diesen Tagen ist jeder für sich selbst so beschäftigt, dass er sich um solche Dinge nicht kümmert. Wer weiß denn schon, warum sich jemand vor den Engländern verstecken muss. Angeblich soll es sich bei dem Mann um einen „Goldfasan" handeln – einen Kreisleiter, oder gar Gauleiter, irgendwo aus Pommern oder Ostpreußen. Aber man will von all dem nichts mehr wissen.

Diesmal ist „Leder-Krolle" selbst mit dabei. Zu dritt stehen sie also vor dem Haus und klopfen. Stromsperre, die Klingel funktioniert nicht. „Michi" Säubert ist dabei, und, wie immer, Herbert Krohn.

Zander öffnet und ist überrascht.

„Krolle, alter Junge. Das ist ja mal eine Überraschung. Kommt rein, Jungs! Michi! Herbert! Es gibt doch hoffentlich keine Probleme in meinem Laden ?"

Sie gehen durch die große Diele ins Wohnzimmer, das noch ganz im Stil der verstorbenen Vorbesitzer eingerichtet ist: Alles in dunklem, schweren Nussbaum. Ins moosgrüne gehende Tapeten mit Rautenmuster; dunkelroter Brokat vor den Fenstern. Alles sehr geräumig – sehr gutbürgerlich. Und vor allem: Die Besitzer haben wohl noch keine Einquartierungen von Ausgebombten.

Zander bewohnt das ganze Haus offensichtlich mit seiner Verlobten allein.

Sie setzen sich in eine opulente Sitzgruppe aus vier schweren braunledernen Sesseln. Im Mittelpunkt dieses Arrangements: ein flacher runder Tisch mit einer grünlich schimmernden Marmorplatte.

„Nein, Erich, der Laden läuft gut – kein Problem." Und als wolle er diese Aussage unterstreichen, entnimmt er seiner Aktentasche einen gewölbten Briefumschlag mit großen Reichsmarkscheinen.

„Also, raus mit der Sprache. Um was geht's denn?"

„Du vertickst noch die Lebensmittelmarken ?"

„ Ja klar. Warum? Wen interessiert das?"

„Eigentlich uns alle. Kurt meint, dass wir alle auffliegen, wenn sie die Marken bei dir finden. Und das können die leicht, wenn sie den Weg der Karten verfolgen."

„Kurt? Bornemann? Der verdammte Schupo – dieser Schleimscheißer ! Seit wann entscheidet der denn, was ihr zu tun habt? "

Zander beugt sich erregt in seinem Sessel vor. Er ist wütend, lehnt sich dann aber wieder zurück.

„Beruhige dich, Erich. Ich sage dir: Lass die Marken verschwinden. Gib sie uns oder verbrenn' sie. Egal. Die sind einfach zu heiß. Kurt hat gesagt, dass die Schmiere extra eine Sonderabteilung für solche Sachen aufgestellt hat. Kurt gehört selbst zu denen. Und die Mord-kommission ist auch hinter dir her, weil „Eisen-Willi" gesungen hat."

„Schnauze! Das weiß ich alles selber. Was glaubt ihr wohl, warum ich in dieser Bude wie in einem Gefängnis hocke. Und dann auch noch mit dieser Postschickse. Ich will wenigstens im Geschäft bleiben. Wisst ihr eigentlich, wie viel Schotter man mit den Karten machen kann. Ich hab den ganzen Scheiß doch nicht aufgezogen, damit ich einem Bornemann alles in den Rachen werfen kann. Das echte Papier für die Marken – dann Schelling mit seiner Druckerei. Glaubt ihr, das ist mir alles so einfach zugeflogen und zack: da ist das alles. Ich kriege über 500 RM für so einen Bogen; einige zahlen sogar 1000,- RM. Das ist ein ganz dickes Geschäft. Und das soll ich wegen dieses Scheißudel aufgeben. Und jetzt hängt mir auch noch dieser Mord am Hals, weil Schelling, der Idiot, aussteigen wollte. Da steckt jede Menge Arbeit drin, Menschenskind! Wenn ihr nicht die Traute habt, Kurt das zu sagen, dann soll er selbst herkommen. Ich werde ihm das schon erklären."

„Erich, Mensch, überleg' noch mal. Willst du alles kaputt machen ?"

„Was denn? Zu wem haltet ihr eigentlich? Ihr solltet mir lieber helfen. Von hier aus ist alles ziemlich schwierig."

„Erich, ist das dein letztes Wort ?"

„Ja, verdammt noch 'mal ! ch lass' mit das alles nicht kaputtmachen. Weder von euch, noch von dem verdammten Schutzmann!"

Ohne es zu wissen, hat Erich Zander damit sein Todesurteil ausgesprochen.

Während Zanders letzter Worte hatte sich Krollmann kurz durch einen Blick mit seinen beiden Begleitern verständigt. Auf sein kurzes Nicken springen beide Männer zugleich auf und packen Zander an den Armen. Er hat nicht einmal mehr Gelegenheit aus dem Sessel hochzukommen. Krollmann drückt Zanders Kopf zurück. Krohn greift Zander in die Haare und zieht den Kopf nach hinten – überdehnt die Kopfhaltung über die Sessellehne. Jetzt könnte Krollmann den Kehlkopf eindrücken, aber er greift in die Jackentasche, zieht ein Tuch hervor und stopft es Zander in den halboffenen Mund. Krohn zieht Zanders Kopf noch weiter nach hinten.

Krollmann stopft das Tuch fester in die Rachenhöhle. Er hält Zander die Nase zu. Der mobilisiert all seine Kraft. Natürlich weiß er, dass es um sein Leben geht. Aber er kann sich aus den Griffen nicht befreien. Er strampelt verzweifelt mit den Beinen und stößt dabei den Couchtisch um. Nun hockt Krollmann auf seinem Unterleib und schränkt dadurch seine Bewegungen noch weiter ein. Krollmann drückt weiter gegen das Tuch.

Zander hat die Augen weit aufgerissen, er sieht aber kaum noch etwas. Immer größere schwarze Flächen entstehen vor seinen Augen und in diesen schwarzen Flächen toben grelle gelbe Blitze. Er braucht Luft – Luft ! Aber durch das Tuch im Mund dringt keine Luft und Krollmann drückt fest auf die Nasenflügel. Es dreht sich alles. Ganz klar erkennt er Leute, mit denen er ewig nichts zu tun hatte – noch einmal alle Kraft, um Luft holen zu können. Dann ein wohliges Kribbeln im ganzen Körper. Alles scheinbar minutenlang. Und plötzlich ist es vorbei. Er wird ohnmächtig.

Seine Mörder halten ihn weiterhin fest, bis fast noch eine Minute vergeht. Krollmann tastet nach Zanders Puls und spürt keine Ausschläge mehr. Zander ist tot. Krollmann öffnet noch einmal die Aktentasche, entnimmt ihr ein derbes Hanfseil und bindet aus dem einen Ende eine sogenannte Lasso-Schlinge, also eine solche, die sich unter Belastung selbständig zusammenzieht. Dieses Ende legt er Zander um den Hals. Angeekelt zieht er mit spitzen Fingern das nun etwas feuchte Tuch aus Zanders Mund.

Krollmann blickt sich im Zimmer um und entdeckt über dem Esstisch einen schweren Leuchter. Gemeinsam rücken sie den Esstisch beiseite, Krollmann stellt sich einen Stuhl zurecht und schraubt den Baldachin der Lampenbefestigung ab.

Und tatsächlich findet er dort einen stabilen Deckenhaken. Diesmal knüpft er eine feste Öse. Nun tragen die drei Männer den Leichnam zum Rand des Tisches und heben den leblosen Körper so weit an, dass Krollmann die Öse des Seils auf den Deckenhaken stecken kann.

„Den Stuhl, los, den Stuhl darunter stellen," fordert Krollmann einen der Männer auf und keucht unter der Anstrengung. Krohn nimmt einen der Stühle vom Esstisch und schiebt ihn so unter die Lampe, dass man Zanders Füße auf die Sitzfläche drücken kann. Krollmann und Säubert lassen jetzt die Leiche los und die sackt noch ein kleines Stück zusammen. Da hängt Zander nun. Sein Kopf ist leicht nach vorn geneigt, die Arme baumeln schlaff herab. Die Beine leicht angewinkelt und die beschuhten Füße berühren etwas verdreht die Sitzfläche des Stuhls.

Zanders Mörder stehen im Kreis um ihren ehemaligen Boss herum, so, als wollen sie ein Werkstück begutachten. Dann stößt Krollmann mit einem kräftigen Tritt den Stuhl weg und Zanders Leiche schwingt nun frei ca. 40 cm über dem Teppich. Ein knackendes Geräusch bleibt aus. Das Genick ist auch nachträglich nicht gebrochen. So sollte es sein.

Wohl ist den Männern nicht, aber das Wort „Scheiße" ist das einzige, das dazu von Säubert ausgesprochen wird. Es soll so etwas wie Anteilnahme sein.

Krollmann ist es wieder, der alle aus diesen Gedanken reißt.

„Michi, stell' den Tisch wieder auf und denk' an die Sachen, die 'runtergefallen sind. Handschuhe anziehen! Herbert und ich suchen die Marken!"

Vorher geht Krollmann noch einmal zur der Sesselgruppe, nimmt das Kuvert mit dem Geld auf und steckt es ein.

„Wann kommt denn seine Postschickse nach Hause," fragt Krohn.

„Donnerstags muss sie länger arbeiten. Wir haben noch gut zwei Stunden. Also los jetzt."

Die Suche gestaltet sich schwierig. In den Schränken ist nichts zu finden. Mittlerweile ist es draußen dunkel, aber dafür gibt es wieder Strom. Die Männer ziehen Vorhänge vor die Fenster und schalten spärliches Licht dort an, wo sie suchen.

Und nach einer Stunde findet Säubert dann den Stapel mit ungefähr 1000 Blatt Lebensmittelmarken in der Backklappe des weiß-emaillierten Küchenherdes.

„Los, jetzt. Wir legen ein paar auf den Couchtisch und den Rest in den Kleiderschrank unter die Wäsche. Die Schmiere muss die Dinger unbedingt finden!"

Krollmann blickt sich anschließend noch einmal im Zimmer um und dann verlassen die drei Männer das Haus. Niemand beobachtet sie.

Es ist schon fast Mitte März als Otto Todten in seinem Büro auf der Davidwache sitzt. Die Tage sind wieder etwas länger, aber es herrschen noch winterliche Temperaturen. Todten hat seine drei Mitarbeiter zu einer kleinen Pause zusammengerufen. Irmi hat ihm heute einen sogenannten Henkelmann mitgegeben, den sie mit einer Art Gemüsebrühe gefüllt hat. Hauptsächlich besteht die Brühe aus ausgekochter Kartoffel- und Steckrübenschale, in der sie noch etwas Schweineschwarte mit gekocht hat. Der doch recht ordentliche Geschmack kommt durch Irmis Talent bei der Auswahl von Gewürzen zustande. Jedenfalls schmeckt es allen.

Das Gebäude der Davidwache wird von einem Ofen im Keller geheizt, auf dem Schröter die Brühe noch einmal aufgekocht hat. Jetzt ist sie auch noch schön heiß und alle sind voller Lob über diese zusätzliche Mahlzeit.

Und es käme auch niemand darauf, dass es in der Ehe der Todtens kriselt.

Es ist auch nicht mehr so viel zu tun, wie zur Vorweihnachtszeit. Im Moment werden alle polizeilichen Kräfte zur Verhinderung von Kohlediebstählen gebraucht. Da bleibt den Kripoleuten nichts anderes übrig als selbst auf die Straße zu gehen, und vor allem in der Talstraße Schwarzhändler auf frischer Tat zu ertappen. Aber es ist schwierig. Selbst in Zivil sind die vier mittlerweile bekannt wie bunte Hunde.

Es schadet jedoch auch nicht, so ganz allgemein nach dem Rechten zu sehen, denn der Amüsierbetrieb rund um die Reeperbahn floriert schon wieder recht gut.

Die Reeperbahn ist komplett vom Schutt geräumt. Auf der „Lausen-Seite" steht zwar noch Ruine an Ruine, aber manches Erdgeschoss, auch in den Nebenstraßen, ist recht behaglich eingerichtet – so jedenfalls bei schummerigem rotem Licht. Die Prostitution hat zugenommen. Es gibt Glücksspiel und Animierbetrieb.

Für Todten ist das immer noch eine andere Welt. Er war in Berlin nicht in einem solchen Milieu beschäftigt und aus Elbing kannte er so etwas schon gar nicht.

„Fast schon wie früher." Wenn Schwartau dies sagt, meint er die Zeit Ende der zwanziger, Anfang der dreißiger Jahre, „wo hier die Puppen tanzten." Danach wurde es unter den Nazis dann etwas ruhiger. „Unsere Knackies hatten Schiss als sogenannte BVer (Berufsverbrecher) auf ewig zu verschwinden. Aber jetzt sind sie alle wieder da," sagt Schwartau lachend, „sie haben's überlebt."

Das Telefon klingelt – das **Telefon** ! Die Kriminalabteilung der Davidwache hat seit zwei Wochen einen eigenen Apparat. Todten muss zwar über den Wachhabenden im Erdgeschoss „ein Amt anfordern", wenn er im öffentliche Netz telefonieren will, aber umgekehrt kann ein Anrufer von außen zu ihm durchgestellt werden. Das erleichtert vieles. Hans Stave ist am Apparat.

„Otto ? Hans hier. Zander ist tot!"

„Was ? Wie ist das passiert ?"

„Scheinbar hat er sich erhängt."

„Scheinbar?"

Todten hat keinen Zweifel, dass Stave der Unterschied zwischen „scheinbar" und „anscheinend" bekannt ist.

„Also, pass auf: Ich erfahre von der Sache erst zwei Tage nach Auffinden der Leiche. Die Schupo-Kollegen hatten Probleme, die Identität des Toten festzustellen. Die haben geglaubt..., na, egal. Ich hab' in der Rechtsmedizin angerufen. Professor Fritz. Glücklicherweise hatten die so viel zu tun, dass Zander noch nicht obduziert war. Ich bin noch einmal zum Tatort. Zanders Verlobte war anwesend. Ordentliche Frau. Kommt wahrscheinlich nicht aus dem Milieu. Übergibt mir drei Bögen unserer gefälschten Lebensmittelmarken – pass auf – und fragt mich, wieso ihr

197

Erich drei Bögen ohne Monatsstempel hat. Die hat wirklich keine Ahnung.

Ich hab' dann mit meinen Leuten das ganze Haus auf den Kopf gestellt. Und was finden wir unter einem Wäschestapel im Kleiderschrank? Genau 1033 Bögen unserer Marken."

„Donnerwetter! Und weiter?"

„Ich frage mich natürlich: Warum soll Zander sich erhängen? Er hat diese Marken und er weiß, dass sie ihm ein Vermögen einbringen können.

Angst vor uns? Der doch nicht! Noch an demselben Tag bin ich also in Harvestehude in der Rechtsmedizin.

Ich bitte Professor Fritz, er möge Zanders Leiche ganz intensiv nach Spuren von Gewaltanwendung untersuchen. Nichts ! Erstmal nichts ! Keine Einstiche, keine Brüche, kein Gift. Zander ist erstickt. Die Spuren am Hals decken mit der Stärke des Seils. Todeszeitpunkt, Auffinden am Donnerstagabend durch Edith Klinger, so heißt die Verlobte - passt alles. Aber…"

Stave macht eine rhetorische Pause.„Hörst du noch ?"

„Ja, natürlich. Weiter!"

„Wir erkennen ganz leichte Hämatome an beiden Oberarmen von Zander. Aber jetzt kommt's: Der Professor findet mehrere Stofffasern in Zanders Mundhöhle. Wer stopft sich denn Tücher in den Mund. Und vor allem, wo sind die ? Im Haus haben wir sie nicht gefunden. Ich sage dir mal, was ich glaube. Zander wurde geknebelt und ist daran erstickt. Vorsätzlich, weil das Seil vermutlich mitgebracht wurde."

„Und die Blutergüsse an den Oberarmen, die du erwähnt hast ?"

„Zander kann sich natürlich irgendwo gestoßen haben, oder es ist beim Tragen von schweren Sachen passiert. Aber an beiden Armen – an gleicher Stelle ?

Ich glaube eher, dass er festgehalten wurde. Übrigens: Könntest du mir einen Gefallen tun? Wisst ihr bei euch an der Wache zufällig, wem die „Tarantella" gehört ?"

„Warte kurz." Todten fragt in die Runde. Schwartau weiß es.

„Der ganze Block zwischen Talstraße und Hamburger Berg gehört der Familie Bruns.

Die „Tarantella" ist zweimal unterverpachtet. Ein gewisser Balinski aus Berlin soll Pächter bei Bruns sein. Der hat an Zander vermietet. Und „Leder-Krolle" führt den Laden, seitdem Zander untergetaucht ist."

„Kann das ein Motiv sein? Krollmann? Zander aus dem Weg räumen, um den Laden zu übernehmen? Oder doch nur ein Raub? Die wollten die Marken und haben sie nicht gefunden."

Auch diese Frage gibt Todten an seine Kollegen weiter. So gut kennt er sich in diesem Milieu eben noch nicht aus. Kurze Beratung unter den drei Hamburger Kripoleuten und dann Achselzucken.

Finke führt noch an, ob es sich nicht auch um eine russische oder polnische Bande gehandelt haben könnte. So weit wäre das Fremdarbeiterlager an der Sternschanze ja auch nicht entfernt.

„Nein," antwortet Stave auf diese Vermutung, „die hätten das nicht als Freitod getarnt, und sie hätten auch andere Sachen mitgenommen. Da wäre auch mehr Unordnung gewesen. Die Klinger'sche sagt aber, dass überhaupt nichts gestohlen oder kaputt gemacht wurde. Zander hat die Leute vermutlich sogar hineingebeten."

Todten fragt in die Runde. Schröter zuckt mit den Schultern, Schwartau reagiert gar nicht und Finke schüttelt den Kopf.

„Also, Hans: Wir können Leute vom Kiez, oder sogar seine eigenen Leute nicht ausschließen, halten es aber für eher unwahrscheinlich."

„Gut, Otto, ich will mir selbst einen Eindruck verschaffen. Könnten wir uns nicht 'mal in der „Tarantella" treffen ?"

Am Dienstagabend der darauf folgenden Woche stehen Stave und Todten vor dem Lokaleingang. Sie werden von zwei stämmigen Schutzleuten der Davidwache begleitet; zwei weitere postieren sich draußen am Eingang. Ohne weitere Worte ist klar, dass die Polizisten nun nicht mehr von zufälligen Gästen gestört werden.

Krollmann sitzt wie ein Gast am Tresen. Es ist noch nicht viel los. Als er die Polizisten sieht, ist sein erster Impuls, vom Barhocker aufzuspringen und zu flüchten. Aber er beherrscht sich und Stave bemerkt das. Er hat solche Situationen zu oft erlebt. Als Stave sich dann auch noch als Leiter der Mordkommission vorstellt, bemerkt er eine leichte Rötung der Gesichtsfarbe bei Krollmann.

„Herr Krollmann, haben Sie von Ihrem Chef gehört?"

„Was soll die Frage, Herr Inspektor? Zander ist tot. Selbstmord."

„Woher wissen Sie das?"

„Nachbarn. Ich wollte gestern Morgen zu Zander und da haben es mir Nachbarn erzählt."

„Interessant. Sie wissen, dass wir Zander suchen und verheimlichen uns den Aufenthaltsort. Wissen Sie, was Begünstigung oder Strafvereitelung ist?"

Krollmann blickt Stave nur stumm an. Vielleicht ist sogar ein ganz feines Lächeln zu erkennen. Stave weiß natürlich auch, dass er solche Leute nicht mit einer möglichen Strafe beeindrucken kann, wenn diese sich untereinander decken.

„Was wird denn nun aus dem Laden hier? Übernehmen Sie?"

„Keine Ahnung. Ich weiß nicht, ob Balinski mich als Pächter haben will. Hab' noch nicht mit ihm gesprochen. Er lebt in Berlin."

„Wo waren Sie letzte Woche, am Donnerstag?"

„Hier. Wir haben aufgeräumt und Ware gepackt. Hier, Hans Krohn und Michi Säubert sind meine Zeugen."

Krollmann zeigt auf Krohn hinter der Bar und auf Säubert, der neben ihm sitzt. Beide beginnen heftig zu nicken.

Wenn nicht alles so einen ernsten Hintergrund hätte, könnte Todten sich über dieses Schmierentheater amüsieren. Stave hingegen hört sich das alles völlig unbewegt an. „Kann ich die Ware einmal sehen, die Sie da gepackt haben."

„Was soll das denn jetzt, Herr Inspektor?"

Herr Krollmann, soll ich Ihren Laden so lange dicht machen, bis ich einen Durchsuchungsbefehl von den Engländern habe. Mein Kollege, Herr Todten, will nur sehen, ob Sie hier vielleicht Schwarzmarktware aufbewahren. Kann doch sein, dass sich Zander deswegen erhängt hat."

Krollmann blickt, Stave an, als ob er an seinem Verstand zweifelt, führt die beiden Kripoleute dann aber doch in den rückwärtigen Lagerraum.

Für so schwierige Zeiten ist der Lagerraum recht gut bestückt. Mindestens zwei Dutzend Flaschen mit klarem Inhalt, aber ohne Etikett, diverse verschiedene Flaschen Sekt, sogar zwölf Flaschen Champagner und zehn Flaschen Whisky gleicher Sorte, sechs Kartons mit britischen Fleischkonserven und zwei Kartons mit amerikanischen Pfirsich- und Ananasdosen.

Todten notiert sich Namen und Doseninhalte anhand der Abbildungen, denn er spricht kein Wort Englisch.

„Wo haben Sie denn die ganzen ausländischen Sachen her, Herr Krollmann?" fragt Stave in einem ruhigen Tonfall.

„Alles legal, Herr Inspektor, Ehrenwort. Die Tommys bringen das mit. Erstens mögen sie nur ihren Whisky und zweitens können sie oft nur mit solchen Sachen bezahlen. Geld ist knapp bei denen."

„Gut Krollmann. Kommen wir zu Ihren Umsätzen. Wie sahen die aus in den letzten drei Monaten?"

„Och, Herr Inspektor, das kann ich gar so sagen. Die Bücher hat Zander ja immer gemacht. Mir hat er das ja auch nie gezeigt. Und dann müssen wir ja auch noch Pacht bezahlen und das alles. Viel ist da nicht übrig."

„Na ja, wie werden sehen, was die Gewerbepolizei dazu sagen wird."

„Ich verstehe Sie nicht , Herr Inspektor. Es ist doch alles in Butter. Zander, den Sie als Anstifter zum Mord gesucht haben, ist tot. Und die Lebensmittelmarken haben Sie auch endlich. Was wollen Sie nun noch mit unseren Umsätzen?"

„Wir werden sehen, Krollmann. Aber für heute soll es erst einmal gut sein. Schönen Abend noch." Alle vier Polizisten verlassen das Lokal und gehen in Richtung Wache. Sie gehen schweigend den „Hamburger Berg" hinunter. Es sind zwar die üblichen Händler auf der Straße, aber bei dem Anblick der beiden Uniformierten unterbleibt jedes Tauschgeschäft.

Endlich fragt Todten: „Hans, du glaubst denen doch wohl nicht die Geschichte. Zumindest Krollmann weiß mehr."

„Natürlich. Und die halten uns für blöde. Jetzt werden die erst einmal einige Flaschen verschwinden lassen, weil sie Angst vor der Gewerbepolizei haben. Was Zanders Tod angeht, fühlen sie sich sicher. Ich werde beim SPO einen Haftbefehl beantragen. Verdunkelungsgefahr.

In den Vernehmungen klopfe ich sie weich. Aber warum hast du dir die Beschriftungen der Dosen und Flaschen notiert ?"

„In letzter Zeit tauchen oft Sachen aus alliierten Versorgungsbeständen auf. Ich glaube, die Engländer mischen am Schwarzmarkt mit."

Stave nachdenklich: „Daran habe ich noch gar nicht gedacht. Mir geht etwas anderes durch den Kopf. Nämlich: Woher weiß Krollmann, dass wir bei Zander die Marken gefunden haben ?"

„Er wird gewusst haben, dass Zander die Marken hat."

„Ganz sicher. Aber ich habe in unserer Vernehmung nicht ein Wort davon erwähnt. Warum sollten wir bei einem Freitod die Wohnung durchsuchen? Nein, ich habe einen anderen Verdacht. Ich habe den Fund der Marken pflichtgemäß dem Chefamt II mitgeteilt – und sonst niemandem. Und da sitzt dieser Bornemann."

*

Kurt Bornemann sitzt an seinem Schreibtisch im Polizeipräsidium. Sein Büro ist ausreichend groß, um auch die Arbeitsplätze von Dietz und Spengler darin unterzubringen. Bornemann hatte sich zwar ein Einzelbüro gewünscht, aber ein solches Privileg steht ihm nun doch nicht zu.

Vor ihm liegen 1030 Bögen gefälschter Lebensmittelmarken. Oberst Lange persönlich hat ihn beauftragt, diese Marken zu vernichten. Drei Bögen aus dem Fund bei Zander sollen angeblich als Beweismittel in der Akte „Todesermittlung Schelling" liegen. Bornemann schmunzelt. „Die hat sich doch dieser Stave unter den Nagel gerissen."

„Dietz, Spengler, kommt 'mal her. Das hier sind 1030 perfekt gefälschte Lebensmittelmarken. Ihr nehmt euch jeder vier davon – ich nehme zwei. Aber nur für den Privatgebrauch!"

Aber Kurt, die sind doch gezählt. Das fällt doch auf."

„Aufpassen jetzt! Wir nehmen mehrere Briefumschläge, packen 1020 Bögen hinein und versiegeln jeden Umschlag. Dann geht ihr zu zweit in den Heizungskeller und benennt den Heizer als Zeugen. Ihr packt die Bögen aus und werft sie in den Ofen. Das lasst ihr euch vom Heizer unterschreiben. Sollte irgendjemand auf die Idee kommen, die Bögen doch noch einmal zu zählen und stellt die Differenz fest, dann kommt ihr zu mir. Ich halte die zehn Bögen erst einmal in unserer Ermittlungsakte zurück. Sie wurden dann versehentlich mitgezählt.

Das kann passieren. Gibt es im Keller keine Probleme, nehmt ihr die Bögen heute Abend mit nach Hause."

Dietz und Spengler sehen sich an. Dann sagt Dietz:

„Das ist wirklich nett von dir, Kurt. Meine Familie kann tatsächlich eine Extraration gut gebrauchen."

„Das meine ich auch. In solchen Zeiten müssen wir besonders zusammenhalten. An uns denkt ja sonst keiner. Die Ganoven machen das große Geld und wir müssen Hunger schieben."

„Ja, verdammt noch 'mal. So ist das auch," schließt Spengler das Gespräch ab.

Und nun legen sie die besagten zehn Bögen beiseite und verpacken die Bögen in fünf große Kuverts. Sie werden mit Siegelmarken verschlossen und mit der Zahl „200", bzw. einmal mit der Zahl „230" beschriftet.

Mit diesen Umschlägen und einer Schreibmaschinenseite mit der Überschrift „Vernichtungsprotokoll" gehen Spengler und Dietz in den Keller. Sie erklären dem Heizer ihren Auftrag, an dem der Heizer voller Stolz mitwirkt.

Ungelenk unterschreibt er auch, dass in seiner Gegenwart alle versiegelten Umschläge ins Feuer geworfen wurden. Alle Umschläge wurden vor der Vernichtung geöffnet. Für den Heizer bestehen nicht die geringsten Zweifel, dass vor seinen Augen 1030 gefälschte Lebensmittelmarken verbrannt wurden.

Was er nicht weiß, und was weder Bornemann, Spengler oder Dietz wissen, ist, dass der Kriminaloberinspektor Hans Stave alle 1030 Bögen an immer gleicher Stelle mit einer winzigen Markierung versehen hat, bevor er sie beim Chefamt II abgab.

14. Kapitel

Der Kreis schließt sich

Warrant Officer Hockeridge steht am Fenster seines Büros im ersten der drei großen Lagerhäuser in Tonndorf. Er blickt über die breit gefächerte Gleisanlage bis zu den Einzelhäusern entlang der Landstraße nach Lübeck. Es ist Mitte April 1946 und viele der unterschiedlichen Gartenbäume zeigen schon ein frisches Grün in allen möglichen Nuancen. Intensiv und mit großem Genuss zieht er an einer „Senior Service", eine fast luxuriöse Zigarettenmarke, die er seit einigen Wochen vorzugsweise raucht.

„Ein Jahr ist dieser Scheißkrieg nun schon vorbei – und überlebt. Was will man mehr?" sinniert er so für sich und denkt an die Kassette, die er in einem geheimen Fach seines persönlichen Warenlagers deponiert hat.

Drei große Warenlieferungen sind seit dem Jahreswechsel angekommen. Der Captain hat einige ehemalige lettische Kriegsgefangene eingestellt, die alles schön ordentlich einräumen oder zu den LKW tragen. Sie kriegen von Hockeridge regelmäßig etwas zugesteckt, sind deshalb äußerst dankbar und verschwiegen. Natürlich bemerken sie, dass einiges über Nacht verschwindet, sobald sie den Block verlassen haben, um in ihr Lager zurückzukehren. Die Letten sind DPs – Displaced Persons, deren Versorgungslage denkbar schlecht ist. Die westlichen Alliierten sind davon ausgegangen, dass alle befreiten Kriegsgefangenen und Zwangsarbeiter sofort in ihre Heimat zurückkehren. Aber so war es nicht. Schlimme Geschichten kursieren über jene Gebiete, die nun von der Roten Armee besetzt sind. Da bleibt man also oft lieber unter britischer Obhut.

Bei der Versorgung sitzt man allerdings zwischen allen Stühlen. Daher ist eine Anstellung in einem Depot der

Briten wie eine Lebensversicherung. Schnauze halten und mitnehmen, was zu bekommen ist.

Mit dem jungen Allan gibt es ebenso wenig Probleme. Er bekommt regelmäßig seine Flasche, die er allerdings nicht mehr so unkontrolliert konsumiert, wie er es bisher mit seiner Alkoholration gemacht hat. Ursache sind wohl die drei jungen polnischen Putzfrauen, die als Zwangsarbeiterinnen in dem ehemaligen Drägerwerk in Wandsbek beschäftigt waren. Sie nehmen auch seine gelegentlichen, recht ungeschickten   Zudringlichkeiten in Kauf, weil sie von Allan mit ein paar Lebensmitteln oder einem Stück Seife entschädigt werden. Hockeridge hat das schon beobachtet und mit einem Lächeln quittiert.

13.000 $ liegen in der Kassette. „Dann muss das reichen," denkt Hockeridge. Zwanzigtausend werden es wohl nicht mehr. In der letzten Besprechung beim Captain wurde darüber gesprochen, dass die Depotverwaltung in diesem Sommer der Militärregierung übertragen wird. Hockeridge beunruhigt das nicht. Er ist mit seiner Buchführung nie kontrolliert worden und was er für sich so beiseite geschafft hat, ist, gemessen an dem gesamten Lagerbestand, nicht der Rede wert und in den Büchern entsprechend frisiert.

Für ihn ist klar, dass er bald aus der Army ausscheiden wird. Einmal noch werden wohl seine amerikanischen Freunde kommen, um deutsche „Beutestücke" zu erwerben. Das bringt vielleicht noch einmal eintausend Dollar.

„Und dieser Bornemann weiß, dass ich von nun an nur noch gute Uhren und Goldschmuck nehme. Dann ist Schluss. Dann wird der Laden dicht gemacht und ab in die Heimat."

McDonald aus dem Nachbarblock hat es ähnlich gemacht. Auch er beschäftigt einige Balten als Lagerarbeiter und betreibt Handel mit ihnen. Hockeridge ist zwar McDonalds Vorgesetzter, aber auch sein Freund. Und daher weiß er, dass McDonald einen hübschen Haufen Wertsachen angesammelt hat. An Geldwert müssen wohl mittlerweile zwei- bis dreitausend   Dollar zusammengekommen sein. Auch McDonald will sich im Sommer repatriieren lassen. Beide wollen nun aber auch kein Risiko mehr eingehen.

In der Kriminalstelle der Davidwache ist es ruhiger geworden. Die Bekämpfung des Schwarzmarktes ist nun Sache des Chefamtes II unter der Leitung des Polizeioberst Lange, der nun den Titel eines Polizeidirektors trägt. Der hat als Abschnittschef in Bergedorf viel Geschick bei der Durchführung größerer Polizeiaktionen gezeigt.

Außer seiner Beförderung zum Polizeidirektor ist er nun auch noch Vizechef der Polizei Hamburg. Er steht zwar dem Chefamt II vor, aber dessen Tagesgeschäft wird von Oberinspektor Bornemann geführt.

Unter seiner Leitung werden jetzt die Großrazzien durchgeführt. Meist suchen die Einsatzkräfte zu weiteren Ermittlungen und zur Unterbringung von Festgenommenen dann die nahgelegene Davidwache auf. So nutzt auch Oberinspektor Bornemann die Gelegenheit, Todten und seine Leute aufzusuchen. Bornemann spricht über allgemeine Einsatzangelegenheiten, besonderes Tauschgut oder außergewöhnliche Beschlagnahmen.

Aber Todten fällt auf, dass auch immer irgendeine Frage zu Ermittlungen in Sachen Zander gestellt wird. Todten weicht dann aus. Er erinnert sich, dass er Bornemann gegenüber schon einmal zu leutselig war. Nun will er den Spieß umdrehen und fragt treuherzig:

„Herr Oberinspektor, ist es nicht auffällig, dass so viele britischen Waren im Umlauf sind? Beteiligen sich die Engländer am Schwarzhandel?"

Zunächst einmal fühlt sich Bornemann sehr geschmeichelt, dass er von einem erfahrenen Kriminalbeamten um eine fachliche Meinung gebeten wird und antwortet entsprechend jovial:

„Ach, wissen Sie, mein Lieber. Bloß weil da in der „Tarantella" ein paar Konserven und etwas Whisky herumstehen. Nee, nee, die Engländer werden selber beklaut oder sie bezahlen mal eine Hausfrau oder Kriegerwitwe für besondere Gefälligkeiten, hähähä – sie wissen schon. Und das wird dann weiter getauscht. So läuft das."

„Und was ist mit gefälschten Lebensmittelmarken?"

„Ich habe gerade 1000 Stück von Ihrem Freund Stave bekommen. Die wurden alle von uns verbrannt. Damit dürfte dann wohl Schluss sein."

„Dann haben wir wohl noch aus dem Altbestand einen Bogen sichergestellt."

Bornemann springt von Schreibtischkante auf: „Was? Wo kommt die denn her. Zeigen Sie mal!"

Todten öffnet eine Mappe und entnimmt zwischen einigen Schriftstücken eine Lebensmittelkarte. Er hat diese Fälschungen mittlerweile so oft in der Hand gehabt, dass er sie im Schlaf als Fälschung erkennen würde.

„Was macht die hier bei Ihnen, Todten. Sie wissen doch, dass das Chefamt II zuständig ist. Na ja, egal. Geben Sie mal her. Wir werden die dann auch vernichten."

„Das tut mir leid, Herr Oberinspektor. Es handelt sich um ein Beweismittel. Das geht mit der Akte zur Militärregierung. Sie erhalten selbstverständlich eine Durchschrift. Wissen Sie, mein Lebensmittelhändler in Eimsbüttel hatte mir die Karte gezeigt, weil er nicht sicher war, ob es sich um eine Fälschung handelt. Er konnte sich auch an den Kunden erinnern, weil er ihn zuvor noch nie bei sich gesehen hatte."

Todten blickt Bornemann an. Der erscheint einen Moment wie abwesend. Ein leerer Blick geht in Richtung Fenster. Dann bemerkt Todten einen kurzen Ruck und Bornemann ist wieder bei der Sache.

„Na ja, Todten. Wir kriegen dann ja Ihren Bericht. Wir sehen dann weiter. Gute Arbeit."

Er knöpft sich den Mantel zu, den er zuvor gar nicht abgelegt hatte, grüßt in die Runde und verlässt das Büro.

Schröter, der still in seiner Ecke saß und alles aufmerksam verfolgt hatte, atmet hörbar aus. „Otto, wieso erzählst du dem Heini alles?"

Todten denkt noch nach. Er antwortet nicht gleich. Dann aber wendet er sich Schröter zu:

„Ich wollte mal sehen wie er reagiert. Das mit meinem Lebensmittelhändler und Wiedererkennen war ein Bluff. Wir wissen nicht, von wem der Bogen stammt. Aber hast du aufgepasst?"

„Ja, natürlich, aber was meinst du?"

„Woher weiß Bornemann von den Vorräten in der „Tarantella"?"

„Von einem der Schutzleute, die uns in die Tarantella begleitet haben?"

„Du kennst die doch auch. Das sind alles zuverlässige Kollegen. Und außerdem waren nur Stave und ich im Vorratsraum. Und außer uns von der Davidwache gab es nur einen, der von der Razzia wusste – Stave. Und den ruf' ich jetzt an."

Todten bittet den Wachhabenden unter ihm im Erdgeschoss, eine Verbindung zur Mordbereitschaft, Oberinspektor Stave, herzustellen.

Nach fünf Minuten hat er die Verbindung.

„Hallo Hans, Otto hier." Todten berichtet von seinem Gespräch mit Bornemann und stellt dann die für ihn entscheidende Frage: „Hast du irgendwann mit Bornemann über die Razzia in der „Tarantella" gesprochen?"

„Ich habe bisher nur ein Mal mit Bornemann gesprochen. Ende letzten Jahres, als er mich wegen „Eisen-Willi" ausfragen wollte. Seit dem habe ich nichts mehr von ihm gehört."

„Interessant. Dann hat er die Informationen aus dem Milieu. Aber wieso hat er da Zugang. Das wüssten wir hier doch."

Todten will sich schon verabschieden, da spricht Stave ihn noch einmal an:

„Otto, einen Moment noch. Hol' dir noch einmal den Bogen mit den Lebensmittelmarken hervor. Siehst du im untersten linken Kasten, in der linken Ecke, einen kleinen schwarzen Punkt?"

Todten schlägt die Mappe auf und betrachtet den leicht bräunlichen Papierbogen genau. Der Punkt ist auch ohne Lupe zu erkennen – insgesamt unauffällig, aber gut zu erkennen.

„Ja, hier ist so ein Punkt."

„Sehr schön. Den habe ich darauf gemalt. Ich habe alle 1033 Bögen, die wir bei Zander gefunden haben, mit einem solchen Punkt markiert, bevor wir sie dem Chefamt zur Vernichtung zugeschickt haben."

„Das heißt..." will Todten beginnen, aber Stave fällt ihm ins Wort.

„Ja. Das heißt: Das Chefamt, Bornemann oder sonst wer dort hat die Marken, zumindest aber nicht alle Marken vernichtet."

Es ist noch hell, als Todten am frühen Abend die Treppe hinauf zur Wohnung des Revierführers steigt. Die befindet sich im Dachgeschoss der Davidwache. „Jonni" Schlüter wohnt da mit seiner Frau, seitdem sie 1943 ausgebombt wurden. In der Etage darunter, im 2. Stock, wohnen acht ledige Schutzleute, die sonst keine Bleibe in Hamburg hätten. Alles neue und sehr junge Kollegen, die gerade ihre Grundausbildung abgeschlossen haben

Todten klopft an die Tür. Frau Schlüter öffnet und bittet Todten gleich in den Wohnraum. Schlüter hatte seine Mitarbeiter angewiesen, ihn mit dringenden Sachen auch in seinem Privatbereich aufzusuchen.

„Na, mein lieber Todten, wie wär's mit einer schönen Tasse Kaffee?" „Sie haben Bohnenkaffee?" fragt Todten ungläubig.

„Natürlich nicht. Aber heißer Muckefuck tut's doch auch, oder?"

Lächelnd bringt Frau Schlüter zwei Becher – emailliertes Blech. Als Fundsache in den Bestand der Schlüters übergegangen. Das gute Porzellan hatte den Bombenangriff nicht überstanden.

Kurzes genüssliches Schweigen nach dem ersten Schluck, dann blickt Todten seinen Revierführer fest an.

„Chef, ich wüsste niemanden außer Ihnen, an den ich mich in dieser Angelegenheit wenden könnte." Pause. Schlüter wartet gespannt.

„Um es kurz zu machen: Wir, das heißt Stave und ich, glauben, dass der Oberinspektor Bornemann auf dem Schwarzmarkt mitmischt. Allerdings fehlen noch hundertprozentige Beweise."

Schlüter blickt Todten ebenso fest in die Augen. Ein ganz feines Lächeln liegt auf seinem Antlitz.

„Das würde mich nicht wundern. Erinnern Sie sich, dass ich mich bei Oberst Fürst über Bornemann erkundigen wollte? Bornemann wurde 1943 zur Feuerschutzpolizei eingezogen, hat also keine richtige Polizeiausbildung durchlaufen. Er war Seemann, Kellner in einem Laden hier gegenüber in der Wilhelminenstraße und mehrmals der Zuhälterei verdächtig. Und seit er für die Briten dolmetscht, ist seine Karriere nicht mehr zu bremsen. Innerhalb weniger Monate vom Oberwachtmeister zum Oberinspektor - wieder ohne einen einzigen Lehrgang. Eine Schande ist das."

Pause. Bedächtiges Schweigen auf beiden Seiten.

Dann erzählt Todten seinem Chef von den Funden in der „Tarantella", von den markierten Lebensmittelmarken und dem Gespräch mit Bornemann.

„Alles starke Indizien, mein Lieber, aber eben keine Beweise. Also weiter, Todten, Was haben Sie vor, um an Beweise zu kommen?"

„Ich will Bornemann observieren. Aber wenn der Wind davon bekommt... – ohne Rückendeckung kann ich das nicht machen."

211

„Meine Unterstützung haben Sie, aber ich bin ein zu kleines Licht in dieser Sache. Wenn ich mit Georges spreche und der mit dem Bürgermeister – das wäre die richtige Ebene. Aber Sie sagen auch, dass die Tommys da wohl mitmischen. Wenn O'Rorke davon erfährt und alles ist nur auf Indizien gestützt, wird er eine Nazi-Intrige dahinter vermuten. Der lässt keinen Makel an seinen eigenen Leuten zu. Das wird dann alles im Sand verlaufen. Oder schlimmer noch – wir beide werden Probleme bekommen."

Schlüter verstummt. Er hat die Augen geschlossen und scheint sehr angestrengt nachzudenken.

Todten sagt auch nichts und wartet ab.

„Irving, Major Irving! Der Chef der Militärpolizei hier in Hamburg. Todten, den müssen Sie doch auch kennen. War doch schon ein paar Mal hier im Zuge von Großrazzien. Das wäre der richtige Mann. Wir müssen ihn ins Vertrauen ziehen. O'Rorke muss erst einmal außen vor bleiben."

„Meinen Sie? Ich habe Irving zwar auch mehrmals gesehen, aber noch nie mit ihm gesprochen. Ich kann kein Englisch."

„Kein Problem. Das kann Winkler machen – hier aus unserer Wachschicht. Er hat schon mehrmals für mich gedolmetscht. Ich werde Irving unter einem Vorwand um einen Besuch der Davidwache bitten."

Am 30. April ist es endlich soweit. Vor der Davidwache hält ein Jeep der britischen Militärpolizei. Die Männer sind leicht an den hellroten Sattelmützen zu erkennen. Ein relativ junger Major, begleitet von zwei etwas älteren Sergeants, betritt die Wache. Alles ist arrangiert, und so werden die Briten direkt zum Revierführer begleitet. Dort erwarten sie Schlüter, Todten und Meisterpolizist Johannes Winkler.

Die drei Hamburger Polizisten sind sehr angespannt. Winkler stellt sich und seine beiden Chefs vor. Todten ist sehr überrascht von Winklers anscheinend guten Englisch. Einer der Sergeants scheint sich die deutschen Namen zu notieren. Zunehmende Unsicherheit. Dann übersetzt Winkler, dass es bei diesem Treffen um eine äußerst vertrauliche Angelegenheit geht und blickt dabei auffallend auf die beiden Begleiter des Majors. Etwas reserviert ergreift Major Irving erstmals das Wort und erklärt, dass beide Sergeants sein besonderes Vertrauen genießen.

Schlüter und Todten haben Blickkontakt zueinander und nicken sich kaum merkbar zu.

„Herr Major," beginnt Todten sehr förmlich, „wir ermitteln gegen einen hochrangigen deutschen Polizeioffizier wegen des Verdachtes des Schwarzhandels. Und wir glauben auch, dass Personen der britischen Militärregierung, beziehungsweise. der britischen Armee in die Sache verstrickt sind."

Irving blickt seine Mitarbeiter kurz an, sagt aber nichts.

Er holt ein Zigarettenetui aus einer Brusttasche seines Uniformrocks und bietet reihum Zigaretten an. Jeder, außer Todten, bedient sich. Einer der Sergeants gibt seinem Major Feuer, der nimmt einen tiefen Zug und bläst langsam den Rauch aus.

„Und welche Beweise haben Sie?" übersetzt Winkler diesen einen Satz des Briten.

„Eigentlich nur recht große Kontingente britischer und amerikanischer Waren – meist Lebensmittelkonserven."

„Okay. Zunächst zwei Dinge vorweg. Wir Militärpolizisten sind Angehörige der britischen Armee und nicht der Militärregierung hier in Hamburg. Und zweitens: Bis zu meiner Verpflichtung in die Army war ich als Chief-Inspektor bei Scotland Yard tätig. Wie kann ich Ihnen in dieser Sache helfen? Winkler hat den Satz gerade vollständig übersetzt, als über die Gesichter von Schlüter und Todten eine Mischung aus Überraschung und Begeisterung huscht. Das haben sie nicht erwartet.

213

Schlüter fährt fort: „Major, zunächst möchte ich Ihnen unseren Dank aussprechen. Wir werden jetzt mit unserem Polizeichef sprechen. Und Sie, Sir, möchte ich bitten, zunächst Stillschweigen zu bewahren, weil wir vermuten, dass unserer Mann Verbindungen in den Stab von Colonel O'Rorke hat. Und selbstverständlich werden wir Sie ständig über den Verlauf unserer Ermittlungen informieren."

Hin und wieder schmunzelten die Briten über die eine oder andere Wortwahl von Winkler. Ganz so perfekt waren seine Sprachkenntnisse dann wohl doch nicht.

„Einverstanden," erwiderte Irving, „aber ich hoffe auch, dass Sie sich irren. So viel ich weiß, gibt es zurzeit nur ein großes Lebensmitteldepot in Hamburg und das steht unter der Leitung der Royal Engineers. Das sind ordentliche und tapfere Leute. Es würde nicht nur mir wehtun, wenn welche von ihnen in so etwas verwickelt sind. Und, meine Herren, sobald Sie etwas Konkretes haben, muss auch Colonel O'Rorke davon erfahren. Das verlangt die Loyalität gegenüber meiner Regierung."

Nur einen Tag später ist Oberinspektor Schlüter beim Polizeichef Georges zu einem Vier-Augen-Gespräch. Georges hat ein ambivalentes Verhältnis zu seinem Revierführer. Ihm sind die Leute etwas suspekt, die ein kollegiales Verhältnis zu ihren Mitarbeitern pflegen. Das ist nicht Georges' Stil, der mehr auf Distanz und umfangreiche Kontrollen setzt.

Und nun soll er etwas zur Kenntnis nehmen, was er sogar gegenüber seinem Vizechef verheimlichen soll, und was auch nicht ohne politische Brisanz ist.

Einen Bornemann notfalls zu feuern ist nicht das Problem, aber gegen Briten zu ermitteln, kann ihn womöglich das Amt kosten. Er hat schließlich ständig mit O'Rorke zu tun und weiß, dass dieser nicht gerade der beste Freund der deutschen Polizei ist.

„Tja, mein lieber Schlüter, das muss ich wohl tatsächlich mit dem Bürgermeister besprechen. Sie sorgen mir dafür, dass unauffällig ermittelt wird. Ich möchte keine Vermutungen hören, sondern nur ein hundertprozentige Beweise zur Kenntnis bekommen. Bis zur Entscheidung des Bürgermeisters kochen Sie das mal auf kleiner Flamme."

Mit diesen Worten ist Schlüter aus der Besprechung entlassen. Er nutzt noch die Gelegenheit, im Präsidium eine kostenlose warme Mahlzeit einzunehmen. So etwas wiederum ist auch Georges zu verdanken. Danach macht er sich auf den Rückweg zu seiner Wache.

Noch an demselben Nachmittag sitzen die vier Kripoleute der Davidwache zusammen. Todten erklärt seinen drei Mitarbeitern, was er mit dem Revierchef und der wiederum mit Georges besprochen hat.

„Ich bitte euch also um nichts anderes, als Bornemann zu observieren. Gegen die eigenen Leute zu arbeiten, also. Das ist grundsätzlich nicht schön und wohl auch nicht ganz ohne Risiko. Und deshalb kann ich verstehen, wenn einer von euch diese Aufgabe ablehnt."

Schweigen unter den Angesprochenen. Und außer Schröter ist zunächst keiner in der Runde, der Todten in die Augen sehen mag. Und dann sagt Schröter – leise, aber mit fester Stimme: „Ich konnte den Kerl noch nie ab. Also, Otto, ich bin dabei."

Todten freut sich über die Antwort, lässt es sich aber nicht anmerken. Allerdings hatte er ohnehin bei Schröter fest mit Zustimmung gerechnet.

Nun Rudolf Schwartau: „Ja, ich bin auch dabei." Und nach einer Verzögerung dann auch Johannes Finke: „Ich auch." Allerdings bemerkt Todten, dass Finke wohl die meisten Bedenken von allen hat. Aber er übergeht das zunächst.

Es wird verabredet, die Einsatzplanung am nächsten Morgen zu erstellen und so lässt man den Dienst ausklingen, indem noch einmal Wasser für eine Tasse Tee aufgesetzt wird.

Der Tee ist ein Asservat. Er gehörte ursprünglich einem australischen Seemann, der die Nacht zur Ausnüchterung im Keller der Davidwache verbracht hatte. Als ihm am Morgen die mitgeführten Sachen zurückgegeben wurden, verzichtete er großzügig auf den Tee, der dann unter den Wachschichten und dem Innendienst aufgeteilt wurde.

Zum Feierabend treffen Todten und Finke wie zufällig im Flur zusammen.

Finke hält Todten kurz am Unterarm zurück, blickt sich um und als niemand zu sehen ist, sagt er leise: „Otto, du hast gemerkt, dass ich gezögert habe?"

„Na ja, das kam nicht gerade spontan von dir."

„Otto, ich hab' auch ein bisschen Schiss. Wenn das nach hinten losgeht, dann sind wir auf einmal dran. Was soll ich dann machen, wenn die Tommys uns gar entlassen. Meine Familie...- die Kinder. Ich hab' doch nur Polizei gelernt. Was soll ich denn machen, wenn die mich rausschmeißen?"

„Aber Johannes, doch nicht, wenn wir sauber nachweisen, dass einige Engländer und einige deutsche Polizisten auf dem Schwarzmarkt mitmischen."

Finke blickt sich noch einmal um und antwortet dann noch eine Spur leiser:

„Nein, aber wenn sie in meiner dienstlichen Vergangenheit herumschnüffeln. '41 war ich knappes Jahr zur Gestapo abkommandiert – vom Chef der Leitstelle persönlich. Ich habe in der Zeit alle Fälle von Rassenschande bearbeitet. Ich habe auch einige „Umsiedelungen" verfügt. Du weißt doch vielleicht, was das bedeutet hat."

„Nein, ich weiß es nicht genau, aber ich habe in letzter Zeit einige Dinge gehört und kann mir vorstellen, was „Umsiedelung" bedeutet."

„Es bleibt aber dabei. Ich mache mit. Ich wollte es dir nur sagen."

„Am besten, ich weiß von nichts. Und wie bist du dann von der Gestapo losgekommen?"

„Ich hab' son büschen auf blöd gemacht und meinem damaligen Chef gesagt, dass mir Sittensachen nicht so gut liegen. Ich bin dann zum Einbruch versetzt worden. Aber die wenigen Fälle, die es noch gab, wurden dann immer härter bestraft. Verbrechen gegen die Volksgemeinschaft ! Ehrlich, Otto, ich bin froh, dass der ganze Scheiß vorbei ist."

„Also los, Johannes, versuchen wir, wieder ordentliche und anständige Krimsches zu werden. Hoffentlich stehen wir diesmal auf der richtigen Seite"

Am nächsten Morgen sitzen alle noch einmal zusammen, um einen Dienstplan für die anstehende Observation zu erstellen. Der Revierführer ist dabei und hat noch zwei seiner besten Leute mitgebracht – zwei ältere Meisterpolizisten, auf die Schlüter sich seit jeher uneingeschränkt verlassen hat. Winkler, der schon bei der englischen MP übersetzt hat, ist auch wieder dabei. Todten verpflichtet alle Anwesenden noch einmal zu besonderer Verschwiegenheit. Und bereits am Nachmittag geht es los.

Die folgenden Tage verlaufen vollkommen ereignislos. Bornemann verlässt das Präsidium meist pünktlich zum Feierabend und erreicht dann zu Fuß und mit der Straßenbahn seine Wohnung im Eppendorfer Weg. Bis 22.00 Uhr verlässt er die Wohnung nicht; ob später noch weiß man nicht, weil das Personal für eine lückenlose Observation nicht ausreicht. Ebenso wenig weiß man, wann Bornemann zum Dienst geht. Aber das lässt sich auch anders feststellen.

Am 2. Mai 1946 ist Johannes Finke an der Reihe. Er soll die Wohnung observieren und Schwartau ablösen, der Bornemann vom Präsidium bis nach Hause beschattet hat. Finke betritt das Trümmergrundstück gegenüber Bornemanns Wohnung von der Hofseite aus. Er muss vorsichtig sein, denn es ist noch hell. Jede seiner Bewegung wirft Schatten. Weit hinten, auf der anderen Straßenseite, kurz vor der Osterstraße erkennt er Schwartau, dem er zuwinkt und der daraufhin verschwindet. Dann nimmt Finke seinen Rucksack ab und packt die Wolldecke aus. Die legt er sich um die Schulter. Ein Stück Pappe hat er gefaltet und legt es als Unterlage auf einen kleinen Schutthügel. Er ruckelt sich ein wenig zurecht und hat nun einen Blick auf den Hauseingang gegenüber.

„So – und jetzt nur noch die vier Stunden absitzen," denkt Finke, der sich sicher ist, dass Bornemann wieder einmal den Abend zuhause verbringt.

Aber nur zwei Stunden später, es ist bereits dunkel, verlässt Bornemann das Haus. Er trägt zivil. Er geht die paar Meter bis zur Straßenbahnhaltestelle am Schulweg und wartet dort auf die Linie 14. Als die Bahn hält, steigt er in den Triebwagen. Finke kann dadurch und im Schatten der Waggons die Straßenseite wechseln und auf den Anhänger aufspringen, als der sich in Bewegung setzt. Er geht bis zur vorderen Plattform durch und kann so in den Zugwagen sehen. Dort sitzt Bornemann auf der seitlichen Bank, am hinteren Ende des gedeckten Teils; der vordere Bereich ist für die Briten reserviert. Er hat seinen Schatten anscheinend nicht bemerkt und dreht ihm halbwegs den Rücken zu. In der Eimsbüttler Straße, kurz vorm Millerntor, steigt Bornemann aus. Er geht ohne Eile durch die engen Straßen meist auf der Fahrbahn. Auf den Gehwegen liegen oftmals noch Trümmer oder verbrannter Hausrat. Schwierig für Finke, seiner Zielperson unauffällig zu folgen. Er muss zwar größeren Abstand halten, sieht aber noch, wie Bornemann in die Wilhelminenstraße abbiegt. Schnell läuft er bis zur Hausecke. Da sieht er Bornemann wieder.

Der verschwindet jetzt in der Hofeinfahrt eines zerbombten Wohnhauses, bei dem nur noch die Fassade steht. Finke schlendert daran vorbei, kehrt noch einmal zurück und geht wenige Schritte in die Einfahrt hinein. Dort ist nichts zu sehen und zu hören. Bornemann ist wie vom Erdboden verschluckt.

Nun bleibt Finke nur noch die Möglichkeit, sich schräg gegenüber in einen tiefen Hauseingang zu drücken und die Rückkehr Bornemanns abzuwarten. Immerhin bewegt er sich hier auf eigenem Terrain. Das beruhigt etwas und erspart ihm umständliche Erklärungen bei einer zufälligen Entdeckung.

Aber Bornemann kommt nicht zurück. Finke hat das sichere Gefühl, dass er auch nicht mehr kommen wird. Aber auch das wäre eine Erkenntnis. Seine Routine und berufliche Erfahrung spricht dagegen, diese Observation jetzt einfach abzubrechen. Also bleibt er dort in diesem Hauseingang und beobachtet stoisch diese seelenlose Hofeinfahrt. Wieder hat er seine Decke über die Schulter gelegt und die Pappe platziert. So sieht er aus wie ein obdachloser Kriegsheimkehrer, die man diese Tage immer noch an allen Ecken Hamburgs findet.

Dann wird es hell und Finke schlurft die wenigen Meter zu seiner Dienststelle am Spielbudenplatz.

15. Kapitel

Aus dem Kreis wird eine Schlinge

Kriminalinspektor Otto Todten fährt mit der U-Bahn von der Hoheluftbrücke bis zur Sternschanze. So weit ist die alte Ringlinie schon wieder hergestellt. Es ist gerade einmal halb sieben und doch ist der Zug mit seinen nur drei Waggons gerammelt voll. Todten blickt sich dezent um – alles graue abgekämpfte Gesichter. Todten hat versehentlich einen Raucher-Waggon erwischt. Nun steht er in dem Qualm aus Pfeifen und selbstgedrehten Zigaretten, deren Tabake aus Kippen, Kleingartenzüchtungen und allen nur erdenklichen Streckmitteln gemischt sind.

Von der Euphorie der ersten Nachkriegswochen ist schon seit langem nichts mehr zu spüren. Die bomberfreien Nächte sind jetzt wieder Normalzustand, aber dafür wird die tägliche Versorgung zu einem Problem. Zumindest in diesem Waggon befinden sich offensichtlich nur Menschen, die jeden Tag um Holz, Kohle und Fett kämpfen, denn die Versorgungslage hat sich nicht verbessert – eher ist seit Januar 1946 das Gegenteil eingetreten. Trotz Frühsommers scheint alles nur unendlich grau.

Diese Umgebung passt gut zu Todtens eigener Stimmung. Irmi ist seit 14 Tagen wieder in Berlin. Angeblich hat sie durch ein Telefonat erfahren, dass es ihrer Halbschwester Hildegard wegen einer Lungenentzündung schlecht gehe. Sie müsse da nun hin, weil ihr Schwager damit allein nicht zurechtkommt.

So viel er weiß, hat Hildegard kein Telefon. Todtens auch nicht. Wie kommt es da zu einem Telefonat? Todten hat das nicht weiter hinterfragt; es ist wie eine logische Konsequenz. Irmi hat sich in Hamburg nie richtig eingelebt. Ihm, oder besser: ihnen war immer zumute, als wäre Irmi hier auf Besuch. Und dann war natürlich dieser

Druck zu spüren, der auf ihnen lastete und der nicht besprochen werden konnte.

„Sie ist vergewaltigt worden! Ganz klar! Von einem Russen – auch klar. Man hört doch nichts anderes. Und wenn ich sie danach frage? Dann kommt doch irgendwann bestimmt der Punkt, an dem sie mich fragt ‚..und wo warst du, um mich zu beschützen ?' So war es ja auch. All die Jahre waren wir zusammen, so viele Bombennächte gemeinsam im Keller oder irgendwo unterwegs im Bunker. Hunger, Angst – alles zusammen durchgestanden. Und im entscheidenden Moment lasse ich sie allein."

Todten blickt durch das beschlagene Waggonfenster in den regnerischen Morgen und ihm wird klar, dass wieder einmal eine Entscheidung ansteht:

Versetzung zurück nach Berlin oder Trennung von Irmgard. Er denkt schon lange darüber nach. An Hamburg als Stadt liegt ihm nichts. Daran hängt er nicht.

Er wird zukünftig ohnehin nur in Trümmerwüsten leben – ob nun Hamburg, Elbing oder Berlin: Alles nur noch Schutthaufen.

Wenn ihn etwas hält, dann sind es seine Kollegen hier. Alles feine Kerle – immer verlässlich, immer hilfsbereit. Sie jetzt im Stich lassen?

Schluss jetzt. Er will aus diesem Gedankenlabyrinth heraus und klärt das endgültig auf dieser kurzen Bahnfahrt: Eine Trennung von seiner Irmi kommt nicht in Betracht. Da wird es doch Ärzte, Psycho-Heinis oder so etwas geben, die da helfen können. Also: den Fall Bornemann erledigen und dann zurück nach Berlin!

An der Sternschanze kann er auf die Linie 14 aufspringen und bis zum Millerntor fahren. Von dort ist es ja nicht mehr weit und daher ist er schon kurz nach sieben an seiner Dienststelle auf dem Spielbudenplatz. Als er das Büro der Kripostelle betritt, sitzt dort Finke – erkennbar übernächtigt. „Hannes, was machst du denn schon hier? Um diese Zeit?"

„Ich war doch gestern Abend an der Reihe mit Bornemanns Observation. Er ist tatsächlich spät abends noch einmal aus dem Haus. Und nun rate mal, wohin er gegangen ist?" „Keine Ahnung." „Ich auch nicht." Natürlich hat Finke mit dem verblüfften Gesicht seines Chefs gerechnet und deshalb ergänzt er noch: „Er ist in einem Trümmergrundstück in der Wilhelminenstraße verschwunden und bis Tagesanbruch nicht wieder aufgetaucht. Dann bin ich hier zur Dienststelle."

„Vielleicht ist er über einen gemeinsamen Hinterhof ins „Komm zu Otto" gegangen. Schlüter hat mir erzählt, dass er dort früher gearbeitet haben soll."

„Geht nicht", antwortet Finke, „der Laden war dicht und er befindet sich ohnehin auf der anderen Straßenseite." Ratlosigkeit!

Bald darauf erscheinen Schröter und Schwartau und dann auch noch Winkler und Gernburger, der andere Schutzmann aus Schlüters Mannschaft, die jetzt für einige Zeit Todten unterstellt sind.

Dann erzählt Finke seine Geschichte noch einmal.

Zunächst herrscht Schweigen. Aber dann räuspert sich Gernburger, der Älteste in der Runde und schon seit Ende des 1.Weltkrieges an der Davidwache. Er kennt hier alles – über und unter der Erde von St.Pauli.

„Durch diese Toreinfahrt habe ich in den Zwanzigern mal einen Dieb verfolgt. Er ist mir entwischt, aber dabei habe ich festgestellt, dass dort eine Verbindung zwischen zwei Hinterhöfen besteht. Und über den zweiten Hinterhof kommt man an die Rückseite und die Hintertür zur „Tarantella-Bar".

„Was?!" Todten blickt Gernburger ungläubig an, „das ist ja beinahe von hier aus zu sehen und wir sind nicht d'rauf gekommen – eine Verbindung zwischen der Wilhelminenstraße und dem Hamburger Berg. Jetzt ist mir auch klar, wie die Waren in die „Tarantella" geliefert wurden."

Und Schröter – mehr zu sich selbst: „gefälschte Marken -

Erich Zander- Inspektor Bornemann: Nachtigall, ich hör'
dir trabsen."
Ein ganz feines Lächeln zeigt sich auf Todtens Gesicht.

Heute ist ein sonniger, sehr angenehmer Frühsommertag
mitten im Mai und Kurt Bornemann hat sich heute frei
genommen. Er hat mit seiner Eva ausgiebig gefrühstückt.
Für die Bornemanns ist das kein Problem. Eva hat einen
Laden im feinen Harvestehude gefunden, in dem man
nicht so viel Wert auf gültige Lebensmittelmarken legt.
Britische Offiziere, die hier in zahlreichen requirierten
Häusern und Wohnungen leben, kaufen hier auch gelegentlich ein. Daher ist es auch kein Problem, wenn Eva
mit amerikanischen Dollar oder britischen Pfund bezahlt.
Vielleicht geht es sogar nur so.
Am Vormittag legen sie dann leichte Sommerkleidung an
und verlassen untergehakt ihre Wohnung. Bornemann
trägt einen kleinen Lederkoffer und Eva hat einen
Regenschirm lässig über den Unterarm gehängt. Sie
wirken beide sehr elegant. In der Osterstraße warten sie
noch eine Weile auf die die Straßenbahn. Nur wenige
Leute warten dort ebenfalls; die meisten Hamburger
gehen zu Fuß – es gibt diese Tage Wichtigeres, als sich
den Luxus einer Bahnfahrt zu gönnen. Die Bahn hält, und
das Ehepaar Bornemann steigt in den letzten der beiden
Anhänger.
Und gerade als die Bahn anfährt, springt noch ein Mann
mittleren Alters auf.
Er steigt allerdings auf den Triebwagen. Bornemann
stutzt. Merkwürdig. Er hat diesen Mann mit der Aktentasche schon gesehen, in der Gärtnerstraße, kurz nachdem er sein Haus verlassen hat.
Nun springt er in scheinbar letzter Sekunde auf die Bahn,
obwohl er doch keinen weiteren Weg hatte und eigentlich
mit ihnen an der Haltestelle angekommen sein müsste.

Außerdem kommt ihm der Mann bekannt vor. Ein Nachbar aus seiner Gegend? Ein Kunde? Ein Barbesucher aus der „Tarantella"?

Dann wird Bornemann aus diesen Gedanken gerissen, weil seine Frau einige Fragen zu ihren bevorstehenden Einkäufen stellt. Und danach denkt er nicht weiter über diesen Mann nach.

Am Dammtor steigt das Ehepaar Bornemann aus und mit ihnen viele andere. Bornemann fällt nun wieder dieser Mann auf, den er ebenfalls in den doppelflügeligen Eingangstüren des Dammtorbahnhofs verschwinden sieht. „Na, also," sagt er mehr zu selbst „Fehlalarm!". Er verabschiedet sich von seiner Frau, die in der Esplanade und auf dem Jungfernstieg Einkäufe erledigen will.

Bornemann wiederum geht auf eines der Taxis zu, die gegenüber dem Bahnhof auf Fahrgäste warten.

Der Chauffeur steigt aus, als der Mann im eleganten Sommermantel auf seinen Wagen zugeht. Er zieht die Mütze grüßend vom Kopf und öffnet die Fondtür seines Mercedes V 170. Und dann hört er hocherfreut, dass die Fahrt nach Tonndorf gehen soll. Welch ein Geschäft mitten in der Woche!

Die Kripoleute vom Polizeirevier 36, der Davidwache also, hatten rechtzeitig von Bornemanns freien Tag erfahren. Da klingelten alle Alarmglocken.

Für diesen Tag wird eine Rundumüberwachung organisiert und das kostet Personal. Für den Vormittag ist der Kollege Winkler eingeteilt. Todten rechnet eher am Nachmittag mit Bewegungen. Das soll dann der erfahrenere Schwartau übernehmen. Winkler ist eher die Notlösung.

Der also sitzt nun seit sieben Uhr in der Ruine gegenüber Bornemanns Haus und beobachtet den Eingang. Ihm ist nicht wohl dabei, Nicht, dass er Probleme hat, gegen diesen sogenannten Kollegen zu ermitteln, sondern eher, weil er die Sache nicht vermasseln will. Er hat das noch nie gemacht – Observation. Wie soll er in dieser Gegend nicht auffallen, wo doch am Vormittag nicht allzu viele Leute auf der Straße sind ? Sechs Stunden soll er hier sitzen. Seine Frau hat ihm ein dickes Handtuch einge-packt, damit er auf den Mauerbrocken etwas bequemer sitzen kann, dazu zwei Scheiben Brot, zwar dünn, aber mit echter Butter bestrichen und die alte Thermoskanne mit einem Tee, den seine Frau selbst aus Kräutern herstellt. Beides hat er schon zu sich genommen, als sich gegenüber die Haustür öffnet und ein Ehepaar mittleren Alters heraustritt. Das sind sie! Genau so hat Todten den Mann beschrieben; außerdem hatte Winkler den Borne-mann schon einmal an der Wache gesehen. Winkler spürt sofort eine ungewohnte, starke Anspannung, die ihn erfasst. Das Ehepaar dort drüben hat ihn nicht gesehen, da ist er sich sicher.

Schnell packt er seine Sache in die Aktentasche, und als das Paar gute einhundert Meter von ihm entfernt sind, tritt er aus der Hausruine hervor.

Als Bornemann dann die Straßenseite wechselt, blickt er dabei auch zurück, aber Winkler ist sicher, dass Bornemann ihn für einen normalen Passanten hält oder ihn überhaupt gar nicht bemerkt hat.

Von der Ecke Osterstraße kann er die Straßenbahn-haltestelle sehen, an der seine Zielpersonen stehen und auf die Bahn warten. Ein paar andere Leute stehen dort auch, aber Winkler traut sich nicht, sich dazu zu stellen. Also wartet er das Eintreffen der Straßenbahn ab. Als sie hält, kann er gerade noch sehen, dass die Bornemanns in den letzten Waggon einsteigen. Winkler sprintet kurz um die Ecke, dann quer über die Osterstraße und springt auf den Triebwagen. „Nicht schlecht für einen alten Schutz-mann," denkt er noch, als er sich etwas prustend auf dem hinteren offenen Stehplatzbereich an der Seitenwand festhält. Durch die Zahlklappe bezahlt er beim Schaffner seinen Fahrschein und zweifelt kurz und im Stillen, ob er dieses Geld wohl später erstattet bekommt. Von hier aus kann er das Paar durch den zweiten Waggon hindurch zwar nicht sehen, aber er kann sich an jeder Haltestelle hinauslehnen und die aussteigenden Fahrgäste beobachten. Am Dammtorbahnhof verlassen dann allerdings so viele Leute die Bahn, dass Winkler die Bornemanns beinahe übersieht. Er springt nun ebenfalls ab und geht mit dem Strom der Leute auf die Ein-gangstüren des Bahnhofs. Durch diese Türen, die immer noch nicht wieder verglast sind, sieht er, dass sich das Paar trennt und Bornemann auf die andere Straßenseite auf ein Taxi zugeht. Und tatsächlich steigt er ein.

„Was jetzt?" Winkler weiß es nicht. Frau Bornemann geht gerade an ihm vorbei, ohne ihn auch nur im Geringsten wahrzunehmen. Es kümmert ihn auch nicht, denn er überlegt verzweifelt, was er nun tun soll. Soll er selbst mit einem Taxi hinterherfahren? Er hat aber nur sehr wenig Geld dabei. Soll er sich gegenüber dem Taxifahrer als Polizeibeamter zu erkennen geben und dann eine Art Bescheinigung ausstellen, damit der Mann sein Geld bekommt. Und die ganze Sache damit vielleicht bekannt wird? Winkler entscheidet sich für einen anderen Weg. Als das Taxi wendet, tritt er schnell aus dem Bahnhof heraus. Er läuft bis zur Mittelinsel und kann gerade noch das Kennzeichen des Taxis erkennen. Dann macht er sich auf den Weg zu seiner Wache.

Bornemann hat es sich auf dem Rücksitz bequem gemacht. Aber er ist unruhig, Irgendetwas gefällt ihm nicht. Und aus diesem Gefühl heraus dreht er sich noch einmal um und blickt zurück in Richtung Dammtor.

Da sieht er wieder diesen Mann mit der Aktentasche, wie er gerade noch die Mittelinsel erreicht und ihm allem Anschein nach hinterher blickt. Und nun, genau in diesem Moment fällt ihm ein, wo er diesen Mann schon einmal gesehen hat. Es war an der Davidwache und der Mann trug die Uniform eines Meisterpolizisten.

Die Sache geht ihm nun nicht mehr aus dem Kopf. „Aber das wäre doch unmöglich. Ich bin praktisch Leiter einer wichtigen Kripoabteilung, dazu Oberinspektor. Das geht ohne die Zustimmung des PSO doch gar nicht. Oder läuft das vielleicht sogar in deren Auftrag…? Ich muss versuchen, das über Sean klären. Und ganz bestimmt steckt dieser Todten dahinter, keine Frage."

Bornemann konnte durch seine Position einiges über Todten erfahren. Bei einem Kantinenessen beklagte er sich bei dem richtigen Mann aus der Personalabteilung über angebliche Eigenmächtigkeiten eines Kripomannes, der ja wohl gar nicht aus Hamburg stamme – ja vielleicht sogar ein untergetauchter Gestapo-Mann sei. Dabei erfuhr er dann, dass Todten aus Berlin stammte, in Elbing ein Betrugsspezialist war und im Krieg sogar gegen Leute aus dem Wehrmachtsamt in Griechenland ermittelt hatte. „Also einer aus der Genickschussabteilung, pfui Teufel."

„Nein, einer solchen Abteilung gehörte er nicht an. War wohl auch nicht ohne Risiko für ihn."

Mehr war nicht über Todten zu erfahren. Er schien nach den nun geltenden Maßstäben sauber zu sein.

Dieses Gespräch fällt ihm nun ein, als er noch vor dem Bahnübergang das Taxi verlässt und bis zum Depot zu Fuß weitergeht. Die englischen Posten vor dem Tor müssen nicht unbedingt sehen, dass er mit einem Auto vorfährt.

Bornemann hat heute Vormittag eine Verabredung mit Hockeridge. Eigentlich soll es um die nächsten beiden Lieferungen gehen. Aber seit einer Stunde hat sich der Plan geändert. Bornemann würde nun doch gern aus der Sache aussteigen.

Die Begrüßung durch Hockeridge fällt wieder sehr freundlich aus. Er hat Sandwiches vorbereiten lassen und serviert wieder seinen durchschnittlichen Whisky. „Cord, mein Lieber, was brauchst du und was bietest du mir?" unterbricht Hockeridge gut gelaunt die anfängliche

Begrüßungskonversation. „Ich kann dir eine größere Menge Corned Beef anbieten." Bornemann blickt den Briten mit einem merkwürdigen Lächeln an und er sagt nichts.

„Cord, mein Lieber, was ist mit dir?"

„Emerett, schlechte Nachrichten. Ich glaube, ich muss aussteigen."

„Aber Cord, jetzt, wo alles nur noch so flutscht. Was ist? Soll ich mehr liefern – kein Problem."

Und dann erzählt Bornemann von seinen Beobachtungen vom Vormittag und seinem Verdacht gegenüber Todten.

Hockeridge hört gar nicht richtig zu. Vor seinen Augen fällt gerade sein schönes Kartenhaus zusammen. Er denkt an seinen Pub, den er mit seinen bisherigen Einnahmen wohl nicht eröffnen können wird. Er sieht, wie seine Zukunftspläne in Gefahr geraten. Doch dann hört er Bornemann wieder aufmerksamer zu, als dieser dann sagt: „…er wird seine Ermittlungsergebnisse dann wohl an die britische Militärregierung, an den SPSO, abgeben müssen – wenn er nicht ohnehin in deren Auftrag arbeitet."

Das sitzt. Das wäre das absolute Aus. Unehrenhafte Entlassung aus der Armee und vielleicht kämen sie sogar an sein Geld. Eine einzige Katastrophe.

„Cord, können wir den Mann loswerden? Hat er bei der Entnazifizierung gelogen? Ist ihm von früher etwas anzuhängen? Können wir da was machen?"

„Nein, habe ich schon überprüft. Er ist sauber und das weiß auch jeder im Amt. Er hat im Krieg sogar gegen die Wehrmacht ermittelt. Ein ganz Verbissener. Er ist gefährlich, Emerett!"

Schweigen. Beide starren in ihren Whisky.

„Und wenn er einen Unfall erleidet?"

„Bist du verrückt!? Emerett, da mache ich nicht mit.

Das kommt überhaupt nicht in Frage. Ohne mich!"

„Verdammt noch mal, Cord, wozu haben wir diesen verdammten Krieg gewonnen? Vor einem Jahr hätte ich euch verdammten Krauts als Nazis an die Wand gestellt und erschossen. Da hätte keiner auch nur ein Wort verloren. Und nun soll ich mir von diesem verfluchten Nazi meine Zukunft kaputt machen lassen?"

Bornemann horcht auf. So ist das also. Von wegen neue Freundschaft.

Für beide geht es um nichts anderes als um Geld. Das war ihm natürlich seit jeher klar. Aber diese kalte Bemerkung lässt ihn auch erkennen, dass er in dieser Sache am kürzeren Hebel steht. Bornemann fürchtet um seine Geschäfte, aber Angst hat er vor Hockeridge nicht.

„Mach', was du willst. Ich steige aus und sehe zu, ob ich deine und meine Haut noch retten kann."

„Das mache ich auch – aber auf meine Weise."

Bornemann sieht Hockeridge nachdenklich an, fragt ihn aber nicht, wie das wohl gemeint war. Dann öffnet er seinen kleinen Koffer und übergibt Hockeridge ein Ritterkreuz. Der Brite hält es ehrfürchtig in der Hand. „Das kann 500 $ bringen," denkt er und fragt Bornemann, was er dafür erwartet.

„Nichts. Betrachte es als Geschenk für unsere gute Zusammenarbeit."

Dann steht Bornemann auf. Beide Männer geben sich wortlos die Hand und dann macht sich Bornemann auf den Weg nach Haus. Er beobachtet seine Umgebung nun aufmerksamer. Gibt es hier irgendwo einen auffällig Unauffälligen? Nein – nichts. Bornemann ist sich sicher, nicht mehr beschattet zu werden.

Hat er sich vielleicht doch geirrt?

Am nächsten Morgen, an einem Donnerstag, Mitte Juni, sitzt Kurt Bornemann in seinem Büro im Polizeipräsidium am Karl-Muck-Platz. Er hat einen Termin bei seinem Freund Sean Penbroke, der sein Büro am Gänsemarkt unterhält. Bornemann macht sich um 10.30 Uhr zu Fuß auf den Weg dorthin – den Valentinskamp entlang. Die Reste des alten Neustadt-Gängeviertels haben nicht viel abbekommen von all den Bombenangriffen auf Hamburg, aber es sieht dennoch trostlos aus.

Sean Penbroke erwartet den Oberinspektor bereits. Zwei Kaffeetassen stehen bereits auf dem kleinen Rauchtisch. Penbroke füllt zwei Teelöffel Nescafé in die Tasse und gießt dann heißes Wasser dazu. Bornemann kennt diese Art Kaffee zwar mittlerweile, ist aber immer wieder über den guten Geschmack überrascht. Kein Vergleich mit dem deutschen Muckefuck.

Beide Männer unterhalten sich natürlich auf Englisch, was für Bornemann im Verlauf des vergangenen Jahres wieder zu einer zweiten Muttersprache geworden ist – wie seinerzeit in Australien.

„Nun, mein lieber Kurt, was verschafft mir die Ehre deines seltenen Besuchs?"

Penbroke hat sich zurückgelehnt und raucht genüsslich seine „Senior Service".

„Sean, du bist der einzige Freund, dem ich vertrauen kann. Wir beide arbeiten von Anfang an eng zusammen, und ich habe dir viel zu verdanken. Nun möchte ich von dir wissen: Gibt es Aufträge vom PSO an eine andere Polizeiabteilung, die mich observieren soll?"

„Dich, Kurt, den stellvertretenden Leiter des Chefamts II? Wie kommst du denn bloß darauf?"

„Ich sage dir warum: Ich befürchte, dass ich kompromittiert werde, weil ich einen Verdacht gegen Mitarbeiter eurer Depots habe."

„Du ermittelst gegen Briten, ohne dass ich das weiß?"

„Nein, ich ermittele noch nicht. Aber auch dir dürfte bekannt sein, dass ständig Waren aus euren Depots auf dem Schwarzmarkt auftauchen."

„Ja, verdammt, das weiß ich. Ich habe immer gesagt, man soll das Depot nicht den Engineers unterstellen. Diese „Kriegshelden" nehmen sich Dinge heraus, die ihnen nicht zustehen. Aber, Kurt, unter uns, die Verwaltung aller Depots geht ohnehin demnächst an die Militärregierung. Und noch einmal: Hast du Beweise für eine Verstrickung der Engineers?"

„Eben nicht. Sonst hätte ich dich natürlich sofort informiert. Es sind immer nur einzelne Posten, dann aber in größerer Menge aufgetaucht, Zum Beispiel Fruchtkonserven oder nur eine bestimmte Teesorte. Das spricht gegen gelegentlichen Tausch einzelner Soldaten; dann wäre das Sortiment gemischter. Ich war auch schon selbst im Depot, weil ich dachte, es könnten vielleicht größere Diebstähle vorliegen. Aber der Chef dort, ein Warrant Officer Hockeridge, hat mir erklärt, dass es keine nennenswerten Diebstähle gab. Was nun? Ich werde keine Ermittlungen anstellen, weil es keinen ausreichenden Verdacht gibt."

„Na, schön. Was meinst du, wie groß ist die Menge, die aus dem Depot stammen könnte?"

„Schwer zu sagen. Was bei unseren Razzien eben so aufgefunden wird."

„Ich glaube, wir werden den Laden dort einmal überprüfen müssen."

„Ja, Sean, das erscheint sinnvoll."

Kurt Bornemann hat soeben und endgültig die Seiten gewechselt. Die Verbindungen zu den Engineers sind verbraucht und nur noch gefährlich. Seine Zukunft sieht er nun in einer Karriere bei der Polizei. Und wenn er jetzt noch Unregelmäßigkeiten bei den Briten nachweisen kann, kann er eine ganz große Nummer im Amt werden.

Dazu muss Ballast abgeworfen werden. Es kommt jetzt darauf an, dass Hockeridge glaubt, seine eigene MP wäre ihm auf die Schliche gekommen. Oder aber er wird vermuten, dass alles durch Todtens Ermittlungen ins Rollen gekommen ist. Jetzt muss er nur noch wissen, was Todten weiß. Und vor allem:

„Was weiß Todten über mich? Ich muss an seine Ermittlungsunterlagen kommen!"

16. Kapitel

Die Briten mischen sich ein

Otto Todten ist heute bester Dinge. Er hatte sich vor
einigen Tagen noch einmal mit Oberinspektor Schlüter
besprochen. Ohne Rücksicht auf berufliche Nachteile
hatte er sich offenbart und über die Probleme in seiner
Ehe gesprochen. Auch dass die Frau seines Revierleiters
dabei zugegen war, störte nicht. Vielleicht war es ganz gut
so. Schließlich weiß jeder im Revier von dem Einfluss,
den Frau Schlüter bei ihrem Mann hat. Sie hatte das
Gespräch quasi mit den Worten beendet: „Herr Todten,
ich finde es sehr nett, dass Sie in dieser schwierigen
Situation zu ihrer Frau stehen."
Damit war die Sache dann also erledigt. Todten geht
zurück nach Berlin. Dafür wird der Oktober ins Auge
gefasst. Er ist sicher, dass er bis dahin die britische
Beteiligung am Schwarzmarkt und auch die Verstrickung
Bornemanns nachweisen kann. Schlüter wiederum will
seine Beziehungen zu Polizeioberst Fürst, dem Personalchef der Hamburger Polizei, nutzen, um eine Versetzung
zur Berliner Polizei zu arrangieren. Man hört, dass
besonders im amerikanischen und britischen Sektor der
Aufbau der Polizei gute Fortschritte macht. Es tauchen
sogar Namen auf, die '33 bei den Nazis auf der Ent-
lassungsliste gestanden hatten.
Schlüter hatte Todten ermahnt, mit seinem offiziellen
Versetzungsgesuch so lange zu warten, bis er alles abgeklärt habe. Die Sache läuft jetzt also, und Todten ist wie
verwandelt. Er hat seine Entscheidung getroffen und
damit ist eine Last von seinen Schultern gefallen. Irmi
weiß noch nichts. Er will sie erst informieren, wenn alles
sicher ist.
Aber nun gilt erst recht, die Sache ordentlich zu ermitteln,
damit er den Fall abschließen kann. Über das

Autokennzeichen, das Winkler sich vor dem Dammtorbahnhof aufgeschrieben hatte, sind sie an den Namen des Taxifahrers gekommen und haben ihn vorgeladen.

Eine Vorladung zur Davidwache. Todten führt die Vernehmung selbst. Dabei bemerkt er als erfahrener Kripomann, dass seinem Gegenüber äußerst unwohl ist. Viel zu häufig befördert der Mann dubiose Figuren, halbseidene Persönlichkeiten aus dem Milieu der Zuhälter und Schieber. Oft wird auch nur ein Koffer oder eine Kiste transportiert. Keine Frage, dass das nicht alles legal ist, was er da in seinem Taxi hat. Aber was soll man schon machen? Da sind schließlich Frau und Kinder und die letzten Anständigen haben kein Geld für Taxifahrten.

„Ja, mein lieber Schröder, (so heißt der Fahrer) die Justiz unserer Besatzungsmacht ist da rigoros. Da reicht es schon, wenn man bestimmten Leuten hilft. Hier mal eine Fahrt – dort mal ein Transport. Eigentlich nur kleine Gefälligkeiten, aber die Tommys sehen das anders. Und – zack- wird auch noch das Auto eingezogen."

Schröder hört gar nicht mehr zu. Er überlegt verzweifelt, welcher Fall, welche Fahrt wohl gemeint ist. Ganz offensichtlich geht es um Schieber. Einige kennt er, fährt häufiger für sie – aber wen meint der Inspektor?

Aber dann wird der Krimsche endlich konkreter.

„Erinnern Sie sich an Ihre Tour, tagsüber am 18. Mai, als bei Ihnen ein Mann um die 50 am Dammtorbahnhof zugestiegen ist? Wohin haben Sie ihn gefahren?"

Schröder fällt ein Stein vom Herzen. Ein Unbekannter. Natürlich kann er sich gut erinnern und normalerweise würde er nun nur vage antworten, sich vielleicht sogar auf Erinnerungslücken berufen, denn auf der anderen Seite kann er sich gegenüber seinen üblichen Fahrgästen auch nicht erlauben, als kooperativ mit der Polizei zu gelten.

Aber hier kann er einmal bei der Polizei punkten und gleichzeitig den Verdacht einer Mittäterschaft ausräumen.

„Ich hab' den bis nach Wandsbek gefahren – nein, sogar weiter bis Tonndorf, bis zu den Schranken. Der Mann ist dann zu Fuß weitergegangen. Fand ich merkwürdig, aber geht mich das was an?"

Ohne weitere Fragen wird Schröder entlassen. Das wundert ihn ein wenig. Es wird keine Beschreibung der Person gewünscht, keine Frage nach früheren Begegnungen, oder ob der Mann ihm bekannt sei – nichts. Aber der Taxifahrer ahnt ja nicht, dass es der Kripo nur um das Fahrziel ging.

Es sind die letzten Junitage, als Todten zu einer Besprechung mit Major Irving von der Militärpolizei in den Offiziersclub an der Alster, nahe der Krugkoppelbrücke, eingeladen ist. Todten hätte gern Schröter dabei gehabt, aber der Major hatte ihm umständlich erklärt, dass Todten doch lieber allein erscheinen möge. Einige Tage später wird Irving dann auch bei seinem Bataillonskommandeur einbestellt, um ihm zu erklären, was denn ein deutscher Polizist in einem britischen Offiziersclub zu suchen hatte.

Todten wird jedenfalls sehr freundlich von Major Irving empfangen. Bei ihm ist ein junger Lieutenant, der ausgezeichnet Deutsch spricht. Todten glaubt sogar, ein wenig Hamburger Mundart heraus zu hören. Er übersetzt in dem nachfolgenden Gespräch.

Als sie bis zu einer Sitzgruppe durch den recht großen Saal gehen, bemerkt Todten schon, dass er doch von einigen der anwesenden Offiziere mit erkennbarer Missbilligung betrachtet wird. Sie machen jedenfalls aus ihrer Abneigung keinen Hehl. Todten ist an seiner etwas abgetragenen Kleidung unschwer als Deutscher zu erkennen.

Major Irving verhält sich hingegen ganz anders. Er lässt Tee und Sandwiches servieren. Beinahe scheint es, als bereite ihm diese Provokation gegenüber seinen Offizierskameraden Vergnügen.

Hin und wieder blickt Todten sich verstohlen um.

Es ist schon ein paar Jahre her, dass Todten mit Vorliebe englische Detektivgeschichten gelesen hat. Besonders hatte es ihm die britische Lebensart angetan – zumindest die, wie sie in den Romanen beschrieben wurde. Später, in der Zeit des Nationalsozialismus wurden die Engländer erst verspottet und dann verflucht.

Und englische Literatur las man einfach nicht mehr. Das Gift der Goebbel'schen Propaganda hatte Wirkung erzielt.

Aber nun sitzt er unter ihnen und beobachtet verstohlen diese besondere Art von Nonchalance im Umgang untereinander, die gutsitzenden Uniformen, die große Anzahl der Pfeifenraucher und die unnachahmliche Art, ein Whiskyglas oder eine Teetasse zu halten. Todten ertappt sich dabei, wie sehr ihn diese Art anspricht.

Und dann diese Sandwiches! Das weiche Brot und ein Salatblatt zwischen den Scheiben, um Käse und Corned Beef zu garnieren – ein Salatblatt!

Major Irving kommt zur Sache.

„Nun, mein lieber Todten, was macht unser Fall?"

„Herr Major, wir haben den begründeten Verdacht…",

„Otto, please call me Leonard. I'm fright'n you call me Sturmbannfurer next." Die Briten lieben derartige Scherze. Todten versteht das auch ohne Übersetzung und fährt etwas verunsichert fort

„Wir haben also den begründeten Verdacht, dass unser Oberinspektor Kontakte zu Ihrem Depot in Tonndorf unterhält. Wir konnten ihn bis in die Nähe des Lagers observieren. Einen richtigen Beweis haben wir allerdings noch nicht. Bis in das Depot hinein konnten wir ihn nicht verfolgen. Wissen Sie, der Mann hat Geld. Er kann mit Taxis fahren und sich anders bewegen, als wir dies können. Wir haben keine Autos und auch zu wenig Personal, um unsere Sache richtig machen zu können."

„Das habe ich mir gedacht," antwortet der britische Offizier, „aber genau dort kann ich Ihnen behilflich sein.

Hier, Lieutenant Goldmann, kann Sie mit einer Gruppe meiner Leute unterstützen. Wir verfügen auch über zivile Fahrzeuge. Es ist alles da. Allerdings unter einer Bedingung: Sie ermitteln ausschließlich gegen Bornemann. Über die Verstrickungen der Royal Engineers berichten Sie nur mir. Mündlich! Es wird kein Papier dazu beschrieben."

Und als er Todtens Blick sieht, fügt er noch hinzu:

„Wenn sich ein Royal Engineer schuldig gemacht haben sollte, werden wir ihn nach Hause schicken. Vermutlich wird er auch unehrenhaft aus der Armee entlassen. Aber es findet kein Gerichtsprozess gegen einen britischen Soldaten auf deutschem Boden statt. Ist das klar?"

Todten erkennt natürlich auch mögliche politische Verwicklungen und stimmt dem zunächst eigenmächtig zu. Ihm geht es um Bornemann, und da möchte er auf die angebotene Hilfe nicht verzichten.

„Einverstanden."

„O.K. Besprechen Sie alle taktischen und organisatorischen Einzelheiten mit dem Lieutenant." Dann reicht er Todten die Hand und geht.

Todten wartet noch, bis der Major das Kaminzimmer verlassen hat und wendet sich nun dem Dolmetscher zu.

„Sie sprechen sehr gut Deutsch, Herr Leutnant. Und Goldbaum. Ist das ein.. äh, ein …"

„Ja, das ist ein jüdischer Name. Meine Eltern haben mich '35 als Kind nach England zu Verwandten geschickt. Sie selbst wurden 1941 nach Polen deportiert. Seit dem habe ich nichts mehr von ihnen gehört. Es laufen zwar noch Suchanfragen, aber ich fürchte, dass sie im Ghetto oder in einem Lager umgekommen sind."

Todten blickt zu Boden. Die Nüchternheit dieser Schilderung trifft ihn noch mehr als direkter Vorwurf.

„Herr Goldbaum. Es tut mir so leid. Alles. Ich weiß nicht, was ich sagen soll."

„Lassen Sie's man gut sein. Ich weiß ja noch nicht einmal, ob nicht etwa Blut auch an Ihren Händen klebt. Was wir über Sie wissen, spricht nicht dafür. Sie würden sonst hier auch nicht sitzen, glauben Sie mir. Die Schuld ist bei jedem Deutschen ganz unterschiedlich ausgeprägt, aber mitgemacht haben alle. Davon kommen auch Sie nicht frei." Und nach einer Pause betretenen Schweigens: „ Ich war nicht bei der Befreiung von Bergen-Belsen dabei. Sonst könnte ich vermutlich gar nicht hier mit Ihnen reden. Aber lassen wir das jetzt. Wir haben zu tun."

Goldbaum kann eine Gruppe von zehn Mann einsetzen. Ihm stehen außerdem zwei zivile PKW, ein Jeep und ein kleiner Militärlaster zur Verfügung.

Todten ist froh, dass sich das Gespräch wieder auf eine andere Ebene verlagert hat.

„Donnerwetter, Herr Leutnant, damit kann man schon etwas anfangen. Ich schlage vor, dass Sie morgen mit zunächst fünf Mann in Zivil an meine Dienststelle kommen. Da mache ich Sie mit meinen Leuten bekannt. Mit Ihren Männern sind wir nun in der Lage, die „Tarantella" und Bornemann lückenlos zu überwachen."

Es ist ein heißer Sommertag in der zweiten Julihälfte, als der leitende Public Safety Officer, Colonel Michel O'Rorke zum Chef der britischen Militärregierung in Hamburg, Colonel Hugh Armytage, beordert wird. Einen besonderen Anlass für diese Besprechung kann O'Rorke sich nicht erklären. Folglich ist er doch sehr gespannt, als er dem Stadtkommandanten nun in dessen Büro an der Esplanade gegenüber sitzt.

„Nun, mein lieber Michel, ich habe vor zwei Tagen das Vergnügen gehabt, mit General Spurling zu essen. Wussten Sie, dass er im letzten Krieg unter meinem Kommando in Belgien gedient hat? Hat in diesem Krieg anscheinend ganz gut Karriere gemacht. Na, egal. Er erzählte mir, dass einige Herren aus seiner Division Zeugen eines Treffens wurde, das der hiesige Chef der Militärpolizei mit einem deutschen Polizeibeamten abgehalten hat – im Offiziersclub an der Alster. Ohnehin ein Regelverstoß – nicht sehr amüsant. Bei dem Deutschen soll es sich um einen Kriminalbeamten von dieser Davidwache gehandelt haben. Arbeiten Sie mit denen zusammen?"

„Nein, Sir, mir ist auch von dem Treffen nichts bekannt. Wir arbeiten mit dem Leiter des Chefamtes II sehr eng zusammen. Allerdings scheint es unter den Deutschen hin und wieder Kompetenzstreitigkeiten zu geben. Die Davidwache kümmert sich zu intensiv um Schwarzmarktdelikte, für die eigentlich das Chefamt zuständig ist. Verletzte Eitelkeiten vielleicht auch.

Allerdings teilte mir Captain Penbroke gelegentlich mit, dass wohl ein vager Verdacht bestand, dass Waren aus unserem Depot in Tonndorf auf dem schwarzen Markt auftauchen. Der Verdacht sei wohl nicht ausreichend gewesen. Jedenfalls habe das Chefamt nicht in Richtung Depot ermittelt."

„Wie schön, dass ich davon erst jetzt erfahre. Hören Sie Michel. Ich habe nichts dagegen, wenn sich ein paar Engineers zum eigenen Bedarf dort hin und wieder bedienen. Meinetwegen auch, um einem Frollein für ihr Entgegenkommen zu danken. Aber ich dulde auf keinen Fall, dass sich Mitglieder der britischen Militärregierung im großen Stil am Schwarzmarkt beteiligen. Wir brauchen, weiß Gott, jede Konservenbüchse, um uns und diese verdammte Stadt durch den nächsten Winter zu bringen."

Armytage ist zunehmend lauter geworden.

„Und am allerwenigsten wünsche ich, dass mich deutsche Polizisten mit dieser Erkenntnis konfrontieren. Haben wir uns verstanden? Schaffen Sie mir dieses Problem vom Hals!"

In der zweiten Julihälfte wird nun alles aufgeboten, um möglichst lückenlos zu observieren. Durch die personelle

239

Verstärkung der Briten ist es nun möglich, die „Tarantella" täglich zu überwachen. Stunden bevor das Lokal öffnet beziehen je ein Mann der Davidwache und ein britischer Militärpolizist in Zivil Posten in einer Ruine der Wilhelmstraße, von der aus die Zuwegung zum Hintereingang des Lokals gut zu überblicken ist.

Für die jungen britischen Militärpolizisten ist die Aufgabe ungewöhnlich. Oft fehlt es ihnen an der nötigen Geduld und gelegentlich müssen sie von ihren deutschen Begleitern zu ruhigen Verhalten ermahnt werden, damit sie in ihrem Versteck nicht bemerkt werden und somit die ganze polizeiliche Aktion gefährden.

Dagegen sind die deutschen Beamten hochmotiviert. Allerdings nicht wegen der Sache an sich, sondern weil die Briten mit Extrarationen Verpflegung ausgestattet sind. Major Irving hat seine Leute zwar nicht zum Teilen der Ration angewiesen; allerdings hat er noch einmal besonders die Ernährungslage in Hamburg so umfangreich erläutert, dass man dieser Art von Fürsorge kaum noch entziehen konnte.

Am 25.Juli ist es dann so weit. Es ist gerade 23.00 Uhr und stockdunkel – eine Neumondnacht. Schröter, der heute zur Observation eingeteilt ist und sein junger britischer „Kollege", die beide schon seit mehr als vier Stunden in ihrem staubigen Versteck hocken, bemerken, wie ein Opel-Blitz Kastenwagen sehr langsam und vorsichtig rückwärts in den Hof hinein rangiert. Nun sehen sie auch den Mann, der mit einer Taschenlampe Zeichen gibt. Meter um Meter ruckelt der kleine LKW durch den Hof und bleibt unmittelbar vor dem Durchgang zum zweiten Hof stehen, zu dem wiederum der Hinterausgang der „Tarantella" führt. Hin und wieder kann man bei dem gelegentlichen Aufleuchten der Taschenlampe erkennen, dass hier diverse große Kisten entladen werden, die nun durch den schmalen Verbindungsgang getragen werden. Das häufige Hin und Herr der vielen Männer lässt vermuten, dass der LKW wohl voll beladen ist. Man kann nichts sehen, aber an einigen leisen, gepressten Flüchen lässt sich schon heraushören, dass die Kisten wohl auch recht schwer sind.

Schröter notiert sich alle Einzelheiten; Anzahl der beteiligten Personen, Uhrzeit und das deutsche Kennzeichen des LKW, als bei dem Rangieren kurz das Fahrlicht eingeschaltet wird.

Am Morgen, gegen 05.00 Uhr, wird die Observation für diesen Tag beendet. Kollege Schwartau hatte den Eingang des Lokals unter Beobachtung. Zwei Stunden nachdem das Lokal geschlossen hatte und Schwartau sicher ist, dass Gäste und alle üblichen Personen der „Tarantella" die Bar verlassen haben, geht er zum Posten im Hinterhof und sagt den beiden Observanten dort Bescheid. Gemeinsam gehen sie dann zurück zu ihrer Wache.

Bereits um 07.00 Uhr trifft auch Todten an der Wache ein; kurz vor acht Uhr dann auch Finke mit einem jungen britischen Militärpolizisten. Seit die Observationen laufen hat Todten das so organisiert, dass man sich zum frühen Morgen noch einmal trifft, um die Ereignisse der vergangenen Nacht zu besprechen. Anschließend gehen die Nachtschichtler dann nach Hause, um sich auszuschlafen. Wenn es auch anstrengend ist, so murrt doch keiner von den Kollegen, denn es hat sich so eingespielt, dass man die Müdigkeit mit einer Tasse Nescafé bekämpft, der sehr großzügig von den Briten zur Verfügung gestellt wird. Finke, der Bornemanns Haus beobachtet hatte, berichtet, dass zwei männliche Personen vermutlich die Wohnung von Bornemann aufgesucht haben.

„Wie bist du dir da so sicher?" fragt Todten.

Finke wartet mit der Antwort ein wenig. Ganz offensichtlich genießt er es, seine Pfiffigkeit ein wenig herausstellen zu können. „Wir konnten von unserer Position aus das Treppenhaus beobachten. Beide Männer sind nicht über das Parterre hinaus gekommen. Und die zweite Wohnung im Parterre blieb dunkel. Licht brannte nur bei Bornemanns. Also: nicht sicher, aber doch mit großer Wahrscheinlichkeit sind die Männer bei Bornemann gewesen. Durchschnittliche Erscheinungen übrigens – kein Milieu. Ich schätze mal: Verkäufer. Wenn, dann irgendetwas Wertvolles – Schmuck, Gold oder so etwas. Es wurde nichts Großes hin- oder weggetragen."

Dann trägt Schröter seine Beobachtungen vor.

Winkler, der heute tagsüber Dienst macht, wird von Todten beauftragt, den Besitzer des Opel-Blitz zu ermitteln.

Kurt Bornemann sitzt in seinem Büro im sechsten Stock des Polizeipräsidiums am Karl-Muck-Platz. Obwohl er nun offiziell das Chefamt II leitet, hat er immer noch kein eigenes Büro erhalten. Seine Abteilung wurde mittlerweile um zwei Kripoleute personell erweitert. Die Neuen kennt Bornemann nicht, also hat er sie in einem anderen Raum einquartiert.

Ihm gegenüber sitzen üblicherweise Dietz und Spengler, mit denen er zwar recht vertraut umgeht, die aber dennoch nicht alles wissen müssen. Heute Morgen ist er allerdings allein im Büro. Seine beiden Mitarbeiter sind zu Ermittlungen unterwegs.

Das ist auch ganz gut so, denn eben hat Bornemann ein Telefonat mit Hockeridge beendet, das nicht unbedingt erfreulich war. Hockeridge hatte Besuch von Captain Penbroke. Der hatte sich die Bücher angesehen. Allerdings nur flüchtig. Es ging ganz offensichtlich in erster Linie um eine Warnung, die Penbroke ihm gegenüber damit aussprach: Sollte zu beweisen sein, dass die Engineers im großen Stil an Schwarzmarktgeschäften beteiligt sind, würde es reihenweise unehrenhafte Entlassungen und gerichtliche Untersuchungen in der Heimat geben. Selbstverständlich würden auch die erzielten Gewinne eingezogen.

„Kurt, wie kommt Penbroke auf uns? Hast du, haben deine Leute vielleicht etwas durchgesteckt?"

Bornemann schmunzelt. Welch gute Gelegenheit, Hockerridge' Misstrauen einmal mehr auf Todten zu lenken.

„Aber Emerett, ausgeschlossen. Von uns ist da nichts gekommen. Aber du weißt doch – dieser Todten, von dem ich dir erzählt habe. Ich vermute, dass er hinter der Sache steckt."

„Das ist mir jetzt scheißegal. Finde heraus, was da gelaufen ist oder was dieser Todten von uns weiß. Wenn die mich beim Arsch kriegen, bist du mit dran. Das kann ich dir versprechen."

Diese Worte seines „Freundes" Hockeridge hat Bornemann immer noch im Ohr und sie sind ihm nicht gleichgültig, denn Hockeridge hat Recht. Wenn diese Verbindung zu den Briten bekannt wird, ist seine Karriere bei der Polizei beendet.

Aber was kann er jetzt machen?

Sich bei seinem Chef, Kuddel Breuer, beklagen, dass Todten ihm ständig ins Handwerk pfuscht. Den Fall zuständigkeitshalber und offiziell an sich ziehen?

Aber welchen Fall überhaupt ? Man wird fragen, woher er, Bornemann, von Ermittlungen gegen britische Soldaten weiß.

Abwarten? Gar nichts unternehmen? Dreht Hockeridge dann durch und gefährdet von sich aus alles?.

Nein, es nützt nichts. Er muss wissen, was Todten weiß. Er muss an dessen Ermittlungsakte kommen. Und wenn auch nur um eine kurze Einsichtnahme geht. Dazu braucht er Dietz und Spengler, die kurz darauf ins Büro zurückkehren. Sie sind bester Laune, als sie ihren Chef kurz grüßen und ihre Jacketts ablegen.

„Kommt mal her," ruft er den beiden zu und holt dabei eine Flasche Weinbrand aus seinem Schreibtisch. Wer hat in diesen Zeiten schon Weinbrand. Aber Dietz und

243

Spengler wundern sich bei diesem Chef über gar nichts mehr. Schnauze halten und genießen.

„Ich habe euch doch schon einmal von diesem merkwürdigen Kollegen aus Berlin erzählt, aus der Genickschussabteilung, der gegen unsere eigenen Soldaten im Felde ermittelt hat – dieses Schwein."

„Ja, und solche Leute werden von den Tommys auch noch geduldet," empört sich Spengler, „Kameraden-schweine sowas."

„Ja genau. Jetzt habe ich von unseren Freunden beim PSO erfahren, dass er wohl auch schon in unsere Richtung ermittelt."

„Was!?" schreit Dietz auf, nachdem er vorsichtshalber schon einmal das kleine Schnapsglas mit Weinbrand in einem Zug geleert hat. Kannst du da nichts machen? So was muss doch weg!"

„So einfach ist das wohl nicht. Anscheinend hat er einen Draht zu den Rotkäppchen, und sein Chef von der Davidwache hat auch Einfluss. Außerdem weiß ich auch nicht genau, was er gegen uns in der Hand hat. Und genau darum geht es jetzt. Passt auf! Übermorgen ist Todten hier im Präsidium zu einer Besprechung. In der Zeit geht ihr zum Polizeirevier 36 und verlangt die Akte mit dem Vorgang über gefälschte Lebensmittelmarken. Am besten, ihr nehmt sie einfach mit. Wenn es gar nicht anders geht, fragt ihr seine Leute, seit wann sie gegen die Tommys ermitteln. Wir sind schließlich die zuständige Dienststelle. Können meinetwegen sonst 'was denken, wie wir darauf kommen. Ich muss ja wohl nicht noch einmal sagen, wie wichtig diese Angelegenheit für uns ist. Vor allem für euch. Wenn wir auffliegen, ist Schluss mit Sonderrationen und Dienst im warmen Büro."

Dietz und Spengler sehen sich an „Wir machen das schon, Kurt."

17. Kapitel

Die Zeit drängt

Der 30.Juli 1946 scheint wieder so ein heißer Sommertag zu werden. Aber jetzt, gegen 09.00 Uhr, ist es noch sehr angenehm. Otto Todten bereitet sich auf seine Besprechung im Präsidium vor. Aus seiner Sicht gibt es nicht viel zu berichten. Die Talstraße auf St.Pauli ist immer noch ein Brennpunkt des Schwarzmarktes, aber wegen der häufigen Razzien durch das Chefamt, die dabei auch Bereitschaften einsetzen und von der britischen Militärpolizei unterstützt werden, hat die Szene weniger Zulauf als früher. Todten meldet auch brav alle Ereignisse von Bedeutung an diese Abteilung. Er will Bornemann in Sicherheit wiegen. Und wenn er die Verstrickungen dieses merkwürdigen Kollegen beweisen will, muss er besonders sauber arbeiten, denn es scheint, als stehe Bornemann vor allem bei Kripochef Breuer gut da. Kaum eine Gelegenheit, bei der Kuddel Breuer nicht die guten Einsatzerfolge des Chefamtes II und dessen Leiter hervorhebt. Allerdings ist das für Todten auch ein Zeichen, dass seine Ermittlungen gegen Bornemann und die britischen Depotverwalter wirklich noch geheim sind, sonst würde sich Breuer mit seiner Lobhudelei doch etwas zurückhalten.

Kurz vor Besprechungsbeginn steht man noch ein wenig zusammen, begrüßt sich und spricht über Dinge außerhalb des Themas. Heute geht es darum, ob Polizeibeamte im Schichtdienst die Lebensmittel-karten für Schwerarbeiter bekommen. Die Besprechung selbst plätschert dann so dahin. Für Todten ist eigentlich nichts dabei, was ihn besonders interessiert.

245

Gegen 10.30 Uhr treffen Dietz und Spengler an der Davidwache ein. Sie weisen sich kurz aus und fragen nach den Räumen der Kripostelle. Die Kollegen unten im Wachraum sind natürlich ohne jeden Argwohn und erklären freundlich den Weg hinauf in das erste Stockwerk.

In Todtens Büro sitzt nur Hans Schröter und hämmert mit zwei Fingern auf den Tasten der alten Triumph-Schreibmaschine herum. Als sich die Bürotür öffnet, erkennt Schröter die beiden Männer vom Chefamt.

Er kennt sie nur vom Sehen bei einem flüchtigen Treffen und hat bisher keinen persönlichen Kontakt mit ihnen gehabt.

„Hallo Kollege", gibt Spengler sich leutselig," wir wollen die Sache mit den gefälschten Marken noch einmal nachermitteln. Die Angelegenheit soll jetzt komplett vom Chefamt übernommen werden. Wir sollen die Handakte abholen. Dein Chef weiß Bescheid."

Schröter stellt sofort das Schreiben ein. Das kann er sich nun überhaupt nicht vorstellen, dass sein Chef Unterlagen, die den Leiter des Chefamtes belasten, an eben jenen herausgibt. Hinzu kommt vor allem, dass er die beiden Typen nicht leiden kann. Er kennt ihren dienstlichen Werdegang und kann es überhaupt nicht ertragen, dass sich diese knapp Angelernten als Kriminalbeamte ausgeben. Von Todten weiß er auch, dass Bornemann diese beiden in ihre Stellung gebracht hat.

Dietz hat sich mittlerweile an Todtens Schreibtisch heran geschoben und blickt scheinbar ohne Interesse auf die Mappen und Schriftstücke, die dort zuoberst liegen. Schröter weiß natürlich, wo die betreffende Handakte abgelegt ist. Er steht auf und stellt sich Dietz in den Weg.

„Also mir hat Inspektor Todten davon nichts erzählt," antwortet Schröter, im Ton ebenso beiläufig.

„Ist doch jetzt auch egal. Wo wir schon einmal hier sind, können wir die Akte doch gleich mitnehmen."

„Nein, ohne Anweisung meines Chefs gebe ich hier nichts heraus," wird Schröter nun schon etwas energischer.

246

Die Situation wird unangenehm. Dietz tritt einen Schritt zurück und steht nun etwas versetzt seitlich zu Schröter, Spengler direkt vor ihm. Er lächelt, aber das sieht etwas gequält aus. Schröter ist ein großer, kräftiger Kerl, den man nicht einfach zur Seite schubsen kann. Dietz hat noch einen kleinen Schritt zur Seite gemacht und steht nun schon fast hinter Schröter. Der kann nicht zurück, sonst hat Spengler Zugriff auf den Schreibtisch. Tausend Gedanken gehen Schröter durch den Kopf:

„Was wird das hier?

Wollen die beiden die Akte mit Gewalt an sich nehmen? Eine Schlägerei unter Kollegen? Hier, in den Räumen der Davidwache?"

In diesem Moment wird die Tür geöffnet. Schröter sieht Schwartau und Winkler in der Türöffnung stehen. Winkler heute in Uniform. Beide bemerken sofort die angespannte Situation. Schröter ist bemüht, nicht hörbar auszuatmen.

Dietz und Spengler erkennen die Aussichtslosigkeit ihres Unternehmens – nicht zuletzt durch den Anblick der Uniform eines Meisterpolizisten, die auf die ehemaligen Hilfspolizisten immer noch Wirkung erzielt.

Beide sagen nichts. Schwartau steckt eine Hand in die Hosentasche und lehnt lässig und immer noch wortlos am Türrahmen.

Dietz und Spengler schalten um. Sie müssen sich jetzt einen möglichst plausiblen Abgang verschaffen.

„Na schön, dann muss euer Chef die Akte eben mit der Stafette verschicken. Uns soll das egal sein."

Ohne Abschiedsgruß schieben sie sich durch die Tür an Schwartau und Winkler vorbei. Schwartau geht nicht einen Deut beiseite und Spengler und Dietz sind nun sogar etwas erleichtert, dass sie unbehelligt die Wache verlassen können

Die drei Mann von der Davidwache sehen sich zunächst mit einem feinen Lächeln an, dann erzählt Schröter seinen Kollegen von dem Ansinnen der beiden Besucher

Zwei Stunden später sind alle drei noch im Büro versammelt, als Todten von der Besprechung zurück-

247

kehrt. Alle drei berichten recht aufgeregt, oft durcheinander von diesem ungewöhnlichen Zusammentreffen. Auch Todten wird unruhiger. Nach dem Bericht folgt Schweigen, bis Todten sich noch einmal an seine Mitarbeiter wendet:

„Zunächst einmal – gute Arbeit Hans. Alle Verdachtsmomente, Spuren und Observationsergebnisse in der Sache befinden sich tatsächlich in meiner Handakte, hier im Schreibtisch. Ich hätte nie gedacht, dass Bornemann auf die Idee kommen würde, nein, dass der so abgebrüht ist, sie auf diese Weise an sich zu bringen. Wenn das geklappt hätte, wüsste er jetzt, was wir haben. Das wär's dann gewesen.

Also, Herrschaften, ich glaube, es wird Zeit. Wir müssen die Sache beschleunigen. Wir müssen Tatsachen schaffen. Herr Winkler, rufen Sie doch bitte Major Irving an, er möge mit seinen Leuten, die uns bisher unterstützt haben, morgen Nachmittag zu einer Besprechung herkommen.

Wir werden Bornemann eine Falle stellen. Wir werden dem Chefamt II mitteilen, dass wir Hinweise haben, wonach in der „Tarantella" größere Warenmengen gelagert werden und bitten um die Durchführung einer Razzia.

Herr Winkler, wir werden unter Ihrem Namen einen Bericht an das Chefamt II verfassen. Es soll so aussehen, als hätten Sie in einer anderen Angelegenheit mit einem Zeugen gesprochen, der Sie auf das Ladegeschäft im Hinterhof aufmerksam gemacht hat. Und nun berichten Sie zuständigkeitshalber an das Chefamt und regen eine Razzia in der „Tarantella" an. Auf dem Dienstweg.

Das Schreiben muss so aussehen, als hätten Sie direkt nach dort berichtet – ohne meine Kenntnis.

Ich wette mit euch, dass wir schon an demselben Abend feststellen werden, wie ein LKW auf den Hinterhof der ‚Tarantella' fahren wird aber ich bin besonders gespannt, wo das Fahrtziel liegen wird."

Winkler meldet sich noch einmal zu Wort: „Herr Inspektor, ich habe heute noch ermittelt, wem der Opel-Blitz gehört."

„Ja, und…?"

„Bei dem Halter handelt es sich um eine alteingesessene Spedition in Eidelstedt."

Und als Todten scheinbar etwas enttäuscht blickt, fügt Winkler hinzu; „Aber das Fahrzeug wurde am 10. Oktober 1945 von der britischen Militärregierung requiriert.

Das Kennzeichen wurde jedoch nicht ausgewechselt.

Für welche Einheit der Wagen fährt, wollte ich ohne Rücksprache mit Ihnen nicht bei den Tommys klären."

„Donnerwetter, Winkler, da braut sich aber was zusammen. Wir sind allerdings bei Irving im Wort. Also seien Sie so nett und informieren Irving und bitten Sie ihn, er möge uns mitteilen, für wen der Opel läuft.

Und bitten Sie ihn auch um besondere Diskretion."

Am nächsten Morgen sitzen die vier Mann der Kriminalstelle St.Pauli in ihrem gemeinsamen Büro der Davidwache. Alle stehen um Heinz Finke herum, der sich um eine Telefonverbindung mit dem Chefamt II bemüht. Alles ist abgesprochen und einstudiert. Dann endlich meldet sich Bornemann.

„Guten Morgen, Herr Oberinspektor, Finke hier, Polizeirevier 36."

„Na, Finke, was gibt's denn so dringend am frühen Morgen?"

Finke verdreht die Augen. Er kann diesen Emporkömmling nicht ab. Und diese herablassende Arroganz in der Ansprache schon gar nicht. Aber er beherrscht sich. Er will den Auftrag seines Chefs nicht gefährden.

„Ja, Herr Oberinspektor, uns liegt seit heute Morgen das Schreiben von Meisterpolizist Winkler vor, das wohl schon direkt an Sie gegangen ist. Das war nicht mit uns abgesprochen."

„Ha, ha, ha, da sind Sie jetzt wohl sauer, was?"

„Na ja, schön sind solche Alleingänge natürlich nicht, aber wir würden nun gern wissen, ob Sie dort nun eine Razzia durchführen wollen, oder nicht."

Finke hält den Telefonhörer so, dass Todten mithören kann. So bemerken also beide, dass Bornemann doch recht lange mit einer Antwort wartet. Bornemann ist für einen Moment tatsächlich sprachlos. Ist es möglich, dass die Leute auf der Davidwache ahnungslos sind, dass er von ihnen gar nicht verdächtigt wird?

Dann endlich; „Sagen Sie, Finke, ist der Hinweis .mit dem LKW und der „Tarantella" denn seriös?"

„Also wir meinen schon. Und dann – ‚Tarantella' ! Seit dem Mord an Zander ist uns der Laden nicht mehr ganz geheuer."

„Ja, da haben Sie sicher recht," antwortet Bornemann nachdenklich. Man hört heraus, dass er nicht ganz bei der Sache ist. Er denkt nach, aber dann, nach einer kurzen Pause, wieder mit festerer Stimme:

„Nein, wir machen das. Allerdings erst am 3. oder 4. August. Erst dann habe ich wieder eine Bereitschaft zur Verfügung. Eher geht das nicht. Und bei den Tommys muss ich das auch noch anmelden. Bis dahin lassen Sie die Finger davon. Das ist jetzt Sache des Chefamts. Sie können dann aber gern dabei sein. Ich sag' wann. Sie erhalten Kenntnis."

Dann legt er ohne weitere Worte auf.

Finke hält noch den Hörer in der Hand und blickt Todten mit einem feinen Lächeln an. „Hat er geschluckt, würde ich sagen."

Major Irving telefoniert, ebenfalls am Morgen des 31. Juli, mit dem Stab seiner Division. Dort sitzt ein Captain, zu dem er mittlerweile ein gutes Verhältnis aufgebaut hat. Jener verwaltet nämlich alle Militärfahrzeuge der Division. Oft genug gibt es Beschwerden über die Fahrweise britischer Soldaten, denen die MP dann nachgeht. Meist können Irving's Leute dann über den Schirrmeister der jeweiligen Kompanie oder eines Bataillonsstabes den Fahrer ermitteln. Üblicherweise folgt dann eine Ermahnung. Diesmal ist der Fall aber etwas komplizierter. Es handelt sich bei dem LKW tatsächlich um ein deutsches Fahrzeug, das bereits im letzten Jahr von der Militärregierung requiriert wurde. Die zuständige Stelle, die im Deutschlandhaus am Gänsemarkt untergebracht ist, findet jedoch mit viel Mühe heraus, dass der LKW dem Depot in Tonndorf zur Verfügung gestellt wurde und seit dem, also auch in der besagten Julinacht, dort genutzt wird.

Ein junger Angestellter, dem Akzent nach Schotte und erst seit wenigen Wochen in Hamburg stationiert, entschuldigt sich wortreich, dass er keine genaueren Angaben machen könne. Es sei 1945 bei der Übernahme der Verwaltung eben alles ein wenig hektisch zugegangen. Man sei immer noch dabei, Ordnung in die Unterlagen zu bringen. Irving schmunzelt über den Versuch, die damaligen Unzulänglichkeiten schön zu reden. Es ist ihm auch nicht wichtig. Was er eben erfahren hat reicht völlig.

Aber zunächst will er diese Information für sich behalten. Abwarten, was dieser Todten herausgefunden hat.

Am Gänsemarkt sitzt aber nicht nur ein junger Mitarbeiter in dieser Stelle. Die Abteilung wird von einem älteren Offizier der Militärregierung geleitet, der die hilflosen Versuche seines Mitarbeiters natürlich bemerkt hat.

Er hat 1944 an der Invasion in der Normandie teilgenommen und dort anschließend zwei Monate in Frankreich an gemeinsamen Kämpfen mit den Royal Engineers teilgenommen. Aus dieser Zeit kennt er Hockerridge, den er dann zufällig in Hamburg wiedertraf.

Den ruft er nun also an, um zu fragen, welcher seiner Fahrer nun wieder Mist gebaut habe.

„Hey, Russell hier, was machen deine Leute auf St.Pauli mit einem deutschen Lastwagen, altes Schlitzohr," fragt der Captain in gewohnter kollegialer Tonlage.

Hockeridge ist allerdings sofort hellhörig. Er weiß schon jetzt, welcher Tag, welcher Ort und welche Ladung gemeint ist. Und natürlich weiß er auch, wer den LKW gefahren hat. Dennoch antwortet er in der gleichen Weise:

„Was willst du uns nun schon wieder anhängen? Haben wir etwa wieder einen der verdammten Nazis überfahren?"

„Ich hoffe nicht, du einäugiger Sack. Die MP hat sich nach deinem Opel-Blitz erkundigt, der wohl vorgestern Nacht durch St.Pauli gebrettert ist. Merkwürdig daran war nur, dass der MP kein Delikt genannt hat, sondern nur wissen wollte, für wen der Wagen läuft,"

„Vielen Dank für den Tipp, Bert. Ich kläre die Sache. Wahrscheinlich haben ein paar von meinen Jungs die Karre für eine Spritztour ausgeliehen. Bin gespannt, was die dabei ausgefressen haben, die blöden Hunde."

„Ha,ha,ha, verdammte Sapper. Ihr seid schon ein verrückter Haufen." Russell legt auf.

Die aufgesetzte gute Laune bei Hockeridge ist schlagartig beendet, Er lehnt sich in seinem Bürostuhl zurück und schließt die Augen. Die Sache wird brenzlich. Er muss gar nicht darüber nachdenken. Er spürt das.

Eine merkwürdige Hitze steigt vom Nacken in den Kopf.

„Scheiße," denkt er, kriegen die mich vielleicht doch noch beim Arsch?"

Ihm gehen zwei Varianten durch den Kopf: Bei der MP anfragen, worum es bei deren Nachfrage geht. Das wäre ungewöhnlich und würde vielleicht Argwohn erregen.

Zweite Variante: Abwarten. Vielleicht geht es lediglich um einen unbedeutenden Verkehrsverstoß und er nimmt für McDonald eine Verwarnung entgegen. McDonald war Fahrer an dem betreffenden Abend, aber er ist sicher nicht so dumm, durch riskante Fahrmanöver eine solch bedeutende Lieferung zu gefährden. Er verdient schließlich selbst nicht schlecht daran. Hockeridge denkt beide Varianten wieder und wieder durch, bis er sich dann doch für das Abwarten entscheidet. Nun ruft er allerdings Bornemann an.

Er erzählt von seinem Telefonat und man verabredet sich für heute Abend im Café Fuhlendorf auf dem Dulsberg. Beide schätzen den unauffälligen Treffpunkt außerhalb St. Paulis. Hockeridge schätzt auch, dass sich unter den weiblichen Gästen doch häufiger junge Kriegerwitwen befinden, die sich gern oder notgedrungen Zigaretten oder Lebensmittel verdienen. Hockeridge ist nicht an professioneller Damengesellschaft interessiert. Er will es aber auch nicht so genau wissen.

Gegen 15.00 Uhr ist das kleine Büro der Kriminalstelle im 2. Stock der Davidwache bis auf den letzten Platz gefüllt. Außer der kompletten Kripomannschaft und Meisterpolizist Winkler, befinden sich auch noch Major Irving mit fünf Mann seines Führungspersonals und auch Oberinspektor Schlüter in dem Raum.

Auf einem Tisch an der Wand steht ein riesiger Kasten, den Irvings Leute am Vormittag dort aufgebaut haben – ein Funkgerät. Dazu durften die Briten sogar Schlüters Dachwohnung betreten, um die Antenne dort nah dem Fenster zu installieren.

Das Kabel wurde lose durch das Treppenhaus gelegt, Noch bevor Todten beginnen kann, nimmt ihn Irving beiseite und berichtet, von wem der Opel-Blitz benutzt wird. Todten blickt den MP-Chef ernst an und nickt nur.

Gut, dass Irving mit im Boot ist. Es muss wohl auch gegen die britischen Soldaten ermittelt werden.

„Meine Herren, bitte Ruhe". Das ohnehin leise Reden untereinander verstummt nun völlig. Alle sind gespannt.

„Wir haben einen Köder ausgelegt. Ich bin sicher, dass heute oder morgen Nacht ein LKW auf den uns bekannten Hof fahren wird und dass genau die Kisten, die vorgestern dort in die „Tarantella" geschafft wurden, dort wieder aufgeladen werden. Wenn unsere Vermutungen stimmen, werden diese Waren in das britische Depot in Tonndorf gebracht. Herr Winkler, übersetzen Sie bitte."

Und danach fährt Todten fort: „Außerdem wollen wir nach Möglichkeit irgendeine Person festnehmen, die wir beim Tauschhandel in Bornemanns Wohnung beobachten. Ich hoffe, dass diese Person ein normaler Bürger sein wird, den wir zu einer Aussage gegen Bornemann „überreden" können. Und ich hoffe, dass dann alle diese Erkenntnisse ausreichen, um gegen unseren „Freund" einen Durchsuchungsbeschluss und einen Haftbefehl erwirken zu können. Herr Winkler: Bitte."

Nach Winklers Übersetzungen warten nun alle gespannt auf weitere Ansagen.

„Meine Herren, die nächsten beide Tage, besonders die Nächte, sind für den Abschluss dieses Falles von ganz besonderer Bedeutung. Ich möchte Sie alle, auch unsere britische Kollegen, noch einmal zu großer Anstrengung auffordern. Hans Schröter wird heute Nacht die Wohnung von Bornemann observieren.

Herr Winkler, fragen Sie bitte Major Irving, ob er Hans mit einem oder zwei Mann dabei unterstützen kann. Rudolf, du wirst dich heute wieder um die „Tarantella" kümmern. Und dazu brauchen wir dann einen zivilen Wagen der Briten, der mit einem Funkgerät ausgerüstet ist."

Winkler übersetzt und Irving nickt in Richtung Todten.

„Wenn die Waren heute Abend abgeholt werden, verfolgt ihr den Wagen und teilt mir über Funk mit, wenn ihr das Depot in Tonndorf erreicht habt. Sollte der Transport heute nicht stattfinden, übernimmt morgen Abend Heinz Finke diese Aufgabe.

Heinz, du könntest dann jetzt nach Hause, wenn du möchtest."

Finke möchte aber nicht. So kurz vor dem Finale will er auf jeden Fall dabei sein.

Die Aktion beginnt um 18.00 Uhr, aber in dieser Nacht passiert nichts. Todten ist enttäuscht. Als es gegen 4.00 Uhr schon dämmert, bricht er den Einsatz für heute Nacht ab.

Bereits um 17.30 Uhr betritt Warrant-Officer Hockeridge das Café Fuhlendorf.

Er trägt natürlich Zivil. Gegen sechs ist er mit Bornemann verabredet, oder besser: Hockeridge hat Bornemann bestellt – und das mit recht deftigen Worten. Der Brite ist mit der Straßenbahn von Tonndorf bis zum Wandsbeker Markt gefahren und hat sich dann durch die Trümmerlandschaft in Richtung Dulsberg aufgemacht.

Wandsbek hat keine Priorität bei der Schuttbeseitigung, das weiß der Brite.

Nur die Fahrbahnen sind notdürftig freigeschoben. Bis zur Straßburger Straße hin sind alle Häuser zerstört. Wenn noch etwas aufeinander steht, dann sind es Fassaden, die gerade noch bis zur zweiten Etage gehalten haben. Und eben Schornsteine – immer sind es die Kaminzüge, die scheinbar unversehrt stehen geblieben sind. Hockeridge betrachtet dieses Chaos nur mit dem technischem Interesse und den Empfindungen eines Soldaten. Er ist davon überzeugt, dass er und seine Männer es allein der Royal Air Force zu verdanken haben, dass diese Stadt nicht im Häuserkampf erobert werden musste. Und so empfindet er auch heute noch nur Genugtuung bei diesem Anblick.

Willi Fuhlendorf, der Inhaber des Cafés, weiß, wer dort an dem bevorzugten Ecktisch im hinteren Bereich seines Lokals sitzt. Den guten Whisky, den er diesem Gast serviert, wird dieser Mann nicht bezahlen müssen.

Eine Viertelstunde nach der vereinbarten Zeit erscheint Bornemann. Die Verspätung ist Absicht. Er hat es satt, wie ein Hündchen an der Leine vor Hockeridge zu parieren. Noch bevor Bornemann ein Getränk bestellen kann, herrscht sein Gegenüber ihn leise, aber mit zischender Stimme an: „Was weiß dieser Bursche von der Davidwache? Hast du Akten über ihn?"

„Nein."

„Bist du wahnsinnig, du verdammter Idiot. Der hat mir die MP auf den Hals gehetzt. Die wissen, dass dieser Scheiß-LKW für mich läuft, und du verdammter Idiot weißt noch nicht einmal, dass dein Laden auf St. Pauli wahrscheinlich beobachtet wird. Verdammt noch mal. Ich will jetzt wissen, was hier läuft. Oder steckst du etwas selbst dahinter?"

Bornemann ist die diese Beschimpfungen leid. Er blickt sich unauffällig um und stellt fest, dass er bei einer körperlichen Auseinandersetzung mit Hockeridge hier ausreichend Unterstützung finden würde. Entsprechend ist jetzt sein Verhalten.

„Emerett, du einäugiges Arschloch, wir haben beide unseren Kopf in der Schlinge. Wenn du jetzt kalte Füße kriegst und die Nerven verlierst, sind wir beide erledigt. Das kann doch alles auch Zufall sein, was du da erzählst. Wir müssen jetzt nur besonders vorsichtig sein – vielleicht für ein paar Tage die Füße stillhalten.

Und vor allem: Du musst unbedingt die letzte Lieferung wieder zurückschaffen!"

„Was!? Bist du wahnsinnig. Ich hab' meine Bücher schon entsprechend frisiert. Ich kann die Sachen nicht zu mir zurücknehmen. Und dann – wenn mein LKW noch einmal dort gesehen wird?"

Bornemann erzählt von Finkes Anruf und der Gefahr einer Razzia, wenn sein Chefamt untätig bliebe. „Außerdem, stell' dir vor, wir vom Chefamt machen mit den Lauten von der Davidwache gemeinsam eine Razzia in der „Tarantella" und nichts wird gefunden. Ich könnte Todten und seine Leute als unzuverlässig darstellen. Das würde uns für längere Zeit auch Luft verschaffen. Du müsstest die Sachen auch nicht zurück ins Depot nehmen."

„Sondern?"

Bornemann winkt Willi Fuhlendorf heran."Willi, könntest du ein paar Lebensmittel einlagern?"

„Sind Spirituosen dabei?"

„Jede Menge."

„Meinetwegen. Aber nicht hier. Ich habe eine Garage hier in der Nähe, ein paar Straßen weiter, in Hinschenfelde. Und auch ein paar zuverlässige Leute, die darauf aufpassen."

Hockeridge überlegt einen Moment. „Also gut. Ich lasse die Sache morgen Nacht abholen. Der LKW fährt hier vorbei und einer von deinen Leuten, Willi, steigt dann zu und führt meinen Mann zur Garage." Bornemann übersetzt das für Fuhlendorf, der daraufhin nur noch nickt. Dann geht er wieder zu seinem Tresen.

„Und noch etwas," fährt der Brite auf englisch fort, „wo wohnt dieser Todten?"

Damit hatte Bornemann gerechnet und auch im Stillen gehofft.

„Alardusstra0e 11, Hoheluft."

18. Kapitel

Die Sache wird erledigt

Heute, am 1. August, sind nur Schröter und Todten an ihrer Dienststelle. Sie haben erst um 12.00 Uhr mit ihrem Dienst begonnen. Mal wieder richtig ausschlafen. Sie haben auch nur vier Personen zur Vernehmung vorgeladen – Alltagsgeschäft: Amateure, die Bettwäsche gegen Margarine, oder einen Mantel gegen Mehl tauschen wollten und dabei auch noch von einer normalen Streife beobachtet wurden. Und dann war das Mehl auch noch mit Gips gestreckt.

Diese armen Schweine – dieses Elend. Und das muss dann auch noch strafrechtlich bearbeitet werden.

Und andere schieben in großem Stil und werden immer fetter und immer reicher.

Einmal mehr wünscht sich Todten, dass er in dem Fall Bornemann und Consorten zu einem guten Ergebnis kommt.

In diesem relativ gemütlichen Tagesablauf fragt Schröter: „Wie geht es eigentlich Irmgard? Hörst du von ihr?"

„Ja, ich habe schon zwei Mal mit ihr telefoniert, seit sie zurück in Berlin ist. Sie lebt bei ihrer Halbschwester und deren Mann. Ich glaube, das tut ihr gut."

Und dann, nachdem er Hans Schröter einige Sekunden stumm angeblickt hat:

„Hans, behalte das mal für dich: Ich glaube, dass Irmi in den letzten Kriegstagen in Berlin etwas zugestoßen ist. Sie kann mit mir nicht darüber reden, aber ich bin mir ganz sicher. Ich habe in der letzten Zeit auch schon darüber gelesen. Es gibt da so Berichte und man kann wohl auch etwas dagegen machen. Psychologische Untersuchungen oder sowas. Es gibt da schon Hilfe. Aber es dauert eben, und deshalb muss ich auch zurück nach Berlin."

Schröter nickt nur. Er hat schon gemerkt, dass seinem Chef, oder doch besser seinem Freund, die letzten Worte nicht leicht gefallen sind. Er kann auch nichts Vernünftiges dazu sagen. Er nickt nur etwas verlegen.

Aber dann nimmt er doch seinen ganzen Mut zusammen: „Glaubst du, dass sie vergewaltigt wurde ?"

Wieder blickt Todten sein Gegenüber sekundenlang stumm an, bis er dann schließlich mit einem einfachen „Ja" antwortet.

Aber dann klopft es an der Tür, und eine Frau mittleren Alters wird zur Vernehmung hereingeführt. Todten ist ganz froh über diese Unterbrechung. Er will nicht gern über seine Vermutungen sprechen.

Gegen 17.00 Uhr erscheinen Schwartau und Finke zum Dienst und kurz darauf Irving mit vier Leuten, darunter auch Lieutenant Goldbaum. Die Briten sind ebenfalls wieder in Zivil. Todten hat das sichere Gefühl, dass Major Irving dasselbe Jagdfieber gepackt hat, das allen hier gemein ist. Zwei seiner Leute tragen so etwas wie eine kleine Munitionskiste, die sie auf den Tisch mit dem Funkgerät stellen. Die Kripoleute vermuten technische Utensilien und nehmen also diese Kiste ohne besonderes Interesse wahr. Auf ein dezentes Zeichen des Majors erklärt Goldbaum dann den Anwesenden auf deutsch: „Meine Herren, der Herr Major meint, dass diese Sachen einer erfolgreichen Arbeit nicht im Wege stehen werden." Dazu zieht er an den Lederriemen und öffnet den Deckel der Holzkiste. Diese ist randvoll Corned-Beef-Dosen, Weißbrot, natürlich Tee und zahlreichen Flaschen Coca-Cola.

Goldbaum tritt beiseite und mit einer einladenden Handbewegung und dem Wort „Bitte" ist das Büfett eröffnet. Jetzt wird erst einmal gegessen. Von Jagdfieber ist nun nichts mehr zu spüren.

Nach diesem opulenten Mal wird Schwartau und ein MP von einem weiteren Briten in einem Horch-Junior Cabriolet mit deutschem Kennzeichen nach Eimsbüttel gefahren.

Ein unauffälligeres Fahrzeug wäre Schwartau lieber gewesen. Aber hin und wieder genießt er auch die neidvollen Blicke der Passanten, wenn er sich genussvoll in dem lederbezogenen Sitz räkelt.

Schwartau soll heute nach Möglichkeit einen Mann festnehmen, der bei Bornemann in der Wohnung Tauschgeschäften nachgegangen ist. Keine bestimmte Person. Todten will diese nur zu einer Aussage „bewegen".

Eine Aussage, die er gegen Bornemann verwenden kann. Vorsorglich hatte Todten für die heutige Nacht einen PKW bei der Fahrbereitschaft bestellt, der an dem Polizeirevier im Weidenstieg bereitsteht. Schwartau soll von dort aus den Festgenommen zur Davidwache fahren.

Sie sind auch nicht in Eile. Todten meinte, dass mit einem solchen Besuch bei Bornemann wohl nicht bei Tageslicht zu rechnen ist.

Es ist also noch hell, als Schwartau mit einem jungen britischen Kollegen an der Osterstraße abgesetzt wird. Nun müssen sich die beiden nur noch unauffällig jenem Trümmergrundstück nähern, das der Bornemann'schen Wohnung gegenüber liegt und sich seit Tagen für die Observation bewährt hat.

Der andere britische MP fährt zurück zur Davidwache. Er wird heute Nacht hoffentlich gebraucht, um einen LKW von der „Tarantella" nach Tonndorf zu verfolgen.

Gegen 18.30 Uhr erkennt Schwartau, wie Bornemann das Wohnhaus betritt.

Um 21.00 Uhr brennt Licht in dessen Wohnung. In der Nachbarwohnung nicht. Eine halbe Stunde später, es ist gerade dunkel geworden, nähert sich ein Mann dem Haus. Er ist um die fünfzig Jahre herum und sehr ordentlich gekleidet. Je näher er dem Haus kommt, desto mehr verzögert er seine Schritte, und es ist schon beinahe grotesk, wie er sich ständig umschaut.

„This man, this man!" zischt Schwartau seinem britischen MP zu und wechselt aufgeregt mit seinem Zeigefinger zwischen Lippen und beobachteter Person.

261

Tatsächlich betritt der Mann nun das Haus und kommt nach nicht einmal zehn Minuten auf die Straße zurück. Die beiden Polizisten lassen den Mann noch ein Stück vom Haus weg gehen, bevor sie ihn nach kurzer Verfolgung einholen. Diese Stelle kann von Bornemann auch nicht eingesehen werden.

Schwartau weist sich aus. Der Mann ist unsicher. Ängstlich wird er, als er den britischen Dienstausweis des Militärpolizisten erblickt.

Und dann wiederum etwas erleichtert, als Schwartau ihn auffordert, ihm zum nächsten Polizeirevier zu folgen. Der Wachhabende dort ist natürlich eingewiesen. Er ruft nach dem Fahrer, der nun den Briten, den deutschen Kriminalbeamten und den Festgenommenen zur Davidwache fahren soll. Dieser nun verdächtige Mann in seiner sehr ordentlichen Zivilkleidung sitzt auf einer schlichten Holzbank des Wachraums und fühlt sich zwischen diesen, irgendwie ständig agierenden Polizisten in Uniform und Zivil gar nicht wohl. Obwohl er hier festgehalten wird, kümmert sich aber so richtig niemand um ihn. Eine merkwürdige Situation und beklemmende Atmosphäre. Dann steht Schwartau auf einem Mal vor ihm. „Kommen Sie bitte. Mein Chef möchte sich mit Ihnen unterhalten." Weiter nichts. Sie verlassen die Wache, steigen in einen betagten Mercedes V 170 und fahren zur Davidwache.

Es ist schon 23.00 Uhr vorbei, als die drei Männer das Büro im zweiten Stock des Polizeireviers 36 betreten. Todten ist nicht einmal überrascht über die sehr seriöse Erscheinung „seines" Verdächtigen.

„Guten Abend, Herr ...?"

„von Cramm, Gerhard von Cramm. Justizrat im Reichsjustizministerium – im ehemaligen Reichsjustizministerium. Die britische Militärregierung war so freundlich, mich vor drei Monaten zu entlassen.

Ich erhalte seitdem keine Bezüge mehr."

„Sie wurden demnach als belastet eingestuft," schaltet sich Goldbaum ein, den v. Cramm weder an der Sprache noch an seinem Zivil als britischen Soldaten erkennen kann. Er vermutet in ihm ebenfalls einen Kriminalbeamten.

„Ich habe lediglich grundsätzliche Angelegenheiten bearbeitet. Mit der Enteignung jüdischen Eigentums hatte ich nichts zu tun," fügt v.Cramm leicht trotzig hinzu.

„Danach hatte ich auch nicht gefragt," schließt Goldbaum nun diesen Dialog ab und lächelt dabei ganz fein. Todten übernimmt wieder:

„Herr v.Cramm, ich will offen mit Ihnen sprechen, quasi unter Kollegen, es geht nicht um Sie. Wir werden keine Ermittlungen gegen Sie durchführen, wenn Sie mit uns zusammenarbeiten."

V.Cramm blickt Todten, dann Goldbaum und Schwartau mit einem neugierigen Ausdruck an.

Todten fährt fort: „Sie haben heute Abend einen Herrn Bornemann aufgesucht, um dort etwas zu kaufen, zu verkaufen oder zu tauschen. Herr Bornemann ist Polizeibeamter und dienstlich mit der Bekämpfung von Schwarzmarktdelikten beauftragt."

„Was!? Aber das ist doch…, das habe ich nicht gewusst. Mein Gott."

„Genau. Einem solchen Beamten müssen wir natürlich das Handwerk legen."

„Aber selbstverständlich. Sie können auf mich zählen, meine Herren."

Tatsächlich geht es v.Cramm nicht mehr darum, seine eigene Haut zu retten, sondern er ist über das pflichtwidrige Verhalten dieses Bornemann zutiefst empört.

„Also: Um was ging es nun bei Ihrem Besuch in Bornemanns Wohnung?"

v.Cramm sammelt sich kurz, strafft seinen Körper und sitzt nun um einige Grade aufrechter in seinem Stuhl.

„Meine Herren," beginnt er fast schon feierlich, „der Bruder meiner Frau war Major im Regiment Nr.131 der 6. Armee und ist in Stalingrad gefallen. Bei den Angriffen zuvor ist ihm das Ritterkreuz verliehen worden. Dies hatte er während seines letzten Fronturlaubs bei uns zurückgelassen. ‚Meine Leute wissen ohnehin, dass ich es habe. Und wenn ich es an der Front trage, ist es nur ein begehrtes Beutestück für die Russen'. Ich glaube, er wusste, dass er fallen wird. Meine Frau verbindet nur Schmerz mit diesem Orden, und deshalb war es für uns kein Problem, dieses Stück zu verkaufen. Ich habe mich dann in bestimmten Kreisen umgehört und erfahren, dass dieser Bornemann so etwas kauft. Und dann, wie gesagt, keine Bezüge mehr. Unsere Rücklagen gehen zur Neige."

„Schön, und was haben Sie nun für das Ritterkreuz bekommen?"

V.Cramm greift in die Innenseite seines Jacketts und zieht eine Brieftasche hervor.

Er legt Geldscheine auf den Tisch. Zweitausend Reichsmark und daneben eine Karte mit Lebensmittelmarken. Mit einem schnellen Blick erkennt Todten die Markierung, die Oberinspektor Stave seinerzeit auf die Fälschungen gemalt hat.

„Schlechte Nachrichten, Herr von Cramm. Dieser Bogen ist gefälscht. Hier, sehen Sie, wir haben diesen Bogen bereits einmal sichergestellt und an dieser Stelle hier gekennzeichnet." Todten zeigt mit einem Finger auf die betreffende Stelle.

„Ich muss diesen Bogen beschlagnahmen. "

V.Cramm nickt nur. Niedergeschlagen und enttäuscht,

Er fühlt sich jetzt nur noch als Opfer. Goldbaum hingegen scheint eher zufrieden.

Nachdem alles protokolliert ist, wird v.Cramm durch den Fahrer der Fahrbereitschaft nach Hause in die Isestraße gefahren.

Es ist jetzt 01.20 Uhr. Hin und wieder hört man aus dem Funkgerät die routinierten Einsatzgespräche der britischen Militärstreifen.

Doch dann plötzlich eine laute, sich teilweise überschlagende Stimme: „Hallo Chef – Achtung – hier Finke, hallo Chef, bitte melden!"

„Ja, Heinz, wir hören. Bitte etwas langsamer und leiser."

„Ja hallo, Otto, der LKW. Es ist derselbe LKW, Otto, hallo, Ende!"

Todten muss nun doch etwas schmunzeln. Man merkt, dass Finke bisher keine Ausbildung als Funksprecher genossen hatte.

„Ja, Heinz, ich höre, kommen!"

„Der LKW ist in den Hof gefahren. Ich gehe jetzt zurück und beobachte weiter. Ich melde mich wieder, wenn der Wagen abfährt, Ende."

„Verstanden. Ende."

Todten blickt sich um. Irving und Goldbaum, Schwartau und Schröter.

„Die haben den Köter gefressen. Jetzt haben wir Bornemann am Kanthaken.

Dann freut sich auch Irving, nachdem Goldbaum die Funksprüche zumindest inhaltlich übersetzt hat.

Um 03.05 Uhr, nach längerer Funkstille, meldet sich Finke erneut. „Achtung, Achtung, Chef, hier wieder Finke. Wir sind jetzt schon auf der Feldstraße. Der LKW ist das einzige Fahrzeug weit und breit. Wird schwierig. Wir müssen weiten Abstand halten. Haben Sie alles verstanden? Kommen!"

„Ja, Heinz, alles klar. Ende."

„Achtung – jetzt Esplanade – passieren gleich die Lombardsbrücke."

Und fünfzehn Minuten später: „LKW ist jetzt auf der Wandsbeker Chaussee. Muss langsamer fahren. Immer noch viel Trümmerschutt hier."

Todten blickt seine Kollegen noch einmal an:" Seht ihr, wie ich gesagt habe, die Sachen gehen zurück ins Depot nach Tonndorf."

Aber nur wenige Minuten darauf, dringt Finkes aufgeregte Stimme durch den Äther:

„Achtung – hallo Chef – hier Finke. Achtung. Der LKW ist hier nach links abgebogen. Richtung Barmbek, glaube ich – verdammt, ich kenn' mich hier nicht gut aus. Ich wiederhole: nach links abgebogen. Kommen. Ende!"

„Heinz, noch mal: Wo bist du?"

„Moment, Moment – jetzt wieder nach links. Ja, ich seh'. Straßburger Straße. LKW ist in die Straßburger Straße eingebogen. Otto, hast du das verstanden? LKW ist in die Straßburger Straße eingebogen. Straßburger Straße. Kommen!"

Todten ist jetzt auch etwas aufgeregt. Das alles weicht jetzt von seinen Überlegungen ab. Wohin geht es jetzt?

Finke meldet sich nun nicht mehr. Und mit zunehmender Funkstille wird Todten unruhiger. Ist dort etwas passiert? Wurden Finke und der Brite von den Tarantella-Leuten etwa entdeckt und überwältigt?

Wieder und wieder spricht Todten in das Funkgerät: „Heinz, bitte kommen!"

Und dann endlich eine Antwort.: „This is Corporal Askins. Sergeant Finke left the car and will be back soon. I repeat: Sergeant Finke is not available. Over."

Goldbaum übersetzt und Todten ist davon nicht besonders beruhigt.

Doch dann: „Hallo Otto, Heinz hier." Finke scheint noch etwas außer Atem. „Der LKW steht vor einem Lokal in der Straßburger Straße, Café Fuhlendorf. Was soll ich jetzt machen? Kommen!"

„Hallo Heinz. Komm' zurück zur Wache. Alles Weitere hat Zeit bis morgen. Ende."

Finke und der MP fahren also zurück. So bekommen sie nicht mit, dass kurz darauf zwei Männer aus dem Lokal in den LKW einsteigen und in das benachbarte Hinschenfelde fahren.

*

Am 3. August gegen 10.00 Uhr wird Todten von Klopfgeräuschen geweckt. Um ihn herum ist es dunkel. Er schreckt hoch, denn er hat völlig vergessen, dass er sich heute Morgen, kurz vor fünf Uhr, in die kleine fensterlose Besenkammer neben seinem Büro zurückgezogen hatte. Dort hatte er sich eines der Feldbetten aufgebaut, die dem Polizeirevier zur Verfügung standen. Es kommt häufiger vor, dass Todten, oder auch Schröter über Nacht am Revier bleiben, denn später in der Nacht haben sie keine Chance, mit Straßen- oder U-Bahn nach Hause zu kommen.

Und seit Irmi in Berlin ist, zieht es ihn ohnehin nicht so sehr in seine feuchte, ungastliche Wohnung in der Alardusstraße.

Wieder klopft es. „Otto, bist du schon wach? fragt Hans Schröter mit gedämpfter Stimme. „Ja, Hans, alles klar, ich komme gleich."

Nach einer Katzenwäsche in der Teeküche betritt Todten sein Büro. Nur Schröter ist da. Er hat Tee gekocht, den die MP zurückgelassen hat. Mit einem Tauchsieder .

„Wo hast du den denn her ? fragt Todten seinen Mitarbeiter noch etwas verschlafen.

„Haben die Tommys auch hier gelassen. Ich hatte bloß Angst, dass die Sicherung rausfliegt. Hat aber geklappt. Ein bisschen Corned-Beef ist auch noch da."

Für einen Moment ist Todten wieder so berührt von der Fürsorge seines Kollegen, und als er den blechernen Becher mit dem dampfenden Tee und die geöffnete Corned-Beef Büchse vor sich auf dem Tisch sieht, fällt ihm Elbing ein, Die kleine Wohnung mit dem Balkon, auf dem er so oft mit Irmi beim Frühstück saß. Die Ostsee konnte man nicht sehen, aber man konnte sie riechen, und es gab frische Schribben, dick mit guter Butter beschmiert und dazu Irmis selbstgemachte Marmelade. Dazwischen scheinen Jahrzehnte zu liegen. Wie konnte alles nur so weit kommen ?

„Sehr schön. Wir haben heute auch jede Menge zu tun. Hans, du rufst bitte Major Irving an und bittest ihn und wohl auch Lieutenant Goldbaum zu einer Besprechung, heute hier um 15.00 Uhr. Ich bitte unseren Revierchef noch dazu. Wir werden mehrere Objekte zeitgleich durchsuchen. Dazu brauche ich Personal und die entsprechenden Durchsuchungsbeschlüsse. Die Anträge schreibe ich heute noch. Ich denke, dass die Waren in diesem Café Fuhlendorf erst einmal dort gelagert bleiben. Aber trotzdem wäre es schön, wenn wir schon morgen durchsuchen könnten. "

Um 17.00 Uhr sitzt Todten nur noch allein in seinem Büro. Die Besprechung war schnell und reibungslos verlaufen. Irving wird sich um einen Durchsuchungsbeschluss beim PSO kümmern. Das Café Fuhlendorf soll „formlos" im Zuge einer Razzia durchsucht werden. Und um eine Durchsuchung bei Bornemann kümmert sich Oberinspektor Schlüter. Er stellt auch reviereigene Kräfte, ebenso Major Irving, der auch Fahrzeuge zur Verfügung stellt. Bis morgen dringt somit also nichts nach außen.

Es sind nur diejenigen informiert, die unmittelbar an der Aktion mitwirken.

Todten lehnt sich zufrieden zurück. Er hat sich selbst noch Tee zurechtgemacht und genießt einfach die besondere Qualität.

Schröter hat er nach Hause geschickt; er soll morgen früh zum Dienst erscheinen; ebenso Schwartau und Finke. Er selbst schreibt jetzt noch den Abschlussbericht, in dem er alle Ermittlungsergebnisse zusammenfasst. Wenn nun durch die Durchsuchung nachgewiesen wird, dass Waren aus dem britischen Depot unterschlagen wurden, werden einige Briten und der saubere Bornemann wenigstens wegen Verbreitung gefälschter Marken und Beteiligung am Schwarzmarkt wohl an Haftstrafen nicht vorbeiommen. Bornemann muss sicherlich auch aus dem Polizeidienst entlassen werden.

Vermutlich gibt es dann noch ein paar Nachermittlungen, im September vielleicht schon die Gerichtsverhandlung in dieser Sache und im Oktober ist er bereits wieder in Berlin bei seiner Irmi. Zufriedenheit kommt auf.

Eben nach 20.00 Uhr ist der Papierkram erledigt. Todten packt seine Ermittlungsakte, vor allem auch sein wichtigstes Beweismittel, die gefälschte und gekennzeichnete Lebensmittelkarte, in seine Aktentasche, die er heute Abend mit nach Hause nehmen will. Auf keinem Fall will er riskieren, dass etwas bei einem erneuten „Besuch" des Chefamtes abhanden kommt. Er löscht das Licht in seinem Büro und macht sich auf den Heimweg.

*

Gegen 18.00 Uhr, nachdem alle Auslieferungen für heute erledigt sind, hat Warrant-Officer Emerett Hockeridge seine beiden Vertrauten zu sich in den Block II des Depots bestellt. McDonald und Allan sind pünktlich. Hockeridge hat auf dem Tisch in seinem Büro drei Gläser Whisky stehen. Sie sind nur zu einem Drittel gefüllt; von einer Flasche ist nicht zu sehen. Dafür liegt eine aufgebrochene Packung Cadbury-Schokolade in der Mitte des Tisches.

„Nehmt Platz, Jungs, es gibt etwas zu besprechen."

McDonald bemerkt sofort die besondere Atmosphäre – hier liegt etwas in der Luft. Etwas bedrückt seinen langjährigen Chef und Freund. Allan merkt davon nichts. Er ist zwar einigermaßen nüchtern, aber seine Gedanken drehen sich allein darum, warum Hockeridge die Whiskyflasche nicht auf den Tisch gestellt hat.

„Wie ihr wisst, mache ich Geschäfte mit einem Deutschen. Todsichere Sache, weil der bei der deutschen Polizei ist und auch einen Draht zu unserer Militärregierung hat. Alles perfekt. Nun gibt es aber bei der Polizei auf St. Pauli einen anderen Polizisten, der hier quer schießt – der uns die Tour vermasseln will. Kann aber auch sein, dass der nur den eigenen Maulwurf kaltstellen will. Anderenfalls wäre auch längst die MP oder das PSO bei mir aufgetaucht. Ist aber nicht."

„Ja, und nun, Emerett, wie willst du das herausfinden?" fragt McDonald.

„Ich will mit ihm sprechen und uns als Zeugen anbieten."

„Und wenn der dich nicht als Zeuge braucht und doch gegen dich oder besser uns ermittelt? Was machst du dann?"

„Hab' ich schon gemacht. Ich habe ein paar Sachen mit dem Militär-Kurierdienst nach England geschickt – zu meiner Schwester."

269

„Na toll, dass du mir das jetzt erzählst. Und was ist mit mir. Oder mit Allan.

Allan blickt kurz auf. Sein Whiskyglas ist schon geleert und lächelt. „Ich muss nix wegschicken. Ich hab' nix."

„Ist doch kein Problem. Das geht auch morgen noch. Ich kenn' da jemanden in der Kurierabteilung. Aber das ist im Moment nicht so wichtig. Wir müssen mit diesem Kripomann von St.Pauli sprechen. Vielleicht müssen wir ihn auch kaufen. Heute ist hier jeder käuflich. Ich muss unbedingt wissen, was der weiß. Meinem Typen vom Chefamt kann ich nicht mehr trauen. "

„Bei allem Respekt, Emerett. Du glaubst doch nicht, dass das klappt?"

„Und warum nicht. Hast du etwa eine bessere Idee?"

„Ja! Abwarten ! Einfach abwarten. Vielleicht ermitteln sie gegen uns gar nicht. Vielleicht weckst du nur schlafende Hunde."

„Abwarten! Abwarten! Und wenn die nächste Woche kommen und die Bücher einkassieren, sind wir an demselben Tag im Bau – und dann ‚Gute Nacht, Mr. Churchill'."

Längeres Schweigen.

„Also gut, Emerett, du bist der Boss. Machen wir es also so."

„Allan, hol' unseren Jeep. Wir fahren in Uniform. Das beeindruckt. Todten heißt unser Mann und ich weiß, wo er wohnt."

*

Es ist ein schöner Sommerabend. Todten hat seinen Fall praktisch abgeschlossen. Eine leichte Hochstimmung macht sich bei ihm bemerkbar. Er schlendert durch das nördliche St.Pauli, die Wilhelminenstraße hinauf bis zum Paulinenplatz und von dort weiter zum Neuen Pferdemarkt. Er hat sich entschlossen bis zum großen Flakbunker an der Feldstraße weiter zu gehen. Dort gibt es ein kleines Lokal, fast schon eine Bar. Die haben da sogar ein ganz ordentliches Bier und Schnaps gibt es auch. Zwar alles nicht ganz billig, aber was soll's. Heute ist es mal drin. Todten setzt sich an einen freien Tisch und bestellt Bier und Korn. Und auch wenn auf der Kornflasche kein Etikett klebt, so scheint der Inhalt doch einwandfrei zu sein. Dasselbe also noch einmal. Todten hat seine Aktentasche neben sich gestellt. Er tätschelt sie ein wenig.

Darin ist alles, was nötig ist, um diesen Bornemann aus dem Verkehr zu ziehen. Es war vor dem Krieg so; es war bei seinem Auftrag in Griechenland so: Er kann es einfach nicht ertragen, wenn Leute wie dieser Bornemann seinen Berufsstand besudeln.

Andererseits ist ihm das heute auch egal. Er wird nicht mehr dabei sein, wenn Bornemann vor einem Hamburger Richter steht; er ist schon lange in Berlin, wenn die Engländer aus dem Depot versetzt werden. Er ist bei seiner Irmi. Er hat, Dank eines Empfehlungsschreibens, eine Anstellung bei der Berliner Polizei im Britischen Sektor erhalten. Es ist doch noch gut gelaufen für ihn. Mit diesen Gedanken macht sich Todten auf den Weg zu U-Bahn-Station Feldstraße.

Um 22.30 Uhr fahren die U-Bahnen zwar nicht mehr im Personenverkehr, aber Todten weiß, dass während der ganzen Nacht Bahnen zum Gütertransport unterwegs sind. Sie halten meist immer an der Feldstraße, weil hier der Schlachthof in der Nähe ist. Er spricht mit dem Aufsichtsmann des Bahnhofs, dem natürlich entsprechende Vereinbarungen mit der Polizeibehörde bekannt sind, und dann fährt Todten 15 Minuten später mit dem Gütertransport in Richtung Barmbek. Todten steht vorn beim Fahrer und bittet ihn, an der Station Hoheluftbrücke für ihn zu halten.

Die drei Briten sind schon über eine Stunde unterwegs. Nun fällt ihnen auf, dass sie große Teile der Stadt eigentlich gar nicht kennen. Ihr Bataillons-Stab hatte ihnen vor einigen Monaten eine Hamburger Stadtkarte aus dem Jahre 1936 zur Verfügung gestellt. Und nun will Allan sie über Barmbek kutschieren, weil dies nach Eimsbüttel der kürzere Weg sei. Aber in Barmbek ist kein Stein auf dem anderen geblieben; viele Straßen liegen noch voll Trümmerschutt – man kann sich nur schwer orientieren; teilweise haben sich die Straßenverläufe geändert. Mittlerweile ist es dunkel und im trüben Licht nur vereinzelt brennender Straßenlaternen erreichen die Männer dann doch den U-Bahnhof Hoheluftbrücke.

Niemand begegnet ihnen. Sie stellen ihren Jeep in der Isestraße unter dem Bahnviadukt ab und machen sich zu Fuß auf den Weg in Richtung Alardusstraße. Die Männer wundern sich. Die Hoheluftchaussee, von der sie eben gerade in die Bismarckstraße eingebogen sind, ist nahezu völlig zerstört und hier, nur wenige Meter entfernt ist fast alles intakt – Moltke-, Wrangel-, Roonstraße – überall ist wohl hier und da ein Brandschaden zu sehen, aber das war es auch schon. An einigen Stellen schimmert sogar wohlig warmes Licht aus den Fenstern.

Als die Royal Engineers die Alardusstraße 11 erreichen, ist dort im Haus alles dunkel. Die Hauseingangstür ist nicht verschlossen. Mit Hilfe ihrer Taschenlampen finden sie auch die Wohnungstür von Otto Todten. Ein kleines Holzbrettchen, auf dem der Name „Todten" in ungelenker Gravur steht, ist an die Tür geschraubt. McDonald klopft an. Mehrmals, aber es rührt sich nichts. Er blickt Hockeridge an, der nur nickt. Dann nimmt er drei kleine Dietriche aus seiner Brusttasche und öffnet in wenigen Sekunden das einfache Türschloss.

Alle drei schlüpfen in den Flur und schließen schnell die Eingangstür hinter sich. Sie machen kein Licht, sondern beschränken sich auf den Schein einer Taschenlampe. Selbst Allan bemerkt sofort, dass in dieser Wohnung wohl die Hausfrau fehlt. Alles, was hier an spärlicher Möblierung zu erkennen ist, macht einen ordentlichen und sauberen Eindruck. Aber es gibt nichts, was ein wenig

272

Behaglichkeit ausstrahlt – nicht einmal ein Deckchen auf den Küchentisch mit der gescheuerten Holzplatte. Im Kleiderschrank hängen zwei Hosen, ein Sacco, ein Wintermantel; in den Fächern drei Oberhemden, Unterwäsche, Strümpfe, ein dicker Pullover und eine gestrickte Weste; auf einem Bügel noch drei Krawatten.

Auf dem Boden des Schrankes: zwei Ordner. Aber zur Enttäuschung der Briten enthalten beide nur persönliche Unterlagen und eben keine Papiere, die wie Ermittlungsergebnisse erscheinen.

Das Küchenbüfett ist auch nur zur Hälfte gefüllt. Ein paar Gläser, Teller, Tassen und Pfeffer, Salz, Zucker.

„Guck mal, was der sich gebaut hat", macht Allan seine beiden Begleiter auf eine Installation aufmerksam. In einer Ecke der Küche, neben der emaillierten Wandschale des Ausgusses lehnt senkrecht eine große Blechwanne. Der Wasserhahn wurde ausgetauscht gegen eine Armatur, von der nun ein Duschschlauch abzweigt. Und über Eck ist eine Leine gespannt, an der man einen umgearbeiteten Regenmantel wie einen Duschvorhang aufziehen kann. Neben der Blechwanne entdeckt Allan auch noch einen Eimer mit Wischtuch.

„Geht wohl doch manchmal was daneben. Aber alle Achtung! Eigene Dusche in der Wohnung!" Allan ist beeindruckt.

Die Durchsuchung ist also schnell beendet.

„Was jetzt?" fragt McDonald. „Hier auf ihn warten?"

„Scheiße, Mann, ich weiß es auch nicht. So wie es hier aussieht, ist noch nicht einmal sicher, ob er heute oder morgen überhaupt nach Hause kommt.

Verdammter Mist. Los, wir fahren zurück. Vielleicht warten wir doch einfach ab."

Kurze Zeit später befinden sich die drei Soldaten in der Bismarckstraße auf dem Weg zu ihrem Jeep.

Nachdem Todten die Bahn verlassen hat, überquert er noch eben die Brücke über den Isebekkanal. Da dümpeln noch zahlreiche Schuten mit Trümmerschutt, die darauf warten, die nächsten Tage von einem Dampfschlepper abgeholt zu werden.

Als Todten dann die Bismarckstraße erreicht, sieht er in dem fahlen Licht, dass ihm drei britische Soldaten entgegenkommen. Das ist nicht gut. Wenn sie betrunken sind, werden sie ihn provozieren. Nur wenn es MP ist, wird es keine Probleme geben, auch nicht wegen der Ausgangssperre. Umdrehen oder Weglaufen kommt nicht in Betracht. Die drei Soldaten kommen näher und Todten erkennt, dass es sich nicht um MP handelt. Ganz offensichtlich sind die drei aber auch nicht betrunken.

Schon stehen sie sich beinahe direkt gegenüber. Und so versperren sie Todten auch den Weg.

„Mr. Todten?"

„Yes ?" denn soweit reicht Todtens Englisch schon.

„Hello, Mr. Todten, we like to talk to you. Would you be so kind and accompany us ?"

Todten, der kein Englisch spricht, versteht diesen Satz nicht und bedient sich seiner Standardformel: „Sorry, I do not speak english."

„Kommen mit – kommen mit!" schaltet sich McDonald ein, zwar etwas lauter, aber nicht unhöflich.

„Nein, nein, meine Herren – vielleicht später."

Todten greift in die Innentasche seines Saccos, um seine Brieftasche mit dem Dienstausweis herauszuholen.

Instinktiv springen alle drei Briten einen Schritt zurück. Sie alle befürchten, dass Todten bewaffnet sein könnte und nun eine Pistole zieht. Todten wiederum hat an diese Wirkung gar nicht gedacht.

Allan, der in der Mitte der drei Briten steht, ist am weitesten zurückgesprungen und steht nun hinter Hockerridge und McDonald. Diese sehen dadurch nicht, dass Allan blitzschnell seine Browning Pistole, Kal. 32, gezogen hat, sie in Richtung Todten hält und nun abdrückt.

Der einzige Schuss trifft Todten aus ca. drei Metern in die Stirn. Das Projektil durchschlägt das Stirnbein, tritt aus dem Scheitelbein wieder aus und bleibt stark verformt in der Baumrinde einer Eiche stecken.

Todten sieht noch den Mündungsblitz und hört auch noch den Knall. Dass ihm nun das rechte Bein wegknickt, merkt er nicht mehr.

Todten ist tot.

Epilog

Gegen Mitternacht, ein genauerer Zeitpunkt liegt nicht vor, wird Todten gefunden.

Auch der Fundort ist rätselhaft. In überlieferten Berichten wird stets von der Einmündung „Hoheluftchaussee/Osterstraße" geschrieben. Diese beiden Straßen treffen jedoch nicht aufeinander. Wahrscheinlicher ist, dass es sich bei dem Tat-/Fundort um die Einmündung „Osterstraße/ Bismarckstraße" handelt. Diese Einmündung liegt näher zu seiner Wohnadresse Alardusstraße. Sollte diese Einschätzung zutreffen, war Todten entweder zu Fuß von seiner Dienststelle gekommen, oder er fuhr mir der U-Bahn bis zur Station Schlump, die zu diesem Zeitpunkt wieder hergestellt war.

Vermutlich haben Zeugen den Schuss gehört und die Polizei alarmiert. Todten wird in das Hafenkrankenhaus gebracht. Dort wird um 02.30 Uhr der Tod festgestellt.

Der aufnehmende Arzt, Dr. Hoeck, stellt dabei fest, dass Todten stark nach Alkohol roch. Auch diese Ursache ist ungeklärt. Hat Todten auf dem Heimweg getrunken - mehr als in meinem Roman beschrieben. Wurde er von seinen Mördern mit Alkohol übergossen ? Oder hat er mit den drei Briten sogar gemeinsam getrunken ?

Gegen die letzte Version spricht Todtens außerordentliches Pflichtbewusstsein und die Tatsache, dass er die englische Sprache nicht beherrschte.

Die Aktentasche mit sämtlichen Ermittlungsergebnissen wird nicht gefunden. Sie ist bis heute verschwunden.

Eine weitere rechtsmedizinische Untersuchung wird nicht durchgeführt.

Das ist sehr ungewöhnlich. Dadurch bleibt dauerhaft unklar, ob Todten tatsächlich stark angetrunken war. Ungewöhnlich auch, dass Hans Stave, Leiter der Mordkommission, und mit Todten sehr kollegial verbunden, eine solche Obduktion nicht durchsetzt.

Allerdings kann er nach aufwändigen Ermittlungen die Täter überführen. Die Aussage eines Gastwirts soll dabei eine wichtige Rolle gespielt haben, was eine der drei zuvor genannten Thesen unterstützen würde, wonach sich Todten mit den Briten getroffen haben könnte. Außerdem waren die Soldaten hinsichtlich der Mordhandlung geständig, ohne allerdings Motiv oder Auftraggeber zu nennen. Ob tatsächlich der von mir genannte Allan den tödlichen Schuss abgegeben hat, ist nicht nachgewiesen.

Die drei Soldaten wurden der britischen Militärpolizei übergeben, die den Fall in einer nicht öffentlichen Gerichtsverhandlung abschloss. „Ein Urteil ist nicht bekannt, " zitiert der zeitgenössische Journalist Erich. Lüth in seiner Dokumentation „Polizeirevier Blutbuche" einen archivierten Polizeibericht, der mir nicht vorgelegen hat. Unterlagen zu dem Fall befinden sich meines Wissens auch nicht im Bestand des Hamburgischen Staatsarchivs.
Meine Anfrage an das Imperial War Museum in London zu den drei britischen Soldaten blieb unbeantwortet.

Kurt Bornemann und zwei weitere höherrangige Beamte des Chefamtes II werden dann doch Ende 1948 der „Markenschieberei in großem Stil" überführt und in einer Verhandlung vor der Strafkammer I des Landgerichts Hamburg zu zweieinhalb Jahren Zuchthaus verurteilt. Das Zuchthaus war bis in die 1960er Jahre eine. verschärfte Form des Strafvollzugs und kam vorwiegend für Verbrechenstatbestände in Betracht. Auf Grund dieser Haftstrafe war dann auch beamtenrechtlich eine Entlassung aus dem Polizeidienst obligatorisch.
Sie fand am 16.12.1949 statt.
Nach Verbüßung seiner Haftstrafe arbeitete Bornemann als Geschäftsführer einer Autovermietung und ab 1955 als Mitarbeiter in der „Geisha-Bar" auf St. Pauli.

278

Hans Stave wurde am 28.April 1951 im Alter von 60 Jahren pensioniert. Das „Hamburger Abendblatt würdigte ihn als einen der „erfolgreichsten Kriminalisten im Bundesgebiet". Das ist sicher zutreffend.

In den ersten zwölf Monaten nach Kriegsende kam es durchschnittlich zu 30 Todesfällen pro Monat ! Es grenzt an ein Wunder, dass unter den seinerzeit herrschenden Bedingungen überhaupt Straftaten aufgeklärt werden konnten.

Stave ist selbst langjährigen Mitarbeitern der Hamburger Mordkommission nicht mehr bekannt. Seine Handakten, die Auskunft über seine Arbeitsmethoden und einige Fälle geben könnten, sind nicht mehr verfügbar.

Glossar

Bereitschaft	: größere geschlossene Polizeieinheit; ähnlich: Hundertschaft
Brennhexe	: kleiner Herd zum Kochen
Daktyloskopie	: Wissenschaft des Fingerabdruckverfahrens
DP	: displaced persons Zwangsarbeiter, Kriegsgefangene)
D-Zug	: Schnelle überregionale Eisenbahnverbindung
FLAK	: Fliegerabwehrkanone
HP-K-	: Hauptpolizist im Kriminaldienst
kobern	: in ein Lokal locken; animieren
Krimsche	: Hamburgischer Ausdruck für „Kriminalbeamter"
MP	: Military Police Militärpolizei, Feldjäger
MP-K-	: Meisterpolizist im Kriminaldienst
NAAFI	: Navy, Army and Air Force Institutes Versorgungsorganisation der brit. Streitkräfte und Militärregierung
PSO	: Public Safety Office Abteilung Öffentliche Sicherheit in der brit. Militärregierung
RM	: Reichsmark
SA	: Sturmabteilung ; Militante Gruppierung der NSDAP
Schupo	: Schutzpolizist
SiPo	: Sicherheitspolizei
SPSO	: Senior Public Safety Officer Chef der Abt. Öffentliche Sicherheit in der brit.Militärregierung
SS	: Schutzstaffel; siehe SA
Tschako	: traditionelle helmartige Polizeimütze
Udel	: auch Udl; Polizist: abgeleitet aus niederdeutsch für Eule (Uhl) 18./19. Jhdt: Nachtstreifen des Konstaplerkorps/Nachtwächter
Warrant Officer	: Dienstrang in der brit. Armee (vergl. Stabsfeldwebel)

Dank

Dass ich dieses Buch veröffentlichen kann, verdanke ich in erster Linie meiner Familie.

Meine Frau Angelika begleitet meinen Aufstieg zum Literaten mit freundlicher Gelassenheit und meine Kinder haben mich besonders dann zur Fortsetzung ermuntert, wenn ich das Buchprojekt wieder einmal aufgeben wollte.

Meine (Schwieger)Tochter Nicola, die einzige studierte Germanistin in der Familie, hat sich an dem Lektorat aufgerieben und selbst meine Enkelin Nele hat an Korrekturen mitgewirkt.

Hilfreich waren Gespräche mit pensionierten Kollegen, die der GPOB (Gemeinschaft pensionierter Oberbeamter) angehören und noch Zeitzeugen der ersten Nachkriegsjahre sind.

Hervorzuheben ist auch die freundliche, und vor allem geduldige Begleitung des Hamburger Staatsarchivs und ein Gespräch mit Michael Ahrens, dem Autor des Buches „Die Briten in Hamburg", das ohne Frage als Standardwerk der britischen Bsatzung in Hamburg bezeichnet werden kann.

Zwölf Verlage haben mein Manuskript abgelehnt.

Aus ihrer Sicht wird es gute Gründe gegeben haben. Um so dankbarer bin ich, dass es mir durch TWENTYSIX ermöglicht wurde, dieses Buch, in das ich viel Zeit und Herzblut investiert habe, veröffentlichen zu können.

Und ich danke der Freien und Hansestadt Hamburg, die durch regelmäßige Zahlungen meines Ruhegehaltes dafür sorgt, dass ich mindestens zwei Mal in der Woche eine warme Mahlzeit zu mir nehmen kann, auch, wenn dieses Buch auf dem Markt nicht bestehen wird.